黎明篇

銀河英雄伝説

I

田中芳樹

目次

登場人物

銀河帝国

ラインハルト・フォン・ローエングラム……上級大将。伯爵
ジークフリード・キルヒアイス……ラインハルトの腹心。大佐
アンネローゼ……ラインハルトの姉。グリューネワルト伯爵夫人
ウィリバルト・ヨアヒム・フォン・メルカッツ……大将。帝国軍の宿将
シュターデン……中将
アーダルベルト・フォン・ファーレンハイト……少将
クラウス・フォン・リヒテンラーデ……国務尚書。侯爵
ゲルラッハ……財務尚書。子爵
トーマ・フォン・シュトックハウゼン……イゼルローン要塞司令官。大将
ハンス・ディートリヒ・フォン・ゼークト……イゼルローン要塞駐留艦隊司令官。大将
パウル・フォン・オーベルシュタイン……イゼルローン要塞駐留艦隊幕僚。大佐
ウォルフガング・ミッターマイヤー……ラインハルト麾下の艦隊司令官。中将
オスカー・フォン・ロイエンタール……ラインハルト麾下の艦隊司令官。中将
カール・グスタフ・ケンプ……ラインハルト麾下の艦隊司令官。中将
フリッツ・ヨーゼフ・ビッテンフェルト……ラインハルト麾下の艦隊司令官。中将
フリードリヒ四世……第三十六代皇帝
エルウィン・ヨーゼフ……フリードリヒ四世の孫
ルドルフ・フォン・ゴールデンバウム……銀河帝国ゴールデンバウム王朝の始祖

自由惑星同盟

ヤン・ウェンリー……第二艦隊幕僚。准将

ユリアン・ミンツ……戦争孤児。ヤンの被保護者

パエッタ……第二艦隊司令官。中将

ジャン・ロベール・ラップ……第六艦隊幕僚。少佐

ジェシカ・エドワーズ……ラップの婚約者

アレックス・キャゼルヌ……統合作戦本部長次席副官。少将

シドニー・シトレ……統合作戦本部長。元帥

ヨブ・トリューニヒト……国防委員長

アレクサンドル・ビュコック……第五艦隊司令官。中将。同盟軍の宿将

エドウィン・フィッシャー……第一三艦隊副司令官。艦隊運用の達人。准将

ムライ……第一三艦隊主席幕僚。准将

フョードル・パトリチェフ……第一三艦隊次席幕僚。大佐

マリノ……第一三艦隊旗艦艦長。大佐

オリビエ・ポプラン……スパルタニアンのパイロット。中尉

ワルター・フォン・シェーンコップ……〝薔薇の騎士《ローゼンリッター》〟連隊・連隊長。大佐

フレデリカ・グリーンヒル……第一三艦隊司令官副官。中尉

ドワイト・グリーンヒル……統合作戦本部次長。大将。フレデリカの父

アンドリュー・フォーク……帝国領遠征軍情報主任参謀。少将

アーサー・リンチ……エル・ファシル星域で民間人を見捨てて逃亡。少将

フェザーン自治領《ラント》

アドリアン・ルビンスキー……第五代自治領主《ランデスヘル》。〝フェザーンの黒狐〟

ニコラス・ボルテック……ルビンスキーの補佐官

※肩書き階級等は（黎明篇）初登場時のものです。

序章　銀河系史概略

……西暦《AD》二八〇一年、太陽系《ソル》第三惑星地球《テラ》からアルデバラン系第二惑星テオリアに政治的統一の中枢《ちゅうすう》を遷《うつ》し、銀河連邦《USG》の成立を宣言した人類は、同年を宇宙暦《SE》一年と改元し、銀河系の深奥部と辺境部にむかってあくなき膨張を開始した。西暦《AD》二七〇〇年代のいちじるしい特徴である戦乱と無秩序とが、外的世界への人類の発展を停滞させたあとであるだけに、そのほとばしるエネルギーはいっそう、爆発的であった。

人類をして恒星間飛行を可能ならしめた三美神——亜空間跳躍航法と重力制御と慣性制御の技術——は日々によそおいをあらたにし、人類は未知の地平をめざして宇宙船を駆り、星々の群れつどう大海の彼方へと出航していった。

「遠く、さらに遠く！」

それがその時代の人々の合言葉であった。

人類という種全体のバイオリズムはあきらかな昂揚《こうよう》期にあった。人々は不退転の意志とめくるめく情熱をもってすべてにとりくんだ。困難に直面しても、彼らは不健全な悲壮感に陶酔することなく、陽気にそれらを克服していった。当時の人類はあるいは救いがたい楽天主義者の集団であったのかもしれない。

清新と進取の気にあふれた黄金時代！

とはいっても、いくつかの傷がなかったわけではない。まず宇宙海賊《スペース・パイレーツ》の存在があった。これは西暦《AD》二七〇〇年代に人類社会の覇権をあらそった地球・シリウス両国の私掠船戦術が産みおとした奇形児であった。そのなかには自由を謳歌《おうか》する義賊的な人物も存在しており、彼らと彼らを追う連邦軍との対決は立体ＴＶ《ソリビジョン》に多くの素材を提供したものである。

しかし事実は散文的なものであり、海賊の大半は悪徳政治家や企業家と結託して不当な利益をむさぼる犯罪者グループ以上のものではなかった。とくに開拓星《フロンティア》の住人たちにとっては疫病神そのものといえた。海賊どもの出没する辺境航路には当然、就航する宇宙船が減り、物資の補給がとどこおるようになったし、手もとにとどいた物資はいたって高価だった。本来の経費に安全保障関係の費用の上積みがくわえられたためである。この問題を過小評価するわけにはいかなかった。被害者たちの不満と不安がつみかさなれば、それは連邦の統治能力にたいする不信感に転じ、辺境開発への意欲をそぐ結果を生むことは明白だったからである。

宇宙暦《SE》一〇六年、銀河連邦《USG》は本腰をいれて宇宙海賊の一掃にのりだし、Ｍ・シュフラン、Ｃ・ウッドらの諸提督の活躍によって、二年後ほぼその目的を達成した。もっともそれは容易ではなかった。毒舌家として知られたウッド提督の回顧録の一節はつぎのごとくである。

「……私は前面の有能な敵、後背《こうはい》の無能な味方、この両者と同時に闘わなくてはならなかった。しかも私自身ですら全面的にはあてにならなかった」

ウッド提督は政界に転じてからも、〝ものわかりの悪い頑固おやじ〟として、汚職政治家や企業家との悪戦苦闘を余儀なくされたものだ。

これらの社会上の疾患は間断なく発生していたが、人類全体を一個の人体にたとえるなら、それはかるい皮膚病のようなものであり、皮膚に埃《ほこり》が付着するのを完全には防ぎえないように、それらを根絶するのは不可能なのであった。そして適切な治療さえくわえておけば、それが死因となるような事態にはまずたちいたらない。人類は手術台にのぼることなく、二世紀以上の歳月をほぼ健康にすごすことができた。

ひとりこの繁栄と発展にとり残されたのは、かつての宗主国たる地球だった。この惑星はすでに資源のことごとくを費消し、政治的にも経済的にも実力と潜在力を喪失していた。人口も激減し、ただ色あせた伝統だけをたよりに、無害なるがゆえにかろうじて認められた自治権をほそぼそとまもるだけの老廃国家でしかなくなってしまったのだ。

地球がまだ銀河系の支配者であった当時、シリウスなど恒星植民地から収奪し、蓄えた富も、どこかへ消えてしまったようだった。

……やがてガン細胞が増殖を開始した。人類社会のうえに、いわゆる〝中世的停滞〟の影がおちかかってきたのだ。

人々の心のなかで、疲労と倦怠《けんたい》が希望と野心を制するようになった。消極が積極に、悲観が楽観に、退《たい》嬰《えい》が進取に、それぞれとってかわった。科学技術方面におけるあらたな発見や発明があとを絶った。民主的共和政治は自浄能力を失い、利権や政争にのみ食指をうごかす衆愚政治と堕《だ》した。

辺境星域の開発計画はことなかばにして放棄され、無数の可住惑星がゆたかな可能性と建設途上の諸施設とを残したまま見捨てられた。社会生活や文化は頽廃《たいはい》の一途をたどった。人々はよるべき価値観を見失い、麻薬と酒と性的乱交と神秘主義にふけった。犯罪が激増し、それに反比例して検挙率は低下した。生命を軽視し、モラルを嘲笑《ちょうしょう》する傾向は深まるいっぽうだった。

これらの事象を憂慮する人々は、むろん、数多かった。頽廃のすえ、人類が恐竜のように惨めに滅亡していくのを、彼らは坐視《ざし》できなかった。

人類社会の病状は抜本的な治療を必要とする段階に達しているとの、彼らの認識に誤りはなかった。しかし彼らの大部分は、その病を治癒する手段として、忍耐と根気を必要とする長期の療法ではなく、副作用をともなう即効薬を嘸《の》むことをえらんだのである。それは〝独裁〟という名の劇薬であった。

かくしてルドルフ・フォン・ゴールデンバウムの登場する土壌がはぐくまれた。


……ルドルフ・フォン・ゴールデンバウムは、宇宙暦《SE》二六八年、軍人の家庭に生まれ、当然のごとく、長じて軍籍にはいった。

宇宙軍士官学校における席次は絵に描いたような〝首席〟であった。身長一九五センチ、体重九九キロという偉丈夫であり、彼を見る人は、鋼鉄の巨塔を仰ぎみる思いをあじわうのだった。

その巨体にはひとかけらの贅肉《ぜいにく》も一片の脆弱《ぜいじゃく》さもなかった。

二〇歳で少尉に任官し、リゲル航路警備部隊に法務将校として配属されると、彼はまず部隊内の綱紀粛正にのりだし、酒と賭博と麻薬と同性愛の〝四悪〟を追放した。上官がからんだ問題でも正論と規則をふりかざして容赦しなかったので、閉口した上官たちは彼を中尉に昇進させ、ペテルギウス方面に配転させてやっかいばらいした。

そこは宇宙海賊たちのメイン・ストリートと称される危険地帯だったが、勇躍してのりこんだルドルフは、〝ウッド提督の再来〟と称される辣腕《らつわん》ぶりをしめし、巧妙で仮借《かしゃく》ない攻撃によって海賊組織を潰滅《かいめつ》させた。降伏と裁判をのぞむ者も宇宙船ごと焼き殺すその苛烈《かれつ》さは、当然ながら批判をうけたが、賞賛の声はそれ以上に大きかった。

閉塞《へいそく》した時代の状況に窒息するような思いをあじわっていた銀河連邦の市民たちは、この若い鋭気に富んだあたらしい英雄を、歓呼とともに迎えた。ルドルフは、いわば濃霧のたちこめる世界に登場した輝ける超新星《スーパー・ノバ》であったのだ。

宇宙暦《SE》二九六年、二八歳にして少将となったルドルフは、軍籍をしりぞいて政界に転じ、議会に座をしめると、〝国家革新同盟〟のリーダーとなって若い政治家たちをその人気のもとに結集した。

幾度かの選挙をへて、ルドルフは勢力を飛躍的に伸張させ、熱狂的な支持、不安、反発、そして頽廃的な無関心とが複雑に交錯するなかで、強固な政治的地盤をきずきあげることに成功した。

彼は国民投票によって首相となり、さらに憲法に兼任禁止の条項が明記されていないのを利用して、議会により国家元首に選任された。この両職は不文律によって兼任を禁じられ、それぞれに制限された権力しか所有していなかったのだが、それが同一の人格に統合されたとき、おそるべき化学反応が生じたのである。彼の政治権力を掣肘《せいちゅう》する者は、もはや存在しないにひとしかった。

「ルドルフの登場は、民衆が根本的に、自主的な思考とそれにともなう責任よりも、命令と従属とそれにともなう責任免除のほうを好むという、歴史上の顕著《けんちょ》な例証である。民主政治においては失政は不適格な為政者《いせいしゃ》をえらんだ民衆自身の責任だが、専制政治においてはそうではない。民衆は自己反省より、気楽かつ無責任な為政者の悪口を言える境遇を好むものだ」

後代にいたって、D・シンクレアなる歴史学者はそう記した。その評の当否はともかく、同時代の人々の支持はたしかにルドルフのうえにあったのだ。

「強力な政府を。強力な指導者を。社会に秩序と活力を！」

そう叫んだ〝若い強力な指導者〟が、いつしか批判勢力の存在を許容しない絶対的な独裁者として〝終身執政官〟を称し、宇宙暦《SE》三一〇年にいたって〝神聖にして不可侵なる銀河帝国皇帝〟となりおおせたとき、歴史の教訓に学びえなかったみずからのうかつさを呪った人々は多かったし、一貫してルドルフを批判してきた人々は痛憤《つうふん》を禁じえなかった。しかし快哉《かいさい》を叫んだ人の数は、より以上に多かったのである。

当時の共和派政治家のひとりであるハッサン・エル・サイドはルドルフ戴冠《たいかん》の日、日記につぎのように書いた。

「民衆がルドルフ万歳を叫ぶ声が私の部屋にも聴こえてくる。彼らが絞刑吏《こうけいり》に万歳を叫んだことを自覚するまで、どれほどの日数を必要とするだろう」

この日記は、のちに帝国当局により発禁処分をうけることになるが、この日はまた宇宙暦が廃され、帝国暦一年とされた日でもあった。ここに銀河連邦は崩壊し、銀河帝国——ゴールデンバウム王朝が誕生したのである。

人類統一政体における最初の専制君主、銀河帝国皇帝ルドルフ一世となったこの男が、非凡な才幹の所有者であったことはうたがいえない。彼は強力きわまる政治指導力と剛毅《ごうき》な意志をもって、綱紀を粛正し、行政運用の能率を高め、汚職官吏を一掃した。

ルドルフのもうけた基準によってではあったが、〝洗練の度をこして頽廃し堕落した不健全な〟生活様式や娯楽が姿を消し、苛酷なまでに厳重な司法活動が犯罪や未成年者非行を激減させた。ともかくも人類社会をおおっていた弊風《へいふう》は吹きはらわれたわけである。

しかし、〝鋼鉄の巨人〟とあだ名される皇帝ルドルフは、まだ満足しなかった。彼の理想とする社会は、強力な指導者のもとに整然と統制され管理された、統一性の高い社会であった。

みずからを恃《たの》むこと厚く、みずから行使する正義を信じてうたがわないルドルフにとって、批判者や反対者は社会の統一と秩序を乱す異分子以外の何者でもなかった。当然の帰結として、反対勢力にたいする苛酷な弾圧が開始された。

そのきっかけとなったのは、帝国暦九年に発布された〝劣悪遺伝子排除法〟である。

「宇宙の摂理は弱肉強食であり、適者生存、優勝劣敗である」

ルドルフは〝臣民〟にたいして信念を披瀝《ひれき》した。

「人類社会もまた、その例外ではありえない。異常者が一定数以上にふえた社会は、活力を失って衰弱する。余《よ》の熱望するところは、人類の永遠の繁栄である。したがって、人類を種として弱めるがごとき要素を排除するのは、人類の統治者たる余にとって神聖な義務である」

それは具体的には身体障害者や貧困層や〝優秀でない〟人々にたいする断種の強制であり、精神障害者を安楽死させることであり、弱者救済の社会政策をほとんど全廃することであった。ルドルフにとっては、〝弱い〟ということじたいが許しがたい罪であり、〝弱さを楯にとって当然のごとく保護をもとめる〟社会的弱者は憎悪の対象ですらあったのだ。

この法案が国民の前にしめされると、それまでルドルフを崇拝し、彼に盲従していた民衆も、さすがに鼻白んだ。自分が優秀な人間であると自信をもって断言できる者はそう多くはない。いささか強引すぎるのではないかと誰もが思った。

その民意を代表して皇帝に非難をあびせたのが、議会の一部にいまだ余喘《よぜん》をたもっていた共和派の政治家たちである。それにたいしてルドルフは徹底的な反撃にでることを決意した。

彼は即座に議会を永久解散した。

そして翌年、帝国内務省に社会秩序維持局が設立され、政治犯にたいして猛威をふるうことになった。ルドルフの腹心であるエルンスト・ファルストロング内務尚書《しょうしょ》（大臣）がみずからその局長をかね、〝法律によらず主体的な判断によって〟逮捕、拘禁、投獄、懲罰をおこなったのである。

それは権力と暴力との祝福されざる結婚だった。そしてそのあいだに恐怖政治という名の乳児が産まれ、ごく短期間に巨大に成長して人類社会をのみこんだ。

当時、ひそかに流行したブラック・ジョークがある。

「死刑になりたくなかったら警察には捕まるな。社会秩序維持局に捕まれ。けっして死刑にはならないから……」

社会秩序維持局に逮捕された政治犯や思想犯で、正式に死刑に処せられた者がひとりも存在しないことは事実である。だが、裁判なしで射殺された者、拷問によって死にいたらしめられた者、不毛の流刑星に送りこまれて消息を絶った者、前頭葉除去手術《ロボトミー》をうけさせられたり麻薬を投与されたりして廃人と化した者、獄中で病死あるいは事故死した者……これらの総計は四〇億人の多数にのぼる。それでも帝国全人口三〇〇〇億の一・三パーセントにすぎないということから、社会秩序維持局の当局者は、

「社会の絶対多数の安寧《あんねい》と福祉のために、ひと握りの危険分子を排除したのだ」

と強弁することができた。むろん、その〝絶対多数〟のなかには、四〇億人の運命に戦慄して、重苦しい沈黙のうちに不満の声をのみこんだ無数の民衆はふくまれていない。

反対派を圧殺するいっぽう、ルドルフは〝優秀な人材〟をえらんで特権をあたえ、帝室をささえる貴族階級をつくった。だが全員が白人で古ゲルマンふうの姓をあたえられたのは、ルドルフの知的衰弱をしめすものではなかったろうか？

ファルストロングも功績によって伯爵号をさずけられたが、帰宅する途中、地下に潜行した共和派のテロに遭い、中性子爆弾による悲惨な死をとげた。ルドルフはそれを哀惜《あいせき》し、二万人にのぼる容疑者を全員処刑して功臣の霊をなぐさめた。

帝国暦四二年、大帝ルドルフは八三年の生涯を閉じた。巨大な肉体はなお強壮をたもっていたが、精神的苦痛が彼の心臓に大きな負担をかけたといわれる。

皇帝は完全なる満足のなかで没したわけではない。皇后エリザベートとのあいだに儲《もう》けた四児はすべて女児であり、後継者たる男児をえることができなかった。晩年にいたって寵姫《ちょうき》マグダレーナが男児を出産したが、これは先天的に白痴であったと伝えられる。

この件にかんして帝国の公式記録は沈黙をまもっているが、その後、マグダレーナばかりでなく、彼女の両親や兄弟、さらには彼女の出産に関係した医師や看護婦までもが死をたまわった事実から推定して、巷間《こうかん》に流布されたこの噂が真実であることは、ほぼ確実である。

そしてそれは、〝劣悪遺伝子排除法〟を発布し、優良な人類の発展をのぞんだルドルフにとって強烈な打撃であったろう。

遺伝子がすべてを決するというルドルフの信念を崩壊からまもるため、マグダレーナは死なねばならなかった。大帝ルドルフに、白痴を生むような遺伝的資質があったはずはなく、全責任はマグダレーナにあるというわけであった。

ルドルフの死後、第二代銀河帝国皇帝の冠を頭上にいただいたのは、ルドルフの長女カタリナの子ジギスムントである。二五歳の若き皇帝は父親であるノイエ・シュタウフェン公ヨアヒムの補佐をうけ、銀河系に君臨することになった。

ルドルフ一世の死とともに、帝国の各地で共和主義者による叛乱《はんらん》が続発した。ルドルフの指導力と個性を喪失したいま、帝国はすぐにも崩壊すると思われたのだが、それは楽観的にすぎた。ルドルフが四〇年の歳月をかけ、腹心として育成した貴族・軍隊・官僚の三位一体《トリニティ》体制は、共和主義者たちの希望的観測よりはるかに強固であったのだ。

それを統率したのは皇父であり帝国宰相であったノイエ・シュタウフェン公ヨアヒムである。彼はルドルフが婿《むこ》としてえらんだ人物だけあって沈着冷静な指導力を発揮し、もともと劣勢であった叛乱軍を、卵の殻でも踏みつけるように粉砕した。

叛乱に参加した五億余人が殺され、その家族など一〇〇億人以上が市民権を剝奪《はくだつ》されて農奴階級におとされた。反対勢力を圧殺するに仮借するなかれ、との帝国の国是は忠実に順守されたのである。

共和主義者たちはふたたび冬の時代をたえねばならなかった。

強力な専制政治の前に、厳しい冬は永遠につづくかと思われた。ヨアヒムの死後、ジギスムントが親政をおこない、その没後を長子リヒャルトが継ぎ、その後に長子オトフリートが立った。至高の権力をえるのはルドルフの子孫にかぎられ、世襲だけが権力の移動のあるべき姿になったかにみえた。

しかし厚い氷の下で、水は音もなく対流していたのである。

帝国暦一六四年、叛徒の眷属《けんぞく》として奴隷階級におとされ、苛酷な労働をかせられていたアルタイル星系の共和主義者たちが、みずから建造した宇宙船を使っての逃亡に成功した。

彼らの計画は幾世代にもわたって周到に練られたものではなかった。そのような計画はたてられた数だけ失敗に終わっていた。共和主義者の墓標がふえ、挽歌《ばんか》にかわって社会秩序維持局の嘲笑がひびきわたる。際限ない、そのくりかえしだった。しかしついに彼らは成功したのだ。その計画は立案から実行までわずかに標準暦の三カ月を要したにすぎなかった。

発端は子供の遊びだった。酷寒のアルタイル第七惑星でモリブデンとアンチモニーの採掘に従事していた奴隷たちの子が、監視人の視線をのがれ、氷を削って作った小舟を水に浮かべて遊んでいた。何気なくそれを見ていた青年アーレ・ハイネセンの脳裏に天啓がひらめいたのだ。この見捨てられた惑星には、宇宙船の材料が無尽蔵にあるではないか！

水の総量のすくない第七惑星には、氷よりも天然のドライアイスが豊富だった。ハイネセンらがえらんだのは、とある峡谷をまるまる埋めつくしたドライアイスの巨大な塊で、長さ一二二キロ、幅四〇キロ、高さ三〇キロという数値であった。その中心部をくりぬいて動力部と居住部をもうけ、宇宙船として飛ばそうというのである。それまでの計画の難点は宇宙船の材料の入手法にあった。非合法な資材の入手には必然的に無理が生じ、それが社会秩序維持局にかぎつけられると、容赦のない弾圧と殺戮《さつりく》の暴風が吹き荒れることになるのだ。

ところがここに当局の注意をひかない天然の材料がある。

絶対零度の宇宙空間でドライアイスが気化する懸念《けねん》はない。動力部や居住部からの熱を遮断することさえできれば、かなりの長期間にわたって飛行が可能である。そしてその間に、星間物質や無人惑星に恒星間宇宙船の材料をもとめればよいのだ。なにも飛びたった船でそのまま飛びつづける必要はない。

白く輝くドライアイスの宇宙船はイオン・ファゼカス号と命名された。氷の小舟の製作者である少年の名である。四〇万人の男女がこの船に乗りこみ、アルタイル星系を脱出した。後世、歴史家によって〝長征一万光年〟と称されることになる長い旅路の、それが第一歩であった。

銀河帝国軍の執拗《しつよう》な追撃と捜索をかわして、彼らは無名の一惑星の地下に姿を隠し、そこで八〇隻の恒星間宇宙船を建造すると、銀河系の深奥部に歩を踏みいれた。そこは巨星、矮星《わいせい》、変光星などの危険がみちた巨大な空間だった。造物主の悪意が脱出者たちの頭上につぎつぎとふりかかった。

苦難の道程のさなか、彼らは指導者ハイネセンを事故で失った。親友であったグエン・キム・ホアがあとをついだ。その彼も老いて失明するにいたったとき、彼らは危険地帯を脱し、安定した壮年期の恒星群を前途に見いだした。アルタイルを発して半世紀以上が経過していた。

新天地の恒星群には古代フェニキアの神々の名があたえられた。バーラト、アスターテ、メルカルト、ハダドなどである。根拠地がおかれたのはバーラトの第四惑星で、いまは亡き指導者ハイネセンの名があたえられ、その功績が永くたたえられることになった。

〝長征一万光年〟の終結は帝国暦二一八年のことであったが、専制政治の軛《くびき》を脱した人々は、帝国暦を廃して宇宙暦《SE》を復活させることを決定した。自分たちこそが銀河連邦《USG》の正当な後継者であるとの誇りがそこにあった。ルドルフごときは民主制の卑劣な裏切者であるにすぎない。

こうして自由惑星同盟《フリー・プラネッツ》の成立がおごそかに宣言された。宇宙暦《SE》五二七年のことである。初代の市民は一六万人余、長征において同志の過半を失っていた。

……人類社会を二分したと称するには、あまりにも小さな存在ではあったが、自由惑星同盟の建国者たちは勤勉さと情熱において比類のない人々であり、彼らの勢力は急速に質的な充実をとげた。多産が奨励されて人口も増加し、国家体制がととのい、農工生産力は増大の一途をたどった。

銀河連邦の黄金時代が再現されようとしていた。

そして宇宙暦《SE》六四〇年、銀河帝国と自由惑星同盟の両勢力は初めてたがいに接触した。戦艦どうしの遭遇というかたちで、である。

これあるを覚悟していた同盟側にたいし、帝国側にとっては青天の霹靂《へきれき》であったから、戦闘は同盟側の勝利に帰した。しかし中性子ビーム砲の直撃をうけ、火球と化して消滅する寸前、戦艦からは帝国本星にたいして緊急連絡が飛んでいた。

銀河帝国の官僚たちは古い記録を電子頭脳の回路からとりだし、一世紀以上も昔にアルタイルから逃亡した奴隷たちが存在することを知った。のたれ死にもせず生きていたのだ！

討伐軍が組織され、大艦隊が〝叛徒どもの根拠地〟へ派遣された。そして完膚《かんぷ》なきまでに敗北した。

数的に優勢な帝国軍が完敗した理由はいくつかある。長距離の遠征をしいられた将兵に身心の疲労が蓄積されていたこと、にもかかわらず補給を軽視したこと、地理に明るくなかったこと、敵の実力と戦意を過小評価し、戦略構想が粗雑であったこと、そして同盟軍に有能な指揮官がいたこと、などだ。

同盟軍総指揮官のリン・パオは好色で酒豪、かつ大食漢で、古代の清教徒的な質朴さをおもんじる同盟の為政者たちからはとかく白眼視されていたが、用兵にかけては天才的だった。それを補佐した参謀長のユースフ・トパロウルは〝ぼやきのユースフ〟と呼ばれる男で、

「なんでこんな苦労をしなければいけないのか」

とことあるごとに不平を鳴らすので有名だったが、呼吸する戦術コンピューターともいうべき緻密《ちみつ》な理論家だった。ふたりともまだ三〇代だったが、このコンビが、ダゴン星域外縁部における史上屈指の包囲殲滅《せんめつ》戦を演出し、建国以後最大の英雄となったのである。

自由惑星同盟にとっては、これが量的な膨張のきっかけとなった。帝国に対抗する独立勢力の存在を知った帝国内の異分子たちが、安住の地をもとめて大量に逃亡し、流れこんできたからである。ルドルフ大帝の死後三世紀をへて、さしも強固だった体制のたがもゆるみ、弾圧に狂奔した社会秩序維持局の威光も薄れて、帝国内には不満の声が高まっていたのだ。

続々と流入する男女を、自由惑星同盟は〝来る者は拒まず〟の精神でうけいれたが、それらの人々は共和主義者だけでなく、宮廷内の権力争奪劇に敗れた皇族や貴族までもそのなかにふくんでいた。彼らをうけいれ、量的に膨張する過程で、自由惑星同盟がしだいに変質していくのは必然的ななりゆきであったろう。

最初の接触以来、ゴールデンバウム朝銀河帝国と自由惑星同盟とは慢性的な戦争状態にあったが、ときとして擬似的な平和が訪れることもあった。その産物が〝フェザーン自治領《ラント》〟である。これは両勢力のほぼ中間に位置する恒星フェザーンの星系をその領域とする一種の都市国家だった。銀河帝国皇帝の主権下にあり、帝国に貢納するが、内政にかんしてはほぼ完全な自治権を有し、なかんずく、自由惑星同盟との外交・通商が許可されているのだ。

銀河帝国はみずからを人類社会における唯一絶対の支配者であるとしており、〝外国〟の存在を認めない。自由惑星同盟を正式名称で呼ばず、公文書には〝叛乱勢力〟と記す。同盟軍は〝叛乱軍〟であり、同盟の元首たる最高評議会議長は〝叛乱勢力の頭目〟である。そのような国是がある以上、外交も通商も問題外であるのだが、地球出身の大商人レオポルド・ラープが、異常なまでの熱心さで、特殊な性格をもつ自治領の成立を運動したのだ。嘆願と説得と、そしてなによりも多額の賄賂《わいろ》がことを決した。

自治領《ラント》の代表者たる自治領主《ランデスヘル》は皇帝の臣下として領域を統治し、同盟との交易を監督し、ときには外交官としての役割もはたすことになった。交易を独占支配することによる富の蓄積は膨大なもので、領域こそ小さいがその実力は無視できなくなっていた。

帝国と同盟、両勢力間の修好をはかるうごきがまったくなかったわけではない。帝国暦三九八年、宇宙暦七〇七年に即位した皇帝マンフレート二世は、先帝ヘルムートの数多い庶子のひとりで、暗殺者の手をのがれて幼少時を自由惑星同盟国内ですごしたという経歴をもっており、リベラルな空気のなかで育っていた。

ゆえに彼が即位すると、両勢力間の平和と対等の外交、帝国内の政治改革などが実現するかにみえた。

しかし、衆望をになった若い皇帝が即位後一年たらずで暗殺されると、同勢力間の関係はたちまち冷却化し、希望は水泡に帰してしまった。マンフレート二世を暗殺した犯人は反動派の貴族であったが、その背後には、交易権の独占維持をのぞむフェザーンの手がうごいていた、とする説も有力である。

……かくして宇宙暦八世紀末、帝国暦五世紀末になると、図体がでかいだけで規律も統制もない帝国と、建国当初の理想を喪失した同盟とが、フェザーンをあいだにはさんで、惰性的な対立抗争をつづけるだけのありさまとなっていた。さる経済学者の計算によると、三者の国力比は、銀河帝国四八、自由惑星同盟四〇、フェザーン自治領一二という数値になり、これは〝三すくみ〟以外のなにものでもないのだった。また、銀河連邦の最盛期に三〇〇〇億をかぞえた人類の総人口は、長い混乱のため、現在、四〇〇億にまで減少している。

帝国二五〇億、同盟一三〇億、フェザーン二〇億という配分である。

その〝なんとかなってほしいがなんとなりようもない〟状況が一変するのは、ヴァルハラ系第三惑星オーディン——古代ゲルマン神話の主神の名をもつルドルフが遷都《せんと》した銀河帝国の首都星に、ひとりの若者が出現してからである。氷のような美貌《びぼう》と不敵な表情をもつその若者の名を、ローエングラム伯ラインハルトといった。

ラインハルトはもとの姓をミューゼルといい、貴族とは名ばかりの貧しい家庭に生まれた。帝国暦四六七年（宇宙暦《SE》七七六年）のことである。彼が一〇歳のとき、五歳年長の姉アンネローゼが皇帝フリードリヒ四世の後宮におさめられたことから彼の運命は変わった。黄金色の髪と蒼氷色《アイス・ブルー》の瞳をもつ若者は一五歳にして近衛《このえ》師団の少尉となり、姉アンネローゼにたいする皇帝の寵愛と、彼自身の才幹とによって加速度的に栄進していった。

　年齢が二〇に達したとき、彼はローエングラム伯の爵位を授与され、帝国軍上級大将に任ぜられていた。専制国家らしい極端な人事であったが、地位には責任がともなった。門閥《もんばつ》貴族の出身であればその必要度も大きくはなかったであろうが、たんに〝皇帝の寵姫の弟〟でしかないラインハルトは、自己の才幹を他者にしめさなければならなかった。

　いっぽう、ほぼ時をおなじくして、自由惑星同盟もひとりの用兵家をえた。宇宙暦七六七年に生まれ、二〇歳で軍籍にはいったヤン・ウェンリーである。

　彼はもともと軍事にこころざしがあったわけではなく、いくつかの偶然が彼の背をつきとばさなければ、歴史の創造者ではなく観察者として生涯を終わったであろう。

「できることと、できないことがある」

　それがヤンの持論であり、運命にたいして彼はラインハルトより受動的で、かつ受容性に富んでいた。とはいえ、彼は戦争や、それを遂行するための軍人という職業にたいして、つねに違和感をいだきつづけており、軍部における地位を投げ捨てて隠退したいという欲求から終生、解放されることがなかったのである。

　……宇宙暦《SE》七九六年、帝国暦四八七年の初頭、ラインハルトは二万隻からなる艦隊をひきいて遠征の途にのぼった。〝自由惑星同盟〟を僭称《せんしよう》する叛乱軍を足もとに拝跪《はいき》させ、その功績によってみずからの地位を確立するためである。

同盟軍は四万隻の艦隊を組織して、それを迎撃することになった。その幕僚《ばくりよう》の一員に、ヤン・ウェンリーの名がある。

この年、ローエングラム伯ラインハルトは二〇歳、ヤン・ウェンリーは二九歳であった……。

第一章　永遠の夜のなかで

Ⅰ

銀河帝国軍大佐ジークフリード・キルヒアイスは、艦橋に一歩を踏みいれた瞬間、思わず立ちすくんだ。無数の光点をちりばめた宇宙の深淵が、圧倒的な量感で彼の全身をおしつつんだからである。

「………」

無窮《むきゅう》の暗黒間に浮揚《ふよう》したかのごとき錯覚は、しかし一瞬で去った。戦艦ブリュンヒルトの艦橋は巨大な半球型をなしており、その上半部が一面のディスプレイ・スクリーンとなっているという事実が、キルヒアイスの記憶にあったのだ。

感性を宙空から地上へひきずりおろすと、キルヒアイスはあらためて周囲を見わたした。広大な室内の照明は極度に抑えられて、薄暗がりの支配下におかれていた。大小無数のスクリーン、操作卓《コンソール》、計器類、コンピューター、通信装置などが幾何学的に配置されたなかを、男たちがうごきまわっている。その頭部や手足のうごきが、水流にのって回遊する魚群を連想させた。

キルヒアイスの鼻孔を、あるかなしかのかすかな臭気が刺激した。戦闘を控えて緊張した人間が分泌するアドレナリンの匂いと、機械《メカ》が発する電子臭とを、還元酸素のなかで混合させると、宇宙の軍人に親しいこの匂いが生まれるのだ。

赤毛の若者は艦橋の中央部にむかって大股に歩きだした。大佐といっても、キルヒアイスはまだ二一歳になっていなかった。軍服をぬいだときの彼は、後方勤務の女性兵たちが噂するように、〝ハンサムな赤毛ののっぽさん〟にすぎなかった。ときとして、自分の年齢と階級との相関関係につりあわないものを感じてとまどうことがある。彼の上官のように平然としてそれをうけとめることは、なかなかできないのだった。

ローエングラム伯ラインハルトは、指揮シートの角度を傾けて、ディスプレイ・スクリーンを埋めつくす星の大海にじっと見いっていた。彼にちかづいたとき、やわらかな空気の抵抗をキルヒアイスは感じた。遮音力場が張ってあったのだ。ラインハルトを中心とした半径五メートル以内の会話は、外にいる者には聴こえない。

「星を見ておいでですか、閣下」

キルヒアイスの声に、一瞬の間をおいてラインハルトは視線を転じ、シートの角度を水平にもどした。すわったままではあっても、黒を基調として各処に銀色を配した機能的な軍服が、すらりと均整のとれた肢体を、よりいっそう精悍《せいかん》にひきしめているのがわかる。

ラインハルトは美しい若者だった。ほかに類をみないほどの美貌と称してもよい。やや癖のある黄金色の頭髪が白い卵型の顔の三方を飾っている。鼻梁《びりょう》と唇の端麗さは、古代の名工の手になる彫刻を想わせた。しかし生命のない彫刻でありえない証明はその双眼で、蒼氷色《アイス・ブルー》の瞳はするどく研磨された剣のような光を放っていた。それとも、凍《い》てついた星の輝き、と呼ぶべきだろうか。宮廷の女たちは〝美しい野心的な瞳〟と噂し、男たちは〝危険な野心家の目〟と表現している。いずれにせよ、無機的な完璧さを有する彫刻の目でないことはたしかだった。

「ああ、星はいい」

ラインハルトは応《こた》え、自分と同年齢の腹心の部下を仰ぎみるようにした。

「またすこし背が伸びたのではないか？」

「二カ月前とおなじ一九〇センチです、閣下。もうこれ以上は伸びないでしょう」

「おれより七センチも高ければたしかにもう充分だな」

負けん気の強い少年のようなひびきが、その声にはある。キルヒアイスはかすかに笑った。六年ほど前まで、両者の身長にはほとんど差がなかった。金髪の少年に差をつけてキルヒアイスの背が伸びはじめたとき、ラインハルトは本気で口惜《くや》しがり、友人をおきざりにして自分だけ背を伸ばすのか、などと抗議口調で言ったものである。キルヒアイスと、ほかにもうひとりの人物だけしか知らない、ラインハルトの子供っぽい側面だった。

「ところでなにか用件があるのか？」

「はい、叛乱軍の布陣です。偵察艇三隻からの報告によりますと、やはり三方から同一速度でわが軍に接近しつつあるようです。指揮卓のディスプレイを使ってよろしいですか？」

金髪の若い上級大将がうなずくのを見て、キルヒアイスは手をリズミカルにうごかした。指揮卓の左半分をしめるディスプレイの画面に、四本の矢印が浮かびあがった。上下左右の各方向から、画面の中心へと進行するかたちである。下方の矢印だけが赤く、他の矢印は緑色だった。

「赤い矢印がわが軍、緑の矢印が敵です。わが軍の正面に敵軍の第四艦隊が位置し、その兵力は艦艇一万二〇〇〇と推定されます。距離は二二〇〇光秒、このままの速度ですと、約六時間後に接触します」

画面をさすキルヒアイスの指がうごいた。左方向には敵軍第二艦隊がおり、兵力は艦艇一万五〇〇〇隻、距離は二四〇〇光秒。右方向には敵軍第六艦隊がおり、兵力は艦艇一万三〇〇〇隻、距離は二〇五〇光秒。

反重力磁場システムをはじめとする各種のレーダー透過装置や妨害電波などの発達、さらにレーダーを無力化する材料の出現により、レーダーが索敵《さくてき》装置として用をなさなくなって数世紀が経過している。索敵は有人偵察機や監視衛星など、古典的な手段にたよるしかない。それらによってえられた情報に、時差や距離的要素を加算して敵の位置を知る。これに熱量や質量の測定をくわえれば、不完全ながらもいちおうの索敵が可能となるのだ。

「敵軍の合計は四万隻か。わが軍の二倍だな」

「それがわが軍を三方から包囲しようとしております」

「老将《おいぼれ》どもが青くなっているだろう……いや、赤くかな」

ラインハルトは意地の悪い笑いを白皙《はくせき》の顔にひらめかせた。二倍の敵に三方から包囲されつつあると知りながら、狼狽《ろうばい》の気色はまったくみえない。

「たしかに青くなっています。五人の提督が閣下に緊急にお会いしたいと申しこんでこられました」

「ほう、おれの顔も見たくないと放言していたのにな」

「お会いになりませんか？」

「いや、会ってやるさ。……奴らの蒙《もう》を啓《ひら》くためにもな」

ラインハルトの前にあらわれたのはメルカッツ大将、シュターデン中将、フォーゲル中将、ファーレンハイト少将、エルラッハ少将の五人だった。ラインハルトの言う〝老将〟たちである。しかしその評語は酷にすぎるかもしれない。最年長のメルカッツでもいまだ六〇歳には達しておらず、最年少のファーレンハイトは三一歳でしかなかった。ラインハルトたちのほうが若すぎるのである。

「司令官閣下、意見具申を許可していただき、ありがとうございます」

一同を代表してメルカッツ大将が述べた。ラインハルトが生まれるはるか以前から軍籍にあり、実戦にも軍政にも豊富な知識と経験をもっている。中背で骨太の体格と眠そうな両眼をのぞいては特徴のない中年男だが、その実績と声価はラインハルトなどよりずっと大きいであろう。

「卿《けい》らの言いたいことはわかっている」

メルカッツのしめした儀礼にかたちばかりの答礼をして、ラインハルトは先手をうった。

「わが軍が不利な状況にある、そのことに私の注意を喚起したいというのだろう」

「さようです、閣下」

シュターデン中将が半歩前へ進みでながら応じた。ナイフのように細身でシャープな印象をあたえる四〇代なかばの人物で、戦術理論と弁舌に長じた参謀型の軍人だった。

「わが軍にたいして敵の数は二倍、しかも三方向よりわが軍を包囲せんとしております。これはすでに交戦態勢において敵に後《おく》れをとったことを意味します」

ラインハルトの蒼氷色《アイス・ブルー》の瞳が冷然たる輝きを放ちながら、中将を直視した。

「つまり、負けると卿は言うのか？」

「――とは申しておりません、閣下。ただ、不利な態勢にあることは事実です。ディスプレイ・スクリーンを見ましてもわかりますように……」

七対の目が指揮卓のディスプレイに集中した。

キルヒアイスがラインハルトにしめした両軍の配置が、そこに図示されている。遮音力場の外で幾人かの兵が興味津々と高級士官たちを見やっていたが、シュターデン中将がにらみつけると、あわてて目をそらせた。せきばらいののち、中将がふたたび口を開く。

「これはすぐる年、帝国の誇ります宇宙艦隊が、自由惑星同盟を僭称《せんしょう》する叛乱軍のため、無念の敗北を喫したときと同様の陣形です」

「〝ダゴンの殲滅《せんめつ》戦〟だな」

「さよう、まことに無念な敗戦でした」

荘重な歎息《たんそく》が中将の口から洩れた。

「戦いの正義は、人類の正統な支配者たる銀河帝国皇帝陛下と、その忠実な臣下たるわが軍将兵にあったのですが、叛乱軍の狡猾《こうかつ》なトリックにかかり、忠勇なる百万の精鋭は虚空に散華《さんげ》するにいたったのです。今回の戦いにおいて、もし前者の轍を踏むことあらば、皇帝陛下の宸襟《みこころ》を傷つけたてまつるは必定であり、ここは功にはやることなく、名誉ある撤退をなさるべきではないかと愚考するしだいです」

まさしく愚考だ、無能きわまる饒舌《じょうぜつ》家め、とラインハルトは心のなかでののしった。口にだしてはこう言った。

「卿の能弁は認める。しかしその主張を認めるわけにはいかぬ。撤退など思いもよらぬことだ」

「……なぜです。理由を聞かせていただけますか?」

どしがたい孺子《こぞう》めが、とののしる表情がシュターデン中将の瞳に浮きあがっている。それを意に介せず、ラインハルトは答えた。

「吾々が敵より圧倒的に有利な態勢にあるからだ」

「なんですと?」

シュターデンの眉が大きく上下した。メルカッツは憮然として、フォーゲルとエルラッハは愕然として、若い美貌の指揮官を見つめた。

五人中最年少のファーレンハイトだけが、色素の薄い水色の瞳におもしろそうな表情をたたえている。下級貴族の出身で、食うために軍人になったと広言している男だ。機動性に富んだ速攻の用兵に定評があるが、迎撃戦となるとやや粘りに欠けるともいわれる。

「どうも私のように不敏な者には理解しがたい見解を有しておいでのようですな。もうすこしくわしく説明していただけるとありがたいのですが……」

シュターデン中将が耳ざわりな声で言った。その不愉快な舌をひきぬいてやるのは後日のこととして、ラインハルトは相手の要請に応じた。

「私が有利と言うのはつぎの二点においてだ。ひとつ、敵が三方向に兵力を分散させているのにたいし、わが軍は一カ所に集中している。全体を合すれば敵が優勢であっても、敵の一軍にたいしたときには、わが軍が優勢だ」

「…………」

「ふたつ、戦場からつぎの戦場へ移動するに際しては、中央に位置するわが軍のほうが近路をとることができる。敵がわが軍と闘わずして他の戦場へ赴《ゆ》くには、大きく迂回しなければならない。これは時間と距離の双方を味方としたことになる」

「……………」

「つまり、わが軍は敵にたいし、兵力の集中と機動性の両点において優位にたっている。これを勝利の条件と言わずしてなんと呼ぶか！」

鋭く切りこむような語調でラインハルトが言い終えたとき、五人の提督は一瞬、その場で結晶化したようにキルヒアイスには思われた。ラインハルトは彼より豊富な戦歴を有する年長の軍人たちに、極端なまでの発想の転換をしいたのだ。

呆然と立ちつくすシュターデン中将の顔に皮肉な視線を射こみながら、ラインハルトはおいうちをかけた。

「吾々は包囲の危機にあるのではない。敵を各個撃破するの好機にあるのだ。この好機を生かすことなくむなしく撤退せよと卿は言うが、それは、消極をすぎて罪悪ですらある。なぜなら吾々にかせられた任務は、叛乱軍と戦ってこれを撃滅することにあるからだ。名誉ある撤退と卿は言った。皇帝陛下より命ぜられた任務をはたさずしてなんの名誉か！　臆病者の自己弁護に類するものと卿は思わぬのか？」

皇帝の二字がでると、ファーレンハイトをのぞいた四提督の身体に緊張の小波《さざなみ》がはしる。それがラインハルトにはばかばかしい。

「しかし、総司令官閣下はそうおっしゃるが……」

あえぐようにシュターデンは抗弁を試みた。

「好機と言っても、閣下おひとりがそう信じておられるだけのこと。用兵学の常識からみても承服しかねます。実績をしめしていただかないことには……」

こいつは無能なだけでなく低能だ、とラインハルトは断定した。前例のない作戦に実績のあるはずがない。実績はこれからの戦闘でしめされるのではないか。

「翌日には卿はその目で実績を確認することになるだろう。それでは納得できないか」

「成算がおありですか？」

「ある。ただし卿らが私の作戦に忠実にしたがってくれればの話だ」

「どのような作戦です？」

猜疑《さいぎ》の念も露骨にシュターデンが問う。ラインハルトは一瞬キルヒアイスの顔を見やると、作戦の説明をはじめた。

……二分後、遮音力場の内部に、シュターデンの叫びがみちた。

「机上の空論だ。うまくいくはずがありませんぞ、閣下、このような……」

ラインハルトは掌を指揮卓に勢いよくたたきつけた。

「もういい！　このうえ、議論は不要だ。皇帝陛下は私に叛乱軍征討司令官たれと仰せられた。卿らは私の指揮にしたがうことを陛下への忠誠の証明《あかし》とせねばならぬはずだ。それが帝国軍人の責務ではないか。忘れるな、私が卿らの上位にあるということを」

「………」

「卿らにたいする生殺与奪《せいさつよだつ》の全権は、わが手中にある。みずからのぞんで陛下の御意に背《そむ》きたてまつろうというのであれば、それもよし。陛下にたまわったわが職権をもって、卿らの任を解き、抗命者として厳罰に処するまでのこと。そこまでの覚悟が卿らにはあるのか」

ラインハルトは目前の五人を見すえた。返答はなかった。

Ⅱ

五人の提督は去った。納得も承服もしないが、皇帝の威には逆らいがたいという態《てい》であった。ただ、ファーレンハイトひとりはラインハルトの作戦構想に好意的な表情をしめしたようにも思われるが、ほかの四人の表情は、程度の差こそあれ、〝皇帝の威を借る孺子《こぞう》めが〟と語っていた。

キルヒアイスにとっては、いささか黙視しがたい状況が生じている。それでなくてさえ、ラインハルトは若すぎるなりあがり者として評判がよくないのだ。老練の諸将からみれば、ラインハルトは姉アンネローゼを介して皇帝の威光を借りるだけでみずからは光を発することのない貧弱な小惑星であるにすぎなかった。

ラインハルトは今回が初陣というわけではない。軍籍にはいって五年、すでにいくつかの軍功をたてている。しかしそれも諸将に言わせると、運がよかったとか、敵が弱すぎたということになるのだった。またラインハルトが万事、腰が低いとは称しがたいことから、彼にたいする悪感情は増幅し、現在では〝生意気な金髪の孺子《こぞう》〟なる呼称が蔭《かげ》で定着しているほどなのである。

「よろしいのですか？」

青い目に懸念の表情を浮かべて、赤毛の若者はラインハルトにただした。

「放っておけ」

上官のほうは平然としていた。

「奴らになにができるものか。いやみひとつ言うにも、ひとりではなく幾人かでつるんでしか来られないような腰ぬけどもだ。皇帝の権威に逆らうような勇気などありはせぬ」

「ですが、それだけに陰《いん》にこもるかもしれません」

ラインハルトは副官を見て、低い楽しそうな笑い声をたてた。

「お前はあいかわらず心配性だな。気にすることはない。いまは不平たらたらでも、一日たてば様相が変わる。シュターデンの低能に、奴の好きな実績とやらを額縁つきで見せてやるさ」

もうその話はやめよう、と言ってラインハルトは席からたちあがり、司令官室で休息しようと誘った。

「一杯飲まないか、キルヒアイス、いい葡萄酒《ワイン》があるんだ。四一〇年ものの逸品だそうだ」

「けっこうですね」

「では行こうか、ところで、キルヒアイス……」

「はい、閣下」

「その閣下だ。ほかに人がいないときは閣下呼ばわりする必要はない。以前から言っているだろう」

「わかってはいるのですが……」

「わかっているのなら実行しろ。この会戦が終わって帝国首都《オーディン》に帰還したら、お前自身が閣下になるのだから」

「…………」

「准将に昇進だ。楽しみにしておくんだな」

艦長ロイシュナー大佐にあとをまかせて、ラインハルトは個室へと歩きだした。そのあとにしたがいながら、キルヒアイスは上官の発言を脳裏で反芻《はんすう》した。

会戦が終わって帰還したら准将……金髪の若い提督は、敗北することなど考えてもいないらしい。キルヒアイス以外の者であれば、それをどしがたい高慢とうけとるに相違なかった。だがラインハルトが、親友にたいする好意から言ったのだということを、キルヒアイスは知っている。

この人に会ってから、もう一〇年になるのか……キルヒアイスはふとそう思った。ラインハルトとその姉アンネローゼに出会って、彼の運命は変わったのだ。

ジークフリード・キルヒアイスの父親は司法省に勤める下級官吏だった。四万帝国マルクほどの年俸を稼ぐために上司と書類とコンピューターにおいまわされる毎日で、広くもない庭でバルドル星系産のなんとかいう蘭の一種を育てることと、食後の黒ビールだけを楽しみとする、平凡で善良な男だった。幼い赤毛の息子のほうは、学校では優等生グループの端になんとかぶらさがり、スポーツは万能で、両親の自慢だった。

ある日、廃屋も同然の隣家に、貧しげな父子がうつり住んできた。

無気力そうな中年男が貴族だと聞いて、キルヒアイス少年は驚いたが、金髪の姉弟を見て信じる気になった。姉弟ともなんと綺麗なんだろうと少年は思ったのだ。

弟のほうとは即日、知合いになった。ラインハルトなる少年は、キルヒアイスと同年で、標準暦で二カ月だけキルヒアイスより遅く生まれたということだった。赤毛の少年が名のると、金髪の少年はかたちのいい眉をきゅっと吊りあげて言った。

「ジークフリードなんて、俗な名だ」

思いもかけないことを言われて、赤毛の少年はびっくりし、返答にこまった。するとラインハルトはつづけてこう言った。

「でもキルヒアイスって姓はいいな。とても詩的だ。だからぼくはきみのこと、姓で呼ぶことにする」

いっぽう、姉のアンネローゼのほうは、彼の名を短縮して〝ジーク〟と呼んだ。顔の造作は弟に酷似していたが、いちだんと繊細で、けぶるような微笑がかぎりなく優しかった。ラインハルトに紹介されて対面したとき、彼女は木洩れ陽がさしこむような表情を赤毛の少年にむけた。

「ジーク、弟と仲よくしてやってね」

それから今日までキルヒアイスは彼女の依頼を忠実にまもってきた。

さまざまなことがあった。見たこともない豪奢《ごうしゃ》な地上車《ランド・カー》が隣家の前に駐まり、高級な服を着た中年の男がおりてきた。負けず嫌いのラインハルトが、泣きながら父親を詰《なじ》る声が一晩中、絶えなかった。

「父さんは姉さんを売ったんだ」

翌朝、ラインハルトを学校に誘うという口実で隣家を訪れたキルヒアイスに、優しく、だが寂しげに微笑してアンネローゼが言った。

「弟はもう、あなたとおなじ学校へ行けないの。短い期間だったけど、ありがとう」

美しい少女は彼の額に接吻して、手作りのチョコレート・ケーキをくれた。

その日、赤毛の少年は学校へ行かず、ケーキをだいじにかかえて自然公園に行き、パトロール・ロボットに発見されないよう用心しながら、誰も知らない理由で火星松と呼ばれる針葉樹の蔭で、長い時間をかけてケーキを食べた。姉弟に別れる哀しさで涙がこぼれ、それを手で拭いたため、幼い顔には焦茶色の縞《しま》ができた。

暗くなって、叱責を覚悟で帰宅したが、両親はなにも言わなかった。隣家の灯は消えていた。

一カ月後、帝国軍幼年学校の制服を着たラインハルトが予告もなく訪れてきた。驚喜するキルヒアイスに、金髪の少年はおとなびた口調で言った。

「軍人になるんだ。はやく一人前になれるからね。出世して姉さんを解放してあげなきゃ。ねえ、キルヒアイス、ぜひぼくとおなじ学校へおいでよ。幼年学校にいるのはいやな奴らばかりなんだ」

……両親は反対しなかった。息子の出世をのぞんだのかもしれないし、息子を隣家の姉弟に奪われたと悟ったのかもしれない。ともあれ、キルヒアイスはラインハルトとおなじ道を歩むべく、少年の日に決断をくだしたのだった。

幼年学校の生徒は大半が貴族の子弟で、ほかは上流市民の息子ばかりだった。キルヒアイスが入学を許されたのは、ラインハルトの熱望とアンネローゼの労によるものだということは明白だった。

ラインハルトの成績はつねに首席であり、キルヒアイスも上位を確保していた。自分自身のためにも姉弟のためにも、悪い成績はとれなかった。

ときおり、生徒の父兄たちが学校を訪れた。身分の高い貴族。しかし彼らに敬意をいだく気にはなれなかった。特権に驕《おご》る者の腐臭だけが鼻についた。

「あいつらを見ろよ、キルヒアイス」

そのような貴族たちを見るたびに、ラインハルトは激しい嫌悪と侮蔑《ぶべつ》をこめてささやくのだった。

「あいつらは今日の地位を自分自身の努力で獲得したのじゃない……権力と財産を、ただ血がつながっているというだけで親から相続して、それを恥じらいもしない恥知らずどもだ。あんな奴らに支配されるために、宇宙は存在するんじゃない」

「ラインハルトさま……」

「そうさ、キルヒアイス、おれもお前も、あんな奴らの風下《かざしも》に立つべき理由はなにひとつないんだ」

この種の会話は両者のあいだで幾度となくかわされたが、あるとき、ラインハルトは赤毛の親友に強烈きわまる衝撃をあたえた。

首都のいたる処《ところ》に傲然《ごうぜん》とそびえ立つルドルフ大帝の像に敬礼したあと――これに礼をほどこすのは帝国臣民の神聖な義務だった。大帝像の両眼は精巧なテレビ・アイになっており、帝威をおそれぬ危険分子は内務省にきびしく監視されているのだ――ラインハルトは熱っぽい口調で語りかけた。

「キルヒアイス、こう考えてみたことはないか？　ゴールデンバウム王朝は人類の発生以来、つづいてきたわけじゃない。始祖はあの傲岸不遜《ごうがんふそん》なルドルフだ。始祖がいるということは、それ以前は帝室などでなく、名もない一市民にすぎなかったってことだ。もともとルドルフはなりあがりの野心家にすぎなかった。それが時流にのって神聖不可侵の皇帝などになりおおせたんだ」

この人はなにを言おうとしているのか？　キルヒアイスは鼓動の高まりをおぼえた。ラインハルトは言った。

「ルドルフに可能だったことが、おれには不可能だと思うか？」

そしてキルヒアイスを凝視したラインハルトの蒼氷色《アイス・ブルー》の宝石のような瞳を、赤毛の少年は呼吸を停める思いで見かえしたのだ。それはふたりが軍隊にはいる直前の冬のことだった。

Ⅲ

「……科学技術の無秩序な発展が人類のアイデンティティに危険をおよぼした例は、西暦《AD》二〇世紀から二一世紀にかけて多数を見いだすことができる。ことに遺伝子工学の一成果である生命複製《クローニング》は、それがたんに理論上の可能性をしめしただけであったにもかかわらず、永遠の生命を保障されたかのように誤解された。それが社会ダーウィニズムと結合されたとき、おそるべき生命軽視の思想が地球という名の惑星上を跋扈《ばっこ》するにいたった。劣悪な遺伝子の所有者に子を生む資格はなく、劣等人種を淘汰《とうた》することによって人類の質的向上をはかるべきだとの意見が勢力をました。これはじつに、後日のルドルフ・フォン・ゴールデンバウムの主張の遠い萌芽《ほうが》となったものであり……」

操作卓《コンソール》の小さな画面に映しだされていた文章が急に薄れて消えた。調節ボタンに指が触れるより早く、べつの文章が浮かびあがる。

「ヤン准将、司令官がお呼びです。指揮官席へ至急おいでください」

読書の途中を邪魔されたヤン・ウェンリー准将は、軍用ベレーを取っておさまりの悪い黒い頭髪をかきまわした。

彼は自由惑星同盟軍第二艦隊の次席幕僚であり、旗艦パトロクロスの艦橋の一角に座をしめていた。本来、戦術コンピューター用の操作卓《コンソール》に書籍ＶＴＲをいれて私的な読書を楽しんでいたのだから、不愉快がる道理はない。

ヤンの姓名表記型式はＥ式となっている。これは銀河連邦成立以前からの伝統で、姓が名の前にくる型式であり、Ｅとは東洋《イースタン》の頭文字だとされていた。逆に名が姓の前にくる表記型式をＷ式と称し、これは西洋《ウエスタン》の頭文字ということになっている。

もっとも、混血がいちじるしくすすんだこの時代、姓名は直系の祖先の出身をおぼろげにしめすだけの役割しかもっていない。

ヤンは黒い髪、黒い目、中肉中背の体軀《たいく》をもつ二九歳の青年で、軍人というよりは冷静な学者といった印象をあたえる。だがそれもしいて言えばのことで、ごく温和そうな青年という以上には他人はみないようであった。軍隊における彼の階級を聞いてたいていの人は驚く。

「ヤン准将、まいりました」

敬礼する青年士官に、艦隊司令官パエッタ中将は非好意的な視線をむけた。こちらは、軍人以外の職業が想像できないような、いかめしい顔つきの中年の人物である。

「きみの提出した作戦案を見た」

それだけ言って、またヤンを観察する。こんな軟弱そうな孺子《こぞう》が、自分より二階級しか下でないことを、どうしても納得できぬと言いたげである。

「なかなか興味深い案だった。しかし、慎重にすぎていささか消極的ではないかな」

「そうでしょうか」

ヤンはごく温和な口調で応じたが、考えてみればこれは上官にたいしてかなり無礼な応答であったかもしれない。パエッタ中将は気づかなかった。

「きみ自身が記しているとおり、たしかに負けがたい作戦案ではある。しかし負けないだけでは意味がない。勝たなくてはな。わが軍は敵を三方から包囲している。しかも敵の二倍の兵力でだ。これだけ大勝の要件をそなえて、なぜ、いまさら、負けない算段をせねばならんのだ？」

「ですが、まだ包囲網が完成されたわけではありません」

今度は中将も気づいた。彼は不快そうに眉根をよせ、みごとな縦皺《たてじわ》を一本、眉間に深く刻んだ。

ヤンは平然としている。

九年前、国防軍士官学校を卒業したとき、ヤンは平凡な新任少尉だった。卒業時の席次は四八四〇名中、一九〇九番だったのだ。そして現在は平凡な准将、とは言えない。彼は同盟全軍をつうじて一六名しかいない二〇代の将官のひとりなのである。

パエッタ中将は、この若い准将の戦歴を知らないわけではない。九年間に一〇〇回以上の戦闘に参加している。今回のように五桁の艦艇が集結するような大規模の戦闘はめったになかったが、それでも幼児の花火ごっことはわけがちがうのだ。そしてなによりも、あの〝エル・ファシル脱出行〟の輝ける英雄！

若いながら歴戦の勇士であるはずなのだが、そういう印象をパエッタはまるでうけないのである。後方勤務本部で兵士の給料の計算でもしているほうが似つかわしく思えてならない。

「とにかく、この作戦案を却下する」

書類を、中将はヤンにさしだした。

「言っておくが、きみに含むところがあるわけではないぞ」

よけいなことを中将は言った。

Ⅳ

ヤン・ウェンリーの父親ヤン・タイロンは自由惑星同盟の多くの交易商人のなかでも、手腕に富んだ男として知られていた。人をそらさぬ微笑の奥で高性能の商業用頭脳を回転させ、一介の小商船主から出発してどんどん財産をふやしていったのだ。

「おれは金銭《かね》を可愛がってるから………」

と、彼は成功の秘訣を訊《たず》ねる友人に答えたものだ。

「恩を感じた金銭が出世してもどってくるのさ。銅貨は銀貨に、銀貨は金貨にな。要するに育てかたひとつだよ！」

彼自身はそれを気のきいた冗談と思っていたようで、ことあるごとにそう言ってまわったので、〝金銭《かね》育ての名人〟というニックネームをたてまつられた。かならずしも好意的なものとは言いがたいが、言われる当人は満足していたようである。

ヤン・タイロンは、また、古美術品の収集家でもあった。西暦《AD》が使用されていた当時の絵画、彫刻、陶磁器などが、彼の邸宅には山積みになっていた。オフィスに陣どって恒星間商船隊に指揮をくだしていないときの彼は、邸内の古美術品を鑑賞したり磨きたてたりするのに忙しかった。

趣味が高じたあげく、彼は配偶者まで古美術品をえらんだ、と噂された。浪費癖のある最初の妻と離婚したあと、彼は評判の美女と再婚したが、彼女はとある軍人の未亡人だったのである。そして息子——ヤン・ウェンリーが生まれた。

男児誕生の報を、ヤン・タイロンは自邸の書斎でうけたが、古い花瓶を磨く手を休めるとつぶやいた。

「おれが死んだら、この美術品はみんなそいつのものになってしまうんだなあ」

そしてまた磨きつづけた。

ヤン・ウェンリーが五歳になったとき、母親が死んだ。急性の心臓疾患によるもので、それまで健康であっただけに、その突然の死はさすがのヤン・タイロンをも驚かせた。

彼は手にしていた青銅の獅子の置物を床にとり落としたが、我にかえってそれを拾いあげると、妻の親族一同を憤慨させる台詞《せりふ》を吐いた。

「割れものを磨いているときでなくてよかった……」

生別と死別によってふたりの妻を失ったヤン・タイロンは、もう結婚する意思をもたなかった。彼は息子にメイドをつけたが、メイドが休暇のときなど扱いにこまり、自分の傍にすわらせて一緒に壺を磨いたりしていた。

亡妻の親族が彼の邸宅を訪れ、書斎で無言のまま壺を磨いている父子の姿を見て呆れかえり、かくも無責任な父親の手から幼児を救出すべきだ、と主張するにいたった。息子と古美術品のどちらがだいじか、と詰問されて、交易商人は答えた。

「美術品を集めるには資金がかかったからなあ」

息子のほうはただだった、というわけである。

この言種《いいぐさ》に怒りくるった親族一同は、ことを法廷にもちこんで解決する姿勢をしめしたが、それを察したヤン・タイロンは息子を抱いてみずから恒星間商船に乗りこみ、首都ハイネセンから姿を消してしまった。まさか、父親が息子を誘拐したと訴えることもできず、親族一同は肩をすくめて、星空に宇宙船の軌跡をおうしかなかった。まあしかたない、息子をつれて行ったということは、あの男にも脈があるということなのだろう……。

こうしてヤン・ウェンリーは一六歳になるまで、人生のたいはんを宇宙船の船内ですごすことになったのだ。

幼いヤン・ウェンリーは最初、跳躍《ワープ》のたびに体調を崩して吐いたり発熱したりしたが、やがて慣れてしまうと、悠然として自分の境遇をうけいれた。彼は機器《メカ》への興味をひととおりみたしてしまうと、他の方面へ関心をむけるようになった。歴史に、である。

少年はビデオも見、再刊された古書も読み、昔語りも喜んで聞いたが、とくに〝史上最悪の簒奪者《さんだつしや》〟ルドルフにたいしての興味は深かった。自由惑星同盟の人々が話すことだから、当然、ルドルフは悪の権化として表現されたが、聞くうちに少年は疑問をいだくようになった。ルドルフがそれほどの悪党だったなら、なぜ、人々は彼を支持し権力をあたえたのか？

「そりゃあ、ルドルフはとことんあくどい奴だったからな、民衆をうまくだましたのさ」

「民衆はどうしてだまされたんだろう？」

「ルドルフがなにしろ悪い奴だったからだよ」

こういう問答は少年を満足させなかったのだが、父親の見解はほかの人々と多少、ことなっていた。息子の質問に彼はこう答えた。

「民衆が楽をしたがったからさ」

「楽をしたがる？」

「そうとも。自分たちの努力で問題を解決せず、どこからか超人なり聖者なりがあらわれて、彼らの苦労を全部ひとりでしょいこんでくれるのを待っていたんだ。そこをルドルフにつけこまれた。いいか、おぼえておくんだ。独裁者は出現させる側により多くの責任がある。積極的に支持しなくても、黙って見ていれば同罪だ……しかしだな、お前、そんなことよりもっと有益なものに関心をもて」

「有益なものって？」

「金銭と美術品だ。金銭は懐中《ふところ》を、美術品は心を、それぞれゆたかにしてくれるぞ」

とは言うものの、父親は息子に自分の事業や趣味をおしつけることはなかったので、ヤン・ウェンリーはますます歴史にのめりこんでいった。

彼が一六歳になる数日前、父親のヤン・タイロンが死んだ。宇宙船の核融合炉に事故が生じた結果である。息子はハイネセン記念大学の歴史学科を受験することに決めて、父親に承諾をえたばかりだった。

「……まあ、いいか。歴史で金銭《かね》儲けした奴がひとりもいなかったわけじゃない」

そういう表現で、父親は息子が好きな道を歩むことに承諾をあたえた。

「金銭はけっして軽蔑すべきものじゃないぞ。これがあればいやな奴に頭をさげずにすむし、生活のために節を曲げることもない。政治家とおなじでな、こちらがきちんとコントロールして独走させなければいいのだ」

ヤン・タイロンが四八年の生涯で遺《のこ》したものは、息子と、交易会社と、そして膨大な美術品であった。

ヤン・ウェンリーは父親の葬儀を終えると、相続やら税金やらの俗事におわれた。そして、とんでもない事実を知ることになった。父親が生前、熱心に収集していた美術品のほとんど全部が偽物だったのである。

エトルリアの壺とやらも、ロココ様式の肖像画とやらも、漢帝国の銅馬《どうば》とやらも、すべて、

「一ディナールの価値もありません」

と、政府公認鑑定家の無情な託宣がくだったのだった。

それだけではない。父親が生前、会社に有していた権利は借金の抵当にはいっていたのだ。けっきょく、ヤンはがらくたの山とともに路頭に放りだされてしまった。

吐息まじりの苦笑とともに、幼年のころとおなじく、ヤンは自分の境遇をうけいれた。あの辣腕《らつわん》家であった父が、好きな美術品にかぎって鑑定眼を欠いていた、という事実は、彼をむしろおかしがらせた。万が一、承知のうえで贋作《がんさく》を集めていたとすれば、それも父らしいことであるように思えた。会社のほうはといえば、最初から事業をうけつぐ気など、ヤンにはなかったから、いっこうにかまわなかった。

それでもなおかつ困難は存在した。上級学校へすすむべき学資すら、ヤンの手もとには残っていなかったのである。

銀河帝国との慢性的な戦争状態は、巨額の軍事支出による国家予算の圧迫を生み、直接戦争に寄与しない人文科学関係の教育予算は削減されるいっぽうだった。奨学金を獲得するのはむずかしい。どこか、ただで歴史学を修めることの可能な学校はないものだろうか……あった。

国防軍士官学校戦史研究科がそれだった。ヤンは提出期限まぎわに願書をだし、受験の結果、首席からはほど遠い成績ながらもなんとか合格した。

Ⅴ

このように、ヤン・ウェンリーが士官学校に入学したのはまったくの方便からだった。愛国心や好戦性とは無縁なところで彼の進路は決定されたのである。

彼は父譲りのがらくたを大部分は捨ててしまったが、一部は貸倉庫にあずけ、文字どおり手ぶらで士官学校の寮にはいった。

動機が動機であったから、ヤンが優等生でありえるはずはなかった。彼は戦史とその背景となる広汎《こうはん》な歴史とは熱心に学んだが、ほかの課目は可能なかぎり手をぬいた。ことに射撃や戦闘艇操縦や機関工学など、興味のない課目では、落第点すれすれの成績をとって平然としていた。

落第点などとれば放校されるおそれがあるし、そうでなくても再試験で時間を奪われるかもしれない。要は落第さえしなければいいのだ。彼の目標は統合作戦本部長でも宇宙艦隊司令長官でも幕僚総監でもなく、戦史編纂《へんさん》室の研究員だった。軍人としての出世にはまるで興味がなかった。

戦史研究の成果だけは抜群、実技方面のそれは超低空飛行、合計すると平均点そのもの、というヤンは、戦略戦術シミュレーションの成績は悪くなかった。これはコンピューターを使った学生どうしの対戦で成績が決定されるのだが、教官たちを驚かせたのは、一〇年来の秀才と称されていた学年首席のワイドボーンを、ヤンが撃破してしまったことである。

ヤンは全兵力を一点に集結して相手の補給線を断ってしまうと、あとは防戦いっぽうにまわった。ワイドボーンはさまざまな戦術を駆使してヤンの陣営深く攻めこんだが、補給がとだえたため、退却せざるをえなかったのだ。コンピューターの判定、教官の採点、いずれもヤンの勝利だった。

プライドを傷つけられたワイドボーンはいきりたって叫んだ。

「まともに正面から戦っていれば、おれのほうが勝っていたんだ！　奴は逃げまわっていただけじゃないか」

ヤンは反論しなかった。彼としては機関工学の不成績をこちらの課目で補うことができたので、充分に満足だったのだ。

しかし、その満足も長くはつづかなかった。

二年次の終わりにヤンは教官に呼ばれ、戦略研究科への転科を命ぜられたのである。

「きみだけじゃないのだ」

教官はなだめた。

「戦史研究科そのものが廃止されるのでね、学科生全員がほかの科へ転じることになる。きみにはシミュレーションであのワイドボーンを破った実績がある。特性を生かすためにも、きみは転科したほうがいい」

「私は戦史を学びたくて士官学校にはいったのです。学生を募集しておいて、卒業する前に科を廃止するなんて、フェアじゃないと思います」

「ヤン候補生、きみはまだ現役ではないが、この学校にはいった時点で軍人となっているのだ。下士官待遇のな。軍人である以上、命令にしたがわねばならんのだよ」

「………」

「だいいち、これはきみにとって悪い話ではないはずだ。戦略研究科は秀才ぞろいの学科だ。戦略研究科を志望して失敗した者がほかの科へ流れる。それが現実なんだからな。この流れが逆になるなんて、めったにない」

「光栄なことです。私はもともと秀才なんかじゃありません」

「皮肉を言うな。いや、もちろん、いやなら辞める権利がきみにはある。しかしそれには、現在までの学資を返還しなきゃならんぞ。軍人になる者だけがただで学べるのだ」

ヤンは天を仰いだ。金銭にかんして亡父が言っていたことを想起しないではいられなかった。まったく、人は人であるということじたいで自由にはなれないものだ。

二〇歳のとき、ヤンは戦略研究科を平凡な成績で卒業し、少尉に任官した。一年後に中尉に昇進したが、士官学校卒業生はそれが普通で、とくにヤンの勤務成績が優秀だったわけではない。配属されたのが統合作戦本部の記録統計室という部署では、武勲のたてようもなかったわけだが、古い記録に接することのできる仕事はヤンにとってむしろ喜ばしいことだった。

しかし中尉昇進と同時に、ヤンは前線勤務を命じられる。エル・ファシル星域駐在部隊の幕僚として、彼は任地におもむいた。

「ひとつくるうとすべてがくるうものだな」

若い中尉は胸中でそうつぶやいていた。

軍人になろうなどと積極的に考えたことは一度もないのに、現在自分が身に着けているものは、白い五稜星《りょうせい》のマークのついた黒いベレー、襟元にアイボリー・ホワイトのスカーフをおしこんだ黒いジャンパー、スカーフとおなじ色のスラックスに黒い短靴……ごく機能的にデザインされた軍服なのである。

その年、宇宙暦《SE》七八八年に生じた〝エル・ファシルの戦い〟はヤン・ウェンリー中尉の人生に大きな加速度をかけた。

この戦いは自由惑星同盟軍にとってははなはだ不名誉なかたちで幕をあけた。戦闘そのものは敵味方とも一〇〇〇隻前後の艦隊をうごかし、たがいに二割ほどの損害をうけていちおうは終わった。この戦闘ではヤンはなにもしなかった。旗艦の艦橋で自分の席にすわって戦闘を見ていただけである。意見をもとめられもしなかった。

ところが、同盟軍は帰投しようとするその背後から不意の攻撃をうけたのである。帝国軍はみずからも帰投するとみせかけながら、急速反転し、安心して背中をみせた同盟軍に襲いかかったのだ。

エネルギー・ビームの槍が暗黒の宇宙空間を切り裂き、超ミニサイズの恒星が瞬間的にひらめいては消えさっていく。破壊された艦艇からエネルギーが放出され、それが颶風《ぐふう》となってほかの艦艇を翻弄する。

同盟軍司令官リンチ少将は恐慌をきたしたのであろう。味方の混乱を静めようともせず、旗艦を駆ってエル・ファシル本星に逃げ帰ってしまった。

指揮官の逃亡を知った同盟軍は当然、戦意を喪失し、それまで孤立しながら眼前の敵と闘っていた諸艦も、つぎつぎと艦首をひるがえして戦場を離脱した。そのなかばは自主的に退路をえらんでエル・ファシル星域から脱出し、ほかのなかばは旗艦を追ってエル・ファシル本星に逃げこんだ。逃げ遅れた艦艇の運命は二つに一つ、完全に破壊されるか、降伏するか、だった。ほとんどが降伏をえらんだ。

エル・ファシルに逃げこんだ同盟軍の残存部隊は、なお艦艇二〇〇隻、将兵五万人からの兵力を擁していたが、その後帝国軍は兵力を三倍に増強し、この機に乗じていっきょにエル・ファシル星域を〝叛乱軍の魔手から解放〟しようとはかった。エル・ファシルの民間人三〇〇万人は情況の切迫に戦慄した。もはやエル・ファシルの失陥はまぬがれないであろう。

彼らは軍部に交渉して、民間人全員の脱出計画の立案と遂行をもとめた。彼らの前に責任者として姿をあらわしたのがヤン・ウェンリー中尉だった。

若すぎるし、階級も低い。軍部は真剣にやる気があるのか？　民間人たちは疑惑をいだいたが、ヤンはたよりなげに頭をかきながらも、やるべきことはやってのけた。帝国軍の侵攻が迫った混乱のなかで、民間船と軍用船を調達し、脱出の準備をととのえさせたのだ。

そこまでなら、有能な軍人であればヤンでなくともやっただろう。ヤンはあせる民間人たちを抑えて時機を待っているようだった。

一日、急報が人々を驚かせた。リンチ司令官と彼の直属の部下たちが民間人やほかの部下を見捨て、軍需物資をかかえてエル・ファシル本星から逃亡しつつあるというのだ。騒ぎたてる人々に、ヤンはようやく脱出の指示をだした。リンチ司令官と反対の方向にだ。

「心配いりません。司令官が帝国軍の注意をひきつけてくれます。レーダー透過装置などつけず、太陽風にのって悠々と脱出できますよ」

若い中尉は、なんと司令官を囮《おとり》に使ったのである。

彼の予言は的中した。リンチ少将たちは、このことあるを予期して牙を研《と》いでいた帝国軍に発見され、狩猟のように追いまわされたあげく、白旗をあげて捕虜となった。

その間にヤンの指揮する船団は、エル・ファシル星系を離脱し、いっさんに後方星域へとむかっていた。帝国軍の探知網は彼らを捕捉していたのだが、脱出するような宇宙船はかならずなんらかの探知防御システムをそなえているもの、との先入観から、レーダーに映っている以上、人工物ではなく大規模な隕石群だろうと考え、みすみす見逃してしまったのである。

あとでそれを知った帝国軍の士官たちは、勝利の酒杯《さかずき》を床にたたきつけて砕いたという。

三〇〇万人の民間人を保護して後方星域に到着したヤンを、歓呼が待っていた。

軍首脳部はヤンの沈着さと放胆さに流星雨のごとき讃辞をあびせた。彼らはそうせざるをえなかった。敗北と逃亡、しかも民間人を保護すべき軍隊が民間人を見捨てて――という不名誉きわまる汚名をすぐには、軍人の英雄が必要だったのだ。ヤン・ウェンリー中尉こそ、自由惑星同盟の武人の亀鑑《かがみ》である。正義と人道の輝ける戦士である。全軍はこぞって若き英雄をたたえよ！

その年の標準暦九月一九日午前一〇時二十五分、ヤンは大尉に昇進した。同日午後四時三〇分、少佐の辞令をうけた。生者に二階級特進は許されないという軍規が、この奇妙な処置を上層部にとらせたのだ。

当人は周囲ほど浮かれる気にはならず、

「なんとねえ」

と肩をすくめてつぶやいたきりだった。昇進にともなって給料があがり、歴史にかんする古書を買えるようになったことだけはうれしかったが……

しかし、このときヤンは初めて用兵に興味をもったのである。

「要するに三、四〇〇〇年前から戦いの本質というものは変化していない。戦場に着くまでは補給が、着いてからは指揮官の質が、勝敗を左右する」

戦史の知識に照らしあわせて、彼はそう考えた。

〝勇将のもとに弱兵なし〟とか、〝一頭のライオンにひきいられた一〇〇頭の羊の群は、一頭の羊にひきいられた一〇〇頭のライオンの群に勝つ〟とか、古来、指揮官の重要性を強調した格言は多いのだ。

二一歳の少佐は、自分が成功した原因を誰よりも知りつくしていた。帝国軍のみならず同盟軍も、科学技術を盲信した結果、〝レーダーに映るものは人工物ではない〟という固定観念にとらわれていたのだ。ここに奇策をもちいる隙が生じた。

硬直した固定観念ほど危険なものはない。考えてみれば、学生時代、彼がワイドボーンにシミュレーションで勝利をおさめたのも、正面からの決戦に固執した相手の意表をついたからではなかったか。

敵の心理を読む。用兵のポイントはここにある。そして戦場にあって完全に能力を発揮するには補給が不可欠だ。極端なことをいえば、敵の本隊を撃つ必要はなく、補給さえ断てばよい。戦わずして敵は退《ひ》かざるをえない。

ヤンの父親は金銭の重要性をことあるごとに強調していたものだ。個人を軍隊におきかえれば、金銭は補給になる。そう思えばなかなか有益な言だったのだ。

その後、ヤンは戦闘に参加すると、二度に一度は奇功をたてた。それにともなって、中佐、大佐と昇進し、二九歳で准将となった。同窓のワイドボーンは少将だった。ただし彼は大佐のとき正攻法にこだわって敵の奇襲をうけ、戦死して二階級を特進していたのだ……。

そしてヤン・ウェンリーは現在、アスターテ星域にある。

突然のどよめきが艦橋を圧した。それは明るいものではなかった。偵察艇が急報をもたらしたのだ。

「帝国軍は予想の宙域にあらず、急進して第四艦隊と接触するならん」

「なんだと！　そんな非常識な……ありえんことだ！」

パエッタ中将の声は高く、ヒステリックなひびきをおびていた。

ヤンは自分の操作卓《コンソール》のうえに肩身せまそうにのっている書類を手にとった。紙の書類だ。これが古代中国人の手で発明されてから四〇〇〇年ちかく経過しているが、人類は文字を記述するのにそれ以上のものをついに発明できなかった。

その書類はヤンが提出した作戦案だった。彼はページをめくった。ワード・プロセッサーによる非個性的な文字の羅列が視界にとびこんできた。

「……敵に積極的な意思があれば、この状況を包囲される危機と見ず、分散したわが軍を各個撃破する好機と考えるであろう。そのとき敵が最初に攻勢にでるのは、正面に位置する第四艦隊にたいしてである。第四艦隊はもっとも少数であって攻撃と勝利が容易であり、それに勝利したあとは、第二・第六両艦隊のいずれをつぎの標的とするか、選択権はなお敵の手中にあるからである。これに対抗する手段はつぎのとおりである。挑戦をうけた第四艦隊はかるく戦ったあと、ゆっくりと後退する。追尾する敵の後背を第二・第六の両艦隊が撃つ。敵が反転攻勢にでれば、第二・第六の両艦隊はかるく戦いつつ後退、今度は第四艦隊が敵の後背を撃つ。これをくりかえし、敵の疲労をさそい、最終的に包囲殲滅する。きわめて成功率の高い戦法だが、留意すべきは兵力の集中、相互連絡の密、前進後退の柔軟性であり……」

ヤンは書類を閉じると、視線をあげて天井の広角モニターを見やった。数億の星の群が冷然と彼を見かえした。

若い准将は口笛を吹きかけてやめると、なにやら忙しく自分の操作卓《コンソール》を操作しはじめた。

第二章　アスターテ会戦

I

同盟軍第四艦隊司令官パストーレ中将は、「帝国軍艦隊急速接近」の報にショックをうけた。

艦隊旗艦レオニダスのディスプレイ・スクリーン全体に人工の光点が群がり生じ、それが一瞬ごとに明度をましつつ拡大してくる。見る者の鼓動を早め、口のなかを干上がらせる、威圧感にみちた光景だった。

「これはどういうことだ」

中将は指揮官席から身をおこしてうめいた。

「帝国軍はどういうつもりだ？　なにを考えている？」

奇妙な質問だ、と思った者もいたが、その数はすくなかった。帝国軍の意図はその総力をあげて第四艦隊を攻撃するにある。それはあきらかなはずであったが、三方向から包囲されつつある敵が、これほど大胆に攻勢をかけてこようとは、同盟軍首脳部は想像していなかったのである。

彼らの予測によれば、包囲態勢下におかれた帝国軍は、多数の敵にたいする防御本能に身をゆだね、戦線を縮小させて密集態形をとるはずだった。それにたいして同盟軍は三方向からおなじスピードで殺到し、厳重な包囲網をしいて火力を集中させ、ゆっくりと、だが確実にその抵抗力をそぎとっていけばよい。

一五六年前、〝ダゴンの殲滅戦〟はそのように戦われ、勝者たる二名将の令名が今日に伝わっている。ところが、この敵は同盟軍の計算にのらなかった。

「なんということだ！　敵の司令官は用兵を知らぬ。こんな戦いかたがあるか」

愚かしいことを中将は口走った。指揮官席からたちあがり、手の甲で額の汗をぬぐう。一六・五度Ｃにたもたれた艦内で汗の噴きだすはずはないのだが……。

「司令官閣下、どうなさいます？」

問いかける幕僚の声も、抑制を欠いてうわずっている。その口調が、中将の癇《かん》にさわった。三方向からの分進合撃こそ必勝の戦法であるととなえたのは、彼ら幕僚団ではなかったのか。それが失敗したときの対策をたてる責任も、当然、彼らにはあるはずだった。「どうなさいます」とはなにごとだ！　しかし怒りに身をまかせていられる場合ではなかった。

帝国軍艦隊は二万隻、同盟軍第四艦隊は一万二〇〇〇隻である。完全に予定がくるった。三個艦隊の四万隻で二万隻の敵を包囲攻撃するはずであったのに、圧倒的多数の敵と単独で戦わなければならなくなったのである。

「第二、第六の両艦隊に緊急連絡！　α《アルファ》七・四、β《ベータ》三・九、γ《ガンマ》マイナス〇・六の宙域において敵と衝突、ただちに応援に来られたし、と」

中将は命令したが、旗艦レオニダスの通信長ナン技術少佐は絶望の動作と表情でそれに応じた。帝国軍の放つ妨害電波が、同盟軍の通信回路を貪欲《どんよく》に侵蝕《しんしょく》しつつあったのだ。ラインハルトが散布させた数万の妨害電波発生器が、宇宙空間を漂いながら効力を発揮していた。

「では連絡艇をだせ、両艦隊に二隻ずつだ」

そうどなる中将の顔を、スクリーンから放たれた閃光が一瞬、白く染めあげた。敵の攻撃がはじまり、中性子ビーム砲が斉射されたのだ。膨大なエネルギーの射出と、それにともなう発光は、兵士たちの眼底まで染色してしまうかと思わせる。

虹にも似たきらめきが、同盟軍艦隊の各処に生じていた。敵のビームを、エネルギー中和磁場がさえぎる、その瞬間に生じるきらめきだ。極小のエネルギー粒子が高速で衝突し、共食《ともぐい》現象をおこしているのだった。

中将は腕を大きくふって叫んだ。

「先頭集団、迎撃せよ！　全艦、総力戦用意！」

パストーレ中将の命令を受信したわけではなかったが、帝国軍総旗艦ブリュンヒルトの艦橋では、ラインハルトが蒼氷色《アイス・ブルー》の瞳に冷嘲《れいちょう》の波をゆらめかせて独語していた。

「無能者め、反応が遅い！」

「戦闘艇、発進せよ！　接近格闘戦《ドッグ・ファイト》にうつるぞ」

この命令はファーレンハイト少将である。戦いの昂揚感に、先手をとった自信がくわわって、彼の表情と声にするどい生気をみなぎらせていた。〝金髪の孺子《こぞう》〟の功績になるにしても、とにかく勝つことだ！

巨大な母艦から、X字翼の単座式戦闘艇〝ワルキューレ〟がつぎつぎと発進する。超高速で宇宙空間を疾走する母艦からきり離された時点で、慣性によってすでに母艦以上の速度に達しており、滑走路や射出装置《カタパルト》は不要なのだ。ワルキューレは小型であるから火力はおちるが、運動性に富み、接近格闘戦《ドッグ・ファイト》において大いに効力を発揮する。

ワルキューレに対応する単座式戦闘艇は同盟軍にもあり、〝スパルタニアン〟と称されていた。

各処に核融合炉爆発の閃光がはしり、解放されたエネルギーの乱流が無秩序なうねりで両軍艦艇を揺りうごかす。そのなかをあらたなエネルギーの束が切り裂き、それをかいくぐってワルキューレが飛翔する。銀色に輝く四枚の翼をもった死の天使だ。同盟軍のスパルタニアンは格闘戦能力においてワルキューレに劣るものではなかったが、機先を制された不利は大きく、母艦から離脱する瞬間を狙撃されては乗員もろともビームで粉砕されていった。

……戦闘開始後一時間、帝国軍ファーレンハイト部隊の苛烈《かれつ》な攻撃によって、第四艦隊先頭集団はほとんど潰滅《かいめつ》状態になっていた。

二六〇〇隻の艦艇中、戦闘に参加しているものは二割にみたない。核融合炉爆発を生じて蒸発した艦、爆発はまぬがれたものの大破して戦闘続行不能となった艦、艦体の損傷はかるいが乗員のたいはんを失ってむなしく宙を漂流している艦――惨憺《さんたん》たる状態で、戦線崩壊までは、半歩の距離もないものと思われた。

戦艦ネストルにいたっては、損傷部分は艦底のただ一カ処にすぎなかったが、艦内に侵入して炸裂《さくれつ》した中性子弾頭が、荒れくるう殺人粒子の波濤《はとう》をうんで全艦を席捲《せっけん》し、一瞬にしてこの巨艦を将兵六六〇名の柩《ひつぎ》にしてしまった。

このため、乗員を失ったネストルは、航宙士のさだめた最後の針路をまもって、惰性のみえざるレールのうえを突進し、僚艦レムノスの艦首をかすめた。それはレムノスの前部主砲が敵艦めがけて斉射された瞬間であった。ネストルは至近距離から光子砲を撃ちこまれ、一瞬ののち、音もなく爆発した。不運なレムノスもただちにそのあとを追った。核融合炉爆発のエネルギーが、中和磁場を突き破ってレムノスの艦体を直撃したのである。

白色の閃光が双生児のように連鎖して生じ、それが消えさったあとには無機物のひとかけらさえ残らなかったのだ。レムノスの乗員は僚艦を消滅させたほうびとして死をあたえられたのだった。

「なにをやっとるのだ！」

その声はパストーレ中将であり、

「なにをやっていやがる」

とつぶやいたのはファーレンハイト少将であった。

両者とも旗艦のスクリーンをとおして、その光景をながめていたのである。一方は絶望とあせりの叫びであり、他方は余裕にみちた嘲弄《ちょうろう》だった。その差は同時に戦況の差であった。

II

このとき、同盟軍第二・第六両艦隊はかろうじて知った事態の急展開に驚きながらも、当初の作戦を変更する決心がつかぬまま、以前とおなじ速力で戦場へすすみつつある。

第二艦隊司令官パエッタ中将は旗艦パトロクロスの指揮官席にすわって、他人からみえぬところで貧乏ゆすりをやっていた。焦燥感が彼のひざを間断なく揺さぶっていたのだ。指揮官の心理が部下に投影し、艦橋内の空気は帯電しているかのようだった。

そんななかでただひとり、おちついた表情の者がいることに中将は気づいた。一瞬ためらったあと、声をかける。

「ヤン准将！」

「はい？」

「貴官はこの事態をどうみる？　意見を言ってみたまえ」

自席からたちあがったヤンはまたベレー帽をぬぎ、黒い頭髪をかるく片手でかきまわした。

「敵が各個撃破にでてきたということでしょう。まずもっとも少数の第四艦隊を処理にかかったのは当然の策です。彼らは、分散した同盟軍のなかから当面の敵を選択する権利を行使したわけです」

「……第四艦隊はもちこたえることができるだろうか？」

「両軍は正面から衝突しました。ということは、数において相手をうわまわり、しかも機先を制した側が有利になります」

ヤンの表情も声も淡々としていた。それを見ていたパエッタ中将は、いらだたしさをふりはらうように掌《て》を開閉させた。

「とにかく戦場に急行して第四艦隊を救援しなくてはならん。うまくいけば、帝国軍の側背をつくことも可能だろう。そうすればいっきょに戦局は有利になる」

「おそらく無益でしょう」

ヤンの声はやはり淡々としていたので、パエッタ中将はあやうく聞きながしてしまうところだった。中将はスクリーンにむきかけた顔をふたたび若い幕僚にむけた。

「どういう意味だ？」

「吾々が到着したとき、戦闘はすでに終わっています。敵は戦場を離脱し、第二・第六の両艦隊が合流するより早く、どちらかの側背にまわって攻撃をかけてくるでしょう。そして少数の第六艦隊が狙われることはほぼ確実です。吾々は先手をとられ、しかも現在のところ、とられっぱなしです。これ以上、敵の思惑《おもわく》にのる必要はないと考えますが」

「では、どうしろと言うのだ？」

「手順を変えるのです。第六艦隊と戦場で合流するのではなく、まず一刻も早く第六艦隊と合流し、その宙域に新戦場を設定します。両艦隊を合すれば二万八〇〇〇隻になり、それ以後は五分以上の勝負をいどむことができるでしょう」

「……すると、きみは、第四艦隊を見殺しにしろと言うのか？」

中将の口調には非難の意思が露骨だった。あまりに冷徹なことを言うと思ったのである。

「いまから行っても、どうせ間にあいません」

中将の心理を知ってか否か、ヤンの口調は素気《そっけ》ない。

「しかし友軍の危機を放置してはおけん」

中将の声に、ヤンはかるく肩をすくめた。

「ではけっきよく、三艦隊いずれもが、敵の各個撃破戦法の好餌《こうじ》となってしまいます」

「そうとはかぎらん、第四艦隊とてむざむざ敗れはすまい。彼らがもちこたえていれば……」

「無理だと先刻も申しあげましたが……」

「ヤン准将、現実は貴官の言うような計算だけでは成立せんのだ。敵の指揮官はローエングラム伯だ。若くて経験もすくない。それにくらべてパストーレ中将は百戦錬磨だ」

「司令官閣下、経験がすくないとおっしゃいますが、彼の戦略構想は……」

「もういい、准将」

にがにがしげに中将はさえぎった。彼の好みの回答をしようとしない、この若い幕僚に不快感をおぼえずにいられなかったのだ。

中将は、すわるようヤンに身ぶりでしめすと、スクリーンに顔をむけた。

Ⅲ

開戦後四時間。同盟軍第四艦隊はすでに艦隊と呼称できる存在ではなくなっている。ととのった戦闘態形はない。統一された指揮系統もない。各処に寸断され、孤立させられ、各艦単位の絶望的な抵抗が散発するだけとなっていた。

旗艦レオニダスは巨大な金属の塊と化して、虚空をさまよっている。その艦内にはすでに生命は存在しなかった。

司令官パストーレ中将の肉体は、艦橋部が敵の集中砲火をうけて外殻に大きな亀裂が生じた瞬間、内外の気圧差によって真空中に吸いだされていた。その死体がどのようなかたちになってどこの空間を漂っているか、誰も知らない。

いっぽう、ラインハルトはこの段階における完全な勝利をつかんだことを知っていた。メルカッツから通信スクリーンをつうじて報告がもたらされた。

「組織的な抵抗は終わりました。以後、掃討戦《そうとう》にうつることになりますが……」

「無用だ」

「は？」

メルカッツは細い両眼をいっそう細めた。

「戦いは三分の一が終わったばかりだ。残敵など放置しておいてよい。つぎの戦闘にそなえて戦力を温存しておくことだ。おって指示をだす。それまでに態形をととのえておけ」

「わかりました。司令官閣下」

おもおもしくうなずくと、メルカッツの姿は通信スクリーンから消えた。

ラインハルトは赤毛の高級副官をかえりみた。

「すこしは態度が変わったな、彼も」

「ええ、変わらざるをえないでしょう」

緒戦《しょせん》におけるこの勝利は大きい、とキルヒアイスは思った。ラインハルトの戦略構想が功を奏したことを、諸提督も認めざるをえないし、兵は活気づく。敵は必勝の態勢を破られて動揺するだろう。

「つぎに左右どちらの艦隊を攻撃すべきだと思う、キルヒアイス？」

「どちらの側背《そくはい》にまわることも可能ですが、お考えは決しておりましょう？」

「まあな」

「右方に位置する第六艦隊のほうが兵力がすくのうございますね」

「そのとおりだ」

金髪の若い指揮官の口もとに会心の微笑が浮かんだ。

「敵が予測しているかもしれません、それだけがいささか心配ですが……」

ラインハルトはかぶりをふった。

「そのおそれはない。それと察していれば、分進合撃戦法を続行したりはしないだろう。可能なかぎり早く合流をはかるはずだ。合計すればまだわが軍よりはるかに優勢なのだからな。それをしないのは、わが軍の意図をいまだに諒解《りょうかい》していない証拠だ。敵第六艦隊の右側背にまわって攻撃をかける。何時間ほど必要だ？」

「四時間弱です」

「こいつ、もう計算していたな」

ラインハルトはもう一度にこりと笑った。笑うと、少年の表情になる。だがたちまち微笑を消したのは、彼を凝視《ぎょうし》するいくつかの視線に気がついたからであった。キルヒアイス以外の者にたいしては、ラインハルトは容易に笑顔をみせない。

「そのむねを全艦隊に伝達しろ。時計方向に針路を変更しつつすすみ、敵第六艦隊の右側背から攻撃する」

「かしこまりました」

キルヒアイスは応えたが、なにか言いたげに金髪の上官を見ている。ラインハルトは不審そうに眉をよせて相手を見かえした。

「なにか異議でもあるのか？」

「いえ、そうではありません。時間的余裕がありますし、兵士たちに休息をとらせてはいかがかと思いますが……」

「ああ、そうだな、気づかなかった」

　ラインハルトは兵士に一時間半ずつ二交替で休息させ、その間に食事とタンク・ベッド入りをすませるよう、命令を伝達させた。

　タンク・ベッドとは軽いプラスチック製の密閉式タンク内に水深三〇センチの濃い塩水をたたえたもので、水温は三二度Cにたもたれている。この内部に身体を横たえて浮かんでいると、色彩、光熱、音響など外界の刺激から隔離され、完全に静穏な状態におかれる。一時間をタンク内ですごした場合、身心のリフレッシュ効果は八時間の熟睡に匹敵するといわれる。戦闘で身心を消耗させた兵士たちを短時間で回復させるのに、これ以上の存在はない。

　小部隊でタンク・ベッドの設備を欠く場合、覚醒《かくせい》効果をもつ薬剤を使用することがあるが、これはしばしば人体に危険をおよぼすだけでなく、軍隊組織そのものに悪影響がある。薬物中毒の兵士など、人的資源としてまったく価値がないのだ。したがって、この手段がもちいられるのは最悪の場合である。

　負傷者にたいする治療もおこなわれた。電子《エレクトロン》が人体細胞を活性化させ、自然治癒能力を飛躍的に高めることは、西暦《AD》一九〇〇年代のすえにはひろく知られていた。それにサイボーグ技術の発展がくわわり、軍医の手にかかることができれば、九割は生命が助かるという時代に、今日ではなっている。むろん、〝死んだほうがまし〟な状況を完全に追放することは不可能なのだが……。

　ともかく、帝国軍の兵士たちには一時の平安が訪れていた。各艦内の食堂には陽気な喧騒《けんそう》が渦まいている。アルコールは禁止されていても、戦闘と勝利による酩酊《めいてい》感が兵士たちを支配し、料理の味を実際よりよくしていた。うちの若い司令官もなかなかやるじゃないか、というささやきがかわされる。美貌がとりえの飾り人形と思っていたが、どうしてたいした戦略家だ。大昔のウッド提督以来かもしれんな……。

誰のために、なんのために、見も知らぬ相手と殺しあうのか、という疑問は、そのとき兵士たちにはなかった。生き残ったことと勝ったこととを、彼らは単純によろこんでいた。しかし数時間後には、生き残った彼らのうち、幾人かがあらたな死者の列にくわわらねばならないのだ。

Ⅳ

「四時半の方角に艦影見ゆ。識別不能」

後衛部隊の駆逐艦から報告をうけたとき、同盟軍第六艦隊司令官ムーア中将は幕僚団とともに食事の最中だった。

小麦蛋白《グルテン》のカツレツにいれたナイフをそのままに、中将は艦橋からの連絡士官を不機嫌な目つきでにらみつけた。ナイフよりするどい視線をつきこまれて、士官は内心、怯《おび》えた。ムーア中将は豪放だが粗野な人物として世に知られていたのだ。

「四時半の方角だと？」

中将の声は、その目つきにふさわしいものだった。

「は、はい、四時半の方角です。敵か味方か、まだ判別できません」

「ほう、どちらの四時半だ？　午前か、午後か」

いやみを言いながらも、ムーアは食事を中断して士官食堂をでた。あわててつづく幕僚たちをかえりみると、たくましく盛りあがった肩を揺すってみせる。

「うろたえおって！　敵が四時半の方角にいるはずがないではないか。敵は吾々の行手にいるのだからな」

大声で中将は言った。

「吾々は戦場に急行している。かならずや第二艦隊も同様の行動をとっているにちがいない。そうであれば、敵を左右から挟撃できる。勝つ機会は充分にあるのだ。いや、かならず勝つ。数から言っても態勢から言っても……」

「ですが、閣下……」

中将の雄弁をさえぎったのは、幕僚のひとり、ラップ少佐だった。脂に汚れた口をハンカチでぬぐっている。

「なんだ!?」

「敵は戦場を移動したのではありませんか、どうもそう思われますが……」

「第四艦隊を放置してか？」

「申しあげにくいことですが、第四艦隊はすでに敗退したと小官は予測します」

中将は太すぎる眉をしかめた。

「大胆で、しかも不愉快な予想だな、少佐。脂で口がなめらかになったとみえる」

赤面して、ラップ少佐はハンカチをしまった。

一同はそのとき艦内走路《ベルトウェイ》に乗って艦橋に到着していたが、不意によろめきそうになった。ほんの一瞬、重力制御システムに修正の時差《タイムラグ》が生じたためである。急激な方向転換を余儀なくされたからであったが、エネルギー測定装置は、艦を破壊するにたる指向性エネルギーを外殻のすぐ傍に感知していた。

「右後背より敵襲！」

第六艦隊の通信回路は驚愕の悲鳴にみちたが、たちまち雑音にとってかわられた。

士官たちは慄然《りつぜん》とした。通信の混乱こそ、敵が至近距離に位置するという事実の、雄弁な証明だったからである。

「うろたえるな！」

ムーア中将の叱咤《しった》は、半分、自分自身にむけたものだった。事態を甘くみていたことにたいする後悔が、中将の分厚い頬をしたたかにひっぱたいていた。

艦隊後衛には最新鋭の艦艇を配置していなかったのだ。後背からの奇襲にはとうてい、たえられないであろう。

後背に帝国軍がいる！　ということは、第四艦隊は敗れさったのか？　それとも帝国軍が豊富な別動隊を用意していたのだろうか。

「迎撃せよ、砲門開け」

心に混乱を生じながら、その混乱を整合せぬままに、中将は最低限度の命令をくだした。

老練なメルカッツ大将の指揮する帝国軍は、整然たる攻撃態形をとって、同盟軍第六艦隊の右後背から襲いかかっていた。中性子ビーム砲が燦然《さんぜん》たる死の閃光を投げつけ、同盟軍老朽艦の出力の弱い磁場を突き破って艦体を刺しつらぬく。

めくるめく火球が常闇《とこやみ》のなかに誕生しては消えさっていく情景を、メルカッツはスクリーンをとおして見まもっていた。四〇年間、見なれてきた光景であるが、このときの彼にはいままでにない感慨があった。

メルカッツは、もはやラインハルトをたんなる〝金髪の陶器人形〟とはみていなかった。緒戦の勝利はまぐれではない。正確な洞察と判断をもとに、大胆な発想転換がおこなわれた、その正当な結果だった。三方からの包囲をうけながら、包囲されるより早く各個撃破の策にでるとは！

自分にはとてもできないことだ。ふるくからの戦友たちも同様だろう。因習にとらわれない若者だからこそ可能だったのだ。

もはや吾々のような老兵の時代は去ったのかもしれない。ふと、そういうことまで考えた。

そのあいだにも、戦闘は苛烈さをましている。

帝国軍は錐《きり》をもみこむように同盟軍の隊列に浸透し、砲戦においても格闘戦《ドッグ・ファイト》においても優位にたちつつあった。全軍が勢いにのり、先制の有利さを充分に生かしているようだ。同盟軍も必死の反撃をしめしてはいるが、指揮官自身が混乱からたちなおれないでいる以上、たいした効果はのぞめない。

「全艦隊、反転せよ！」

ムーア中将は艦橋中央の床に仁王立ちになって叫んだ。ようやく意を決したのだ。それまではやたらどなっていただけだった。

「閣下！　反転させても混乱が生じるだけです。時計方向に針路を変えながら全速前進し、逆に敵の後背につくべきだと思いますが」

ラップ少佐の提案は、中将の巨体にぶつかってむなしくはじきかえされた。

「敵の後背につくまでに味方の大半がやられてしまう。反転攻撃だ」

「ですが――」

「黙っておれ！」

ムーア中将は満身を慄《ふる》わせて怒号し、少佐は口を閉ざした。上官が冷静さを欠いていることをはっきりと悟ったからである。

第六艦隊旗艦ペルガモンの巨体が反転を開始すると、後続の諸艦艇もそれにならった。だが戦いつつ反転するのは容易ではない。老練なメルカッツは、すかさず敵の混乱に乗じた。

帝国軍のビーム砲は流星雨にも似た光の束をたたきつける。各処で過負荷状態になったエネルギー中和磁場が引き裂かれ、同盟軍の艦艇は破壊されていった。

旧戦場におけるエネルギーの怒濤《どとう》が、新戦場でも再現されつつある。それに翻弄されるのは、同盟軍の艦艇ばかりであるように、ムーア中将にもラップ少佐にも思われた。

「小型艦艇多数、本艦に急速接近！」

オペレーターが叫ぶ。スクリーンのひとつに、ワルキューレの大群が映っていたが、その姿はたちまち複数のスクリーンの画面を占拠した。軽快な運動性を誇示しつつ、至近距離からビームを撃ちこんでくる。

「格闘戦《ドッグ・ファイト》だ。スパルタニアンを発進させろ」

この命令も遅きに失した。スパルタニアンが母艦から離脱する瞬間を、ワルキューレは待ちかまえている。条光が無慈悲にほとばしると、同盟軍の戦闘艇は闘死する権利すらあたえられず、火球と化して四散するのだった。

「司令官、あれを！」

オペレーターがスクリーンのひとつを指《さ》ししめした。帝国軍の戦艦が肉迫している。その背後にも、さらにその背後にも、かさなりあうかのように敵の艦影が見えた。威圧感が艦橋内にみなぎった。ペルガモンはいまや重囲のなかにある。

「発光信号を送ってきています」

オペレーターがささやくように報告した。

「解読してみろ」

ムーア中将が沈黙しているので、ラップ少佐がうながした。その声も低く乾いている。

「解読します……貴艦は完全に包囲せられたり、脱出の途《みち》なし、降伏せよ、寛大なる処遇を約束す……」

解読がくりかえされて終わると、無数の視線と無数の沈黙が、ムーア中将の巨体に突き刺さった。そのすべてが、司令官に決断をうながしている。

「降伏だと……」

うめいた中将の顔は、どす黒く変色していた。

「いや、おれは無能であっても卑怯者にはなれん」

二〇秒後、白い閃光が彼らをつつんだ。

蓄積された不安が飽和状態に達しようとしている。

V

同盟軍第二艦隊旗艦パトロクロスの艦橋は見えない雷雲に支配されていた。いつ強烈な放電が襲いかかってくるか。第一級臨戦態勢の発令で全員がスペース・スーツを着用していたが、不安はスーツを透過して彼らの皮膚を鳥肌だたせている。

「第四艦隊も第六艦隊も全滅したらしいぞ」

「吾々は孤立している。いまや敵はわが部隊より数が多い」

「情報がほしい、どうなっているんだ、現在の状況は?」

私語は禁止されている。しかしなにかしゃべっていないと不安にたえられない彼らだった。こんなことは予定になかった。半数の敵を三方から包囲撃滅し、完勝の凱歌《がいか》をあげるはずではなかったのか……。

「敵艦隊、接近します!」

突然、オペレーターの声がマイクをとおして艦橋内にひびきわたった。

「方角は一時から二時……」

ヤンはつぶやいた。その独語に、つぎの報告が応えた。

「方角は一時二〇分、俯角《ふかく》一一度、急速に接近中」

旗艦パトロクロスの艦橋を鷲づかみした緊張に、ヤンは感応しなかった。

予測していたとおりである。帝国軍は同盟軍第六艦隊の右側背から左前面へ抜け、しぜんなカーブを描きながら、最後に残った第二艦隊へと矛先をむけたのだ。第二艦隊が直進する以上、帝国軍が一時から二時にかけての方角に出現するのは当然である。

「戦闘準備！」

パエッタ中将が指令する。遅いな、とヤンは思う。

敵が来るのを待って応戦するのは正統的な戦法ではあるが、今回の場合、思考の硬直性を指摘せざるをえない。うつべき手も、そのための時間もあったはずだ。急速移動して敵の背後をつき、第六艦隊と呼応して挟撃するのは不可能ではなかった。

戦う以上、犠牲が皆無ということはありえない。だが同時に、犠牲の増加に反比例して戦勝の効果は減少する。この双方の命題を両立させる点に用兵学の存在意義があるはずだ。つまり最小の犠牲で最大の効果を、ということであり、冷酷な表現をもちいれば、いかに効率よく味方を殺すか、ということになるであろう。司令官はそれを理解しているのかな、とヤンはうたがった。

すでに生じた犠牲はしかたない。本来、しかたないですませられる問題ではなく、軍首脳は自分たちの作戦指揮の拙劣さを恥じなければならないところである。しかしそれはすべてが終結してからであり、現在心せねばならないことはミスの拡大再生産を防止し、禍《わざわい》を転じて福となすべく工夫することだ。

後悔して、戦死した将兵が復活するものなら、キロリットル単位の涙を流すのもよかろう。だが……けっきょく、それは悲愴《ひそう》ごっこにすぎないではないか。

「全艦隊、砲門開け！」

その命令と、どちらがさきか判じがたい。網膜を灼《や》きつくすかと思われるほどの閃光が、艦橋にいる全員の視力を奪った。

半瞬の差をおいて、パトロクロスの艦体が炸裂するエネルギーにつきあげられ、あらゆる方向に揺すぶられた。

悲鳴と怒声に、転倒と衝突の音がかさなった。ヤンも転倒をまぬがれなかった。背中を強打して呼吸が停まる。周囲でいり乱れる音や声、強烈な空気の流れをヘルメットの通信装置に感じながら、ヤンは呼吸をととのえ、見えない目に掌をあてていまさらのようにかばった。

誰を責めるべきか、スクリーンの入光量さえ調整してなかったとは許しがたい失態だ。こんなことがかさなっては負けないほうが不思議である。

「……こちら後部砲塔！　艦橋、応答せよ、どうか指令を！」

「機関室、こちら機関室、艦橋、応答願います……」

ヤンはようやく目をあけた。視界全体にエメラルド色の靄《もや》がかかっている。

半身をおこして、傍に転がっている人間に気がつく。濃い色調をした粘りのある液体が口もとから胸にかけてその身体をおおっている……。

「総司令官！」

つぶやいて、ヤンは中将の顔を覗きこんだ。両足を踏みしめてたちあがる。

壁面の一部に裂目がはいり、気圧が急低下している。磁力靴のスイッチをいれていなかった者が幾人か吸いだされてしまったようだ。しかしその裂目は、自動修復システムの作業銃が吹きつける接着剤の霧によって急速にふさがれつつある。

ほとんど立つ者のないありさまになった艦橋内を見わたし、スペース・スーツの通信装置が機能していることを確認すると、ヤンは指示をくだしはじめた。

「パエッタ総司令官が負傷された。軍医および看護兵は艦橋に来てくれ。運用士官はただちに艦体の被害状況を調べて修復せよ、報告はそのあとでよし。急いでくれ。後部砲塔はすでに全艦隊が戦闘状態にある以上、とくに指令の必要はないはずだ。あたえられた任務をはたせ。機関室はなにか？」

「艦橋の状況が心配だったのです。こちらは損害ありません」

「それはよかった」

声に多少の皮肉があった。

「このとおり艦橋は機能している。安心して任務に専念してほしい」

ふたたび艦橋内を見わたす。

「誰か士官で無事な者は？」

「私は大丈夫です、准将」

いささかあぶない歩調で、ひとりがちかづいてきた。

「きみは、ええと……」

「幕僚チームのラオ少佐です」

スペース・スーツのヘルメットからのぞく目と鼻の小さな顔はヤンと同年配のようだった。それに二名の航宙士《アストロノーツ》、ひとりのオペレーターが手をあげてたちあがったが、それだけである。

「ほかにはいないのか……」

　ヤンはヘルメットのうえから頬をたたいた。これでは第二艦隊首脳部は全滅にひとしい。

　軍医と看護兵の一団が駆けつけてきた。手ぎわよくパエッタ中将を診察し、指揮卓の角で胸を強打したとき、折れた肋骨《ろっこつ》が肺に刺さったのだと告げる。よほど運が悪かったのですな、といらざる感想を述べた。その逆にヤンが運がよかったことは否定できない。

「ヤン准将……」

　心身双方の苦痛に責められながらパエッタ中将が若い幕僚を呼んだ。

「きみが艦隊の指揮をとれ……」

「私がですか?」

「健在な士官のなかで、どうやらきみが最高位だ。用兵家としてのきみの手腕を……」

　声がとぎれ、中将は失神した。軍医が救急用ロボット・カーを呼んだ。

「高く評価されてますね」

　ラオ少佐が感心した。

「そうかな?」

　中将とヤンの意見対立を知らないラオ少佐は、その返答に不審げな表情になった。ヤンは通信盤に歩みより、艦外通信のスイッチをいれた。人間より機械のほうが安全に造られているようだ。

「全艦隊に告げる。私はパエッタ総司令官の次席幕僚ヤン准将だ」

　ヤンの声は虚無の空間をつらぬいてはしった。

「旗艦パトロクロスが被弾し、パエッタ総司令官は重傷をおわれた。総司令官の命令により、私が全艦隊の指揮をひきつぐ」

　ここでひと呼吸おいて、味方が驚愕から解放されるだけの余裕をあたえる。

「心配するな。私の命令にしたがえば助かる。生還したい者はおちついて私の指示にしたがってほしい。わが部隊は現在のところ負けているが、要は最後の瞬間に勝っていればいいのだ」

　おやおや、自分も偉そうなことを言っているな……ヤンは苦笑したが、内心だけのことで、表面にはださなかった。指揮官たる者は、当人はうなだれていても影だけは胸を張っていなければならない。

「負けはしない。あらたな指示を伝えるまで、各艦は各個撃破に専念せよ。以上だ」

　その声は帝国軍にも傍受されていた。旗艦ブリュンヒルトの艦橋で、ラインハルトがかたちのいい眉をかるく吊りあげた。

「負けはしない。自分の命令にしたがえば助かる、か。ずいぶんと大言壮語を吐く奴が叛乱軍にもいるのだな」

　氷片に似た冷たい輝きが両眼に宿った。

「この期《ご》におよんで、どう劣勢を挽回する気でいるのだ？　……ふむ、まあいい、おてなみ拝見といこうか。キルヒアイス！」

「はい」

「戦列をくみなおす。全艦隊、紡錘《ぼうすい》陣形をとるよう伝達してくれ。理由はわかるな？」

「中央突破をなさるおつもりですか」

「そうだ。さすがだな」

キルヒアイスを介して、ラインハルトの指令が帝国軍全艦隊に伝えられた。

ヘルメットをかぶってなければ、ヤンはベレーをとって黒い頭髪をかきまわしたいところだった。兵力に大差のない場合、攻勢にでる側にとって有効な戦法は中央突破ないし半包囲である。たぶん、より積極的なほうを選択してくるだろうと彼は予測していた。どうやらそれは的中したらしい。

「ラオ少佐」

「はっ、司令官代理どの」

「敵は紡錘陣形をとりつつある。中央突破をはかる気だ」

「中央突破を！」

「第四、第六艦隊を撃滅して士気が高まっている。帝国軍としては当然の戦法だろうな」

論評するヤンを、ラオ少佐は心細げに見やった。その表情に代表される同盟軍の弱気こそ、帝国軍の積極戦法の成果なのだとヤンは思う。

「どう対処なさるおつもりで？」

「対策は考えてある」

「しかし味方にどうやって連絡なさいますか？　通信だと敵に傍受される危険がありますし、発光信号でも同様です。連絡艇では時間がかかりすぎます」

「心配ない、複数の通信回路を使って、各艦に戦術コンピューターのC４回路を開くよう、それだけを告げればよい。それだけなら、傍受したところで敵には判断できないだろう」

「すると、司令官代理閣下は、すでに作戦を考案されて、情報をコンピューターに入力《インプット》されておられたのですか……戦闘開始よりずっと前に」

「無用になっていればよかったのだがね」

多少、弁解じみた口調だったかもしれなかった。トロイの王女カサンドラ以来、敗戦の予言者は白眼視されるものと相場が決まっている。

「それよりも、早く指示を伝えてくれ」

「はっ、ただちに」

ラオ少佐は補充された通信士官の席へ小走りに駆けていった。無事だった五人だけでは艦橋を運営するのは不可能なので、艦内各部署から一〇人ほどの人数を招集したのだ。もともと軍艦に余剰人員などないので、手薄な部署がでてくることになるが、やむをえなかった。

帝国軍は悠々と紡錘陣形をととのえると、前進を開始した。同盟軍は砲火でこれを迎えたが、帝国軍は意に介しない。双方の距離が狭くなるにつれ、ほとばしるビームは無数の格子模様を織りだした。

ファーレンハイトの指揮する帝国軍先頭集団は、速度をゆるめず同盟軍の陣列に突入してきた。

「敵、全艦突入してきます！」

オペレーターの声が高くするどい。

ヤンは天井のパネルを仰ぎみた。そこには二七〇度の広角モニターが埋めこまれている。加速的に接近する敵影には、躍りかかってくるという印象がある。ダイナミックでするどいうごきだ。それにくらべると、迎撃する同盟軍のうごきがにぶく、精彩を欠くようにみえるのは、やむをえないことだろう。さて、どうなることか。

ヤンは指揮官席で腕をくんだ。彼は外見ほど平然としていたわけではなかった。現在のところ、敵の行動はヤンの予測をこえてはいない。問題は味方の行動である。彼の作戦にしたがってうごいてくれればよいが、一歩誤れば収拾がつかなくなり、全軍潰走《かいそう》という事態になるであろう。そのときはどうする？

「頭をかいてごまかすさ」

ヤンは自分自身にそう応えた。すべてを予測することはできないし、無謬《むびゅう》の行動をとることもできない。自分の能力をこえたことにまで責任はもてないのだ。

Ⅵ

天井のパネルが脈動する光におおわれている。いまや戦艦パトロクロスは炸裂する光芒《こうぼう》の渦中にあった。前後に、左右に、上下に、襲いかかるビームは槍というより棍棒の太さだ。

パトロクロス自身も砲門を開いて、死と破壊の息吹を敵にたたきつけている。人的、あるいは物的なエネルギーの莫大な浪費が、ここでは勝利と生存への道として正当化されていた。

「敵戦艦接近！　艦型からみて、ワレンシュタインと思われます」

ワレンシュタインは艦体にすでにかなりの損傷をうけていた。砲火のなかを猪突《ちょとつ》してきたようであった。半減した主砲が正面からパトロクロスを狙ったが、パトロクロスの反応がこのときは迅速《じんそく》だった。

「主砲斉射！　目標至近！」

臨時に砲術長をかねるラオ少佐の命令である。

パトロクロスの前部主砲がいっせいに中性子ビームを吐きだし、ワレンシュタインの艦体中央部を直撃した。

帝国軍の巨大な戦艦は一瞬、苦悶《くもん》にのたうったあと、音もなく四散した。ヤンのヘルメットの通話回路に歓声が反響したが、その末尾はあらたな驚愕のうめきに変わった。純白に輝く核融合爆発の渦巻を傲然と突破して、つぎの敵艦ケルンテンが偉容をあらわしたのだ。帝国軍の重厚な陣容と、戦意の高さを、ヤンはあらためて確認した。

戦意の高さが圧倒的な勝利によってもたらされたものであることは明白である。自分は名将の誕生する瞬間を見ているのかもしれない、という思いがヤンをとらえた。

智将と呼び、猛将と言う。それらの区分をこえて、部下に不敗の信仰をいだかせる指揮官を名将と称する――とヤンは史書で読んだことがあった。ローエングラム伯ラインハルトはまだ若いはずだが、すくなくとも名将になりつつある。同盟軍にとっては脅威であり、帝国軍の旧勢力にとってもおそらくそうであろう。

ヤンは脚をくみなおし、自分が歴史の流れのなかにたたずんでいるであろうことにかるい満足をおぼえた。

そのあいだにも、戦場の様相は刻々と変化をしめしている。

ケルンテンとパトロクロスは砲火をまじえたが、たがいに致命傷をあたええないまま、混戦のなかで離れ離れになっていた。

戦術コンピューターがモニターに映しだす戦場の擬似モデルにヤンは視線をむけた。単純化された図形が両軍の配置と戦況をしめしている。

ときおり逆方向への小さな波動をまじえながら、全体としてそれは帝国軍の前進、同盟軍の後退というかたちをみせていた。

そのうごきが、しだいに速度をました。帝国軍がいちだんと前進し、同盟軍がいちだんと後退する。逆方向への小さな波動が消えさり、擬似モデルの映像はいっそう単純化され、それだけに効果は増幅された。誰の目にも、帝国軍が勝利の手を、同盟軍が敗北の尾を、それぞれつかみそうに見えた。

「どうやら勝ったな」

ラインハルトはつぶやいた。中央突破策は功を奏しつつあるようだった。

いっぽう、ヤンもラオ少佐にむかってうなずいていた。

「どうやら、うまくいきそうだな」

やれやれ、という安堵《あんど》の言葉は声にしなかった。

味方が彼の指示に従順であるか否か、ヤンはそれを心配していたのだ。立案した作戦じたいには自信があった。この段階にいたって、もはや勝利はない。しかし、負けずにすむ、ということは可能なのだ。ただし、作戦どおりに味方がうごけば、である。

我《が》が強く、ヤンごとき若輩にしたがうのをいさぎよしとしない部隊指揮官もいるにちがいないが、彼らとしてもほかに有効な作戦案をもたない以上、ヤンの指令をいれるしかないのであろう。忠誠心というより生存への欲望がそうさせたのであっても、ヤンにはいっこうにさしつかえないことだった。

ラインハルトの顔にかすかな困惑の色が漂いはじめた。

彼は席からたちあがり、指揮卓に両手をついて天井のスクリーンをにらみつけた。いらだたしさが彼の体内に湧きだしていた。

味方は前進し、敵は後退している。中央突破攻勢をかけられて同盟軍は左右に分断されつつある。スクリーンに映る光景も、戦術コンピューターがモニターに再構成する擬似モデルも、先頭集団からの戦況報告も、すべて同一の事態を告げていた。

にもかかわらず、ラインハルトの胸中には遠雷がかすかにひびきはじめている。なにかたちの悪い詐術《じゅつ》《さ》にかかったような不快感に、神経が侵されるのを彼は自覚した。

彼は左手でつくった拳《こぶし》を口にあて、人差指の第二関節にかるく歯をたてた。その瞬間、彼は理由もなく敵の意図を悟った。

「しまった……」

その低いうめきは、オペレーターの叫びにおされて誰の耳にもとどかなかった。

「敵が左右に分かれました！　こ、これはなんと、わが軍の両側を高速で逆進していきます！」

「キルヒアイス！」

驚愕のどよめきのなかで、ラインハルトは赤毛の副官を呼んだ。

「してやられた……敵は両手に分かれてわが軍の後背にまわる気だ。中央突破戦法を逆手にとられてしまった……畜生！」

金髪の若者は指揮卓に拳をたたきつけた。

「どうなさいます？　反転迎撃なさいますか」

キルヒアイスの声は沈着さを失っていない。それは一時的に激昂《げっこう》した上官の神経を沈静させる効果があった。

「冗談ではない。おれに低能になれというのか、敵の第四艦隊司令官以上の？」

「では前進するしかありませんね」

「そのとおりだ」

ラインハルトはうなずき、通信士官に命令した。

「全艦隊、全速前進！　逆進する敵の後背に喰《くら》いつけ。方向は右だ。急げ！」

Ⅶ

三〇分後、双方の陣形は輪状につらなっていた。それは奇妙な光景だった。同盟軍の先頭集団は帝国軍の後尾に猛攻をくわえ、帝国軍の先頭集団は二股に分かれた同盟軍のいっぽうの後尾に襲いかかっている。光り輝く二匹の長大な蛇が、たがいに相手を尾からのみこもうとしているように、宇宙の深淵の彼方からは見えたかもしれない。

「こんな陣形は初めて見ます」

モニターの擬似モデルを凝視していたラオ少佐が、ヤンにむかって歎声をもらした。

「そうだろうね……私もさ」

ヤンは言ったが、後半は嘘である。人類が地球という辺境の惑星の地表だけで生活していた当時、このような陣形が戦場に生まれたことは幾度もあった。今回のローエングラム伯の卓抜な用兵にしても地上では先例がある。古来――幸か不幸か――戦乱の時代にはかならず、それまでの用兵思想を一変させる軍事的天才が登場しているものだ。

「なんたるぶざまな陣形だ！」

ブリュンヒルトの艦橋では憤激の叫びがあがっていた。

「これでは消耗戦ではないか……」

ラインハルトは声を抑えてにがにがしくつぶやいた。

彼のもとに高級指揮官戦死の報がとどいていた。エルラッハ少将が乗艦もろとも吹き飛んだのである。全速前進というラインハルトの指令を無視し、同盟軍を反転迎撃しようとして、回頭中に中性子ビーム砲の直撃をうけたのだった。

背後から敵に肉迫されているのに、その眼前で艦を回頭しようとは、なんたる低能か！　自業自得だ。とはいえ、帝国軍の勝利に一抹《いちまつ》の影がおちたことはいなめない。

これが消耗戦であることは、しかけたヤンのほうは最初から承知していた。帝国軍の指揮官ローエングラム伯は愚かではない。流血と破壊を増大させるだけの不毛な戦闘をつづけることはないだろう。敵をその決断においやるための、これは作戦だった。

「もうすぐ敵は退きはじめるだろう」

ラオ少佐にヤンは言った。

「では追撃するのですか？」

「……やめとこう」

若い指揮官はかぶりをふった。

「敵に呼吸をあわせて、こちらも退くんだ。ここまでが精一杯だよ。これ以上戦闘をつづけるのは無理だ」

ブリュンヒルト艦橋でも会話がかわされている。

「キルヒアイス、どう思う?」

「そろそろしおどきではないでしょうか」

控えめだが明確な返答があった。

「お前もそう思うか?」

「これ以上戦っても、双方とも損害がますばかりです。戦略的になんの意味もありません」

ラインハルトは点頭したが、若々しい頰のあたりに釈然としない色が漂っている。理性が納得しても感情が満足していないのだ。

「くやしいとお思いですか?」

「そんなこともないが、もうすこし勝ちたかったな。画竜点睛《がりようてんせい》を欠いたのが残念だ」

この人らしい、とキルヒアイスは思わず口もとをほころばせかけた。

「二倍の敵に三方から包囲されながら、各個撃破戦法で二個艦隊を全滅させ、最後の敵には後背にまわりこまれながら互角に闘ったのです。充分ではありませんか。これ以上をお望みになるのは、いささか欲が深いというものです」

「わかっている。後日の楽しみというものがあることもな」

やがて両軍は砲火をまじえつつも、しだいに陣形を横に展《ひら》き、たがいに距離をおきはじめた。それにともなって砲火も静まり、放出されたエネルギーの密度が急速に薄まってゆく。

「やるじゃないか、なかなか」

ラインハルトの声には、いまいましさと賞賛の念がとけあっていた。金髪の若い指揮官はなにか考えこみ、やや間をおいて副官を呼んだ。

「敵の第二艦隊の指揮官……途中から権限をひきついだ男だ、なんと言ったかな」

「ヤン准将でした」

「そう、ヤンだ。その男におれの名で電文を送ってくれ」

キルヒアイスはにこりとして、

「どのような文章を送ればよろしいでしょう」

「貴官の勇戦に敬意を表す、再戦の日まで壮健《そうけん》なれ……そんなところでいいだろう」

「かしこまりました」

キルヒアイスが通信士官にラインハルトの命令を伝えると、相手はかるく首をかしげた。キルヒアイスは人好きのする微笑をたたえた。

「貴官と同様……こんな手ごわい相手とはもうやりたくないね。楽に勝てるほうがいい、賞賛すべき敵に出会うよりも」

「まったくですな」

通信士官はうなずいた。ラインハルトのあらたな命令がひびいた。

「オーディンに帰還するぞ。全艦隊、隊列をととのえろ」

途中でイゼルローン要塞に寄港すること、早急に敵味方の損害を算出すること、などの命令をつけくわえると、ラインハルトは指揮官席の背を倒し、球型の天井にほぼ正対する姿勢で目を閉じた。

意識の水面下から疲労が泡沫《うたかた》のように上昇してくるのを感じる。すこしの時間なら眠ってもいいだろう。本格的なものではない。なにかあればキルヒアイスがおこしてくれるはずだ。帰路の設定は慣性航法システムにまかせておけばよいことだし……。

敗軍の将には、部隊運営を下級指揮官にゆだねて睡眠をとるような贅沢は許されなかった。最大の任務は敗残兵の収容であり、第四・第六両艦隊の生存者をもとめて戦場を駆けまわらなければならなかった。なんでもそうだが事後処理が最大の労苦なのだ、と、スペース・スーツのヘルメットをぬいで紙コップからプロテイン入りのミルクを飲みながらヤンは思った。

「次席幕僚、いえ、司令官代理どの、帝国軍から入電しておりますが……」

そう告げにきたラオ少佐の顔いっぱいに好奇心があふれている。今回の戦闘は最初から最後まで異例のことばかりだ、と、その表情が語っていた。

「電文か？　読んでみてくれ」

「はあ、では読みます。貴官の勇戦に敬意を表す、再戦の日まで壮健なれ、銀河帝国軍上級大将ラインハルト・フォン・ローエングラム……以上です」

「勇戦と評してくれたか。恐縮するね」

今度会ったらたたきつぶしてやるぞ、ということだな。ヤンはそう諒解した。稚気《ちき》と称すべきであろうが、反感をそそられはしなかった。

「どうしましょう……返電なさいますか?」

ラオ少佐の質問に、ヤンは気のなさそうな声で応えた。

「先方もそんなものは期待してないのじゃないかな。いいさ、放っておいて」

「はあ……」

「それより残兵の収容を急いでくれ。助けられるかぎりは助けたい」

ラオ少佐が傍から去ると、ヤンの視線は操作卓《コンソール》にむけられた。その下の床に、戦闘開始前にパエッタ中将に提出した作戦提案書が落ちている。ヤンの口もとをにがい笑みが飾った。自分の意見の正しさがこんなかたちで証明されることを、彼はけっしてのぞみはしなかった。最終的な犠牲がどれほどの数にのぼるのか、軍首脳の総毛だった顔をヤンは想像することができた。


〝アスターテの会戦〟はこうして終結した。

戦闘に参加した人員は、帝国軍二四四万八六〇〇名、同盟軍四〇六万五九〇〇名。艦艇は帝国軍二万隻余、同盟軍四万隻余。戦死者は帝国軍一五万三四〇〇名余、同盟軍一五〇万八九〇〇名余。喪失あるいは大破した艦艇は帝国軍二二〇〇隻余、同盟軍二万二六〇〇隻余であった。同盟軍の損失は帝国軍の一〇倍から一一倍に達したが、アスターテ星系への帝国軍の侵入はかろうじて防がれた。

第三章　帝国の残照

Ⅰ

優美に彎曲《わんきょく》した特殊ガラスの壁面の彼方に、釣鐘のかたちをした奇岩が林立している。その背景となる空には黄昏《たそがれ》が音もなく翼をひろげ、水分のすくない空気の微粒子が、見る者の視界全体を、底知れぬ青さに染めあげるかと想われた。

腰の背後でかるく両手をくみあわせて壁ぎわにたたずんでいた人物が、首だけをうごかして室内をかえりみた。その視線のさきに、大きな白亜の操作卓《コンソール》がすえられ、傍には初老の男が姿勢正しく立っている。

「すると……」

壁ぎわの人物が声を発した。おもおもしいひびきをもつ、太い男の声であった。

「……帝国軍が勝った、ただし勝ちすぎはしなかったと、そういうわけだな、ボルテック」

「さようです、自治領主《ランデスヘル》。同盟軍は敗れはしましたが、全軍崩壊というまでにはたちいたりませんでした」

「態勢をたてなおしたか?」

「態勢をたてなおし、反撃して一矢をむくいてもおります。全体として帝国軍の勝利はうごかしがたいのですが、同盟軍も殴られっぱなしというわけでもありませんので……わがフェザーンとしては、まず満足べき結果をえた、と、こう申してもよろしいかと存じますが、いかがでしょう、自治領主《ランデスヘル》」

壁ぎわの男――第五代フェザーン自治領主のアドリアン・ルビンスキーは身体ごと室内にむきなおった。異相であった。年齢は四〇歳前後かと思われるが、頭部には一本の毛髪もない。肌は浅黒い。眉、目、鼻、口など顔の造作はすべて大きく、美男子とは称しがたいが他者に強烈な印象をあたえずにはおかない風貌《ふうぼう》である。その身体は上背に恵まれているだけでなく、肩幅が広く、胸郭はたくましく、圧倒的な精気と活力をみなぎらせているようだ。

在任五年、〝フェザーンの黒狐《くろぎつね》〟と帝国・同盟の双方からにがにがしく呼称されている中継交易国家の終身制統治者、それが彼だった。

「そう満足してもいられんぞ、ボルテック」

皮肉そうな視線と声を、異相の自治領主は腹心の補佐官に投げかけた。

「その結果がもたらされたのは偶然であって、そうなるように吾々が努力したからではない。将来も幸運ばかりをあてにしてはいられんだろう。情報の収集分析をいちだんと活発にして、切札の数をふやしておくべきだろうな」

黒いタートルネックのセーターに淡緑色《ライト・グリーン》のスーツ――およそ一国の支配者らしからぬ軽装のルビンスキーは、悠然たる歩調で操作卓《コンソール》に歩みよった。

ボルテックの手がうごいて、操作卓《コンソール》の中央ディスプレイに、ある図を映しだした。

「これが両軍の配置図です。天頂方向から俯瞰《ふかん》したものです、ごらんください」

それは三日前に、キルヒアイスがラインハルトにしめしたものと同一だった。帝国軍が赤、同盟軍が緑。赤い矢印にむかって緑の矢印が三本、前面と左右から迫っている。矢印を点とすれば、緑点を頂点とした三角形の内心に赤点が位置しているようにもみえた。

「艦艇の数は帝国軍が二万隻、同盟軍が合計四万隻でした。数的には同盟軍が圧倒的に有利だったのです」

「位置的にもな。三方から帝国軍を包囲する態勢だ。しかし待てよ、こいつは……」

ルビンスキーは太い指で額の端をおさえた。

「こいつはたしか、百年以上も昔に、〝ダゴンの殲滅戦〟で同盟軍が使った陣形じゃないか。夢よもう一度というわけか、進歩のない奴らだ」

「しかし用兵学上は論理的な作戦です」

「はん！　机上の作戦はいつだって完璧に決まっとるさ。だが実戦は相手あってのものだからな。帝国軍の総指揮官は例の金髪の孺子《こぞう》だったな」

「さようで、ローエングラム伯です」

ルビンスキーは悦にいったような笑い声をたてた。五年前、急死した前任者ワレンコフのあとをついで、当時三六歳の彼が政権をにぎったとき、反対派は五〇代の老練な候補者を擁して、三〇代の元首など若すぎると騒ぎたてたものだ。ところがローエングラム伯ときては、当時の彼よりさらに一六歳も若いのである。先例だの習慣だのを口にするしか能のない老兵どもには、不愉快な時代が、どうやら到来しつつあるらしい。

「この危機を、ローエングラム伯はいかにして切りぬけたか、自治領主《ランデスヘル》にはおわかりですか？」

ボルテックの口調に、楽しむようなひびきがある。異相の自治領主は補佐官をちらりと見ると、ディスプレイに見いった。そして、こともなげに断言した。

「敵が分散している状況を利用して各個撃破だな。それしかあるまい」

補佐官は頬を殴られたような表情で、彼の政治的忠誠の対象を見やった。

「おっしゃるとおりです。いや、ご炯眼《けいがん》おそれいりました」

ルビンスキーはふてぶてしいほどおちついた微笑で、その讃辞をうけとめた。

「専門家が素人におくれをとる場合が、往々にしてある。長所より短所を、好機より危機をみてしまうからだ。この双方の布陣をみれば、専門家は包囲された帝国軍の敗北は必至と思いこんでしまうだろうな。だが、まだ包囲網が完成されたわけではないし、兵力が分散している同盟軍のほうにむしろ危機的状況がみられるのさ」

「おっしゃるとおりですな」

「要するに同盟軍はローエングラム伯ラインハルトの指揮能力を過小評価したというわけだ。まあ、無理もないことだがな。具体的な状況の変化をみせてもらおうか」

ボルテックの操作にしたがって、ディスプレイに映しだされた図型が躍動し変化していった。赤い矢が緑色の矢の一本にむけて急速に直進し、それを粉砕したあと、反転していま一本の緑の矢を消滅させ、さらに方向を転じて三本目の緑の矢に対峙《たいじ》する状況を、自治領主は両眼を細めて見まもった。操作の停止を命じ、ディスプレイを注視したまま歎息《たんそく》する。

「理想的な各個撃破だな。ダイナミックでアクティブな用兵だ。みごとなものだが……」

語をきって首をかしげる。

「しかし、ここまで状況が変化すれば、帝国軍の勝利はほとんど完全なものとなっているはずだ。この段階から同盟軍が劣勢を挽回《ばんかい》するのは容易ではないぞ。全軍崩壊、敗走という事態になって当然だ。同盟軍の第三部隊は誰が指揮していた？」

「最初はパエッタ中将です。しかし戦闘開始後、旗艦が被弾して重傷をおい、その後は次席幕僚ヤン・ウェンリー准将が指揮権をうけつぎました」

「ヤン・ウェンリー……聞いたことがある名だが」

「八年前エル・ファシル脱出作戦を指揮した男です」

「ああ、あのときの」

ルビンスキーは納得した。

「なかなかおもしろい男が同盟にもいると思っていたが……で、エル・ファシルの英雄はどう兵をうごかしたのだ？」

ルビンスキーの質問に応じて首席補佐官はディスプレイを操作し、〝アスターテ会戦〟の最終段階の戦況を上司にしめした。

緑の矢が左右に分かれ、その機先を制するかのごとく赤い矢が急進して中央突破をはかる。左右に分断されたかにみえる緑の矢が、赤い矢の両側面を逆進し、後背にでて合流し、赤い矢の後方から襲いかかった……。

ルビンスキーは低くうめいた。これほど洗練された戦術を駆使する指揮官が同盟軍にいたとは予想外だった。

しかも全軍崩壊の危機に直面して、これほど冷静に戦況を把握し、事態に対処しうるとは、ローエングラム伯以上に凡物ではありえない。

第五代フェザーン自治領主《ランデスヘル》はしばらく、ディスプレイに視線を凍結させていた。

「なかなか興味深い魔術を見たな」

やがて、ルビンスキーはディスプレイの映像を消すよう手ぶりで命じた。それにしたがったあと、ボルテックは一歩退いてつぎの指示を待った。

「ヤン・ウェンリー、だったな、その准将について至急データを集めるよう、ハイネセンの高等弁務官事務所に指令をだせ。エル・ファシルの件がまぐれなどでないことがよくわかった」

「かしこまりました」

「どんな組織でも機械でも、運用するのはしょせん、人間だ。上位にたつ者の才幹と器量しだいで、虎が猫にもなりその逆にもなる。虎の牙がどちらをむくか、これもまた猛獣使いしだいだ。くわしく人がらを知っておくにしくはない」

それによって使途《つかいみち》もできる、と考えながら、ルビンスキーは補佐官を退室させた。

恒星フェザーンは四個の惑星をしたがえている。その三個までは高熱のガスの塊であり、第二惑星のみが硬い地殻を所有していた。気体の組成分は人類の故郷である太陽系第三惑星とほとんどことならない。

八割ちかくの窒素と二割ちかくの酸素――最大の差異は本来、二酸化炭素を欠くことで、したがって植物が存在しなかった。

水もすくない。藍藻《らんそう》類から順次、高等な植物種子の散布へとすすんだ惑星緑化も、地表の全域を緑の沃《よく》野《や》と化せしめるにはいたらず、水利のよい地域のみが緑色の帯状に惑星表面をいろどっている。赤い部分は岩砂漠の荒野で、侵蝕と風化のすすんだ地形が奇景奇観を誇っていた。

フェザーンは恒星の名であると同時に、唯一の有人地である第二惑星の名であり、星系全体の名であり、それを領域として帝国暦三七三年に成立した自治領の名である。軍隊は少数の警備艦隊のみで、二〇億人のフェザーン人は帝国・同盟間の交易路を支配し、利益をあげることに情熱をかたむけてきた。かたちとしては帝国に従属しながら、事実上は完全にちかい政治的独立をたもち、経済力にいたっては両大国を凌《りょう》駕《が》する勢いをすらしめしている。

だが今日にいたる道程が平坦でなかったのはむろんのことで、初代のレオポルド・ラープ以来、歴代の自治領主は、その地位を安泰にするための政治工作に腐心してきた。その国是《こくぜ》は、〝侮りをうけるほど弱からず、恐怖されるほど強からず〟であったのだが、〝帝国四八、同盟四〇、フェザーン一二〟という勢力比の数値が、半世紀来まったく変化しないという事実が、フェザーン為政当局の苦心を如実にしめしていた。

帝国とフェザーンの勢力を合すれば、同盟より有利な立場となるが、それでも同盟を滅ぼすのは困難である。逆に、同盟とフェザーンが連合すれば、帝国を凌駕することが可能だが、圧倒するとまではいかない。

この芸術的なまでに微妙なバランスを維持することが、フェザーンの政戦両略の真骨頂であった。強くなりすぎてはいけない。帝国・同盟両者の反発と警戒をよび、双方による連合の結成を見、宇宙から存在を抹殺されることになりかねなかった。帝国と同盟が連合すれば、その勢力は八八であり、ただ一戦でフェザーンを滅ぼすことが可能である。といって弱すぎれば、その存在は無価値なものとなり、帝国にも同盟にも、その独立を尊重させることができなくなるであろう。

帝国がフェザーンの独立を奪うべくはかれば、フェザーンは同盟に身をよせる意思をしめした。同盟がフェザーンに野心をいだけば、フェザーンは帝国のほうをむいて媚態《びたい》をみせた。双方に必要な物資を供給し、その内部に喰いこみ、権力者を籠絡《ろうらく》しながら、フェザーンはしたたかに生きのびてきたのである。

そのしたたかな国民を統治する五代目の指導者が彼、アドリアン・ルビンスキーなのだ。

帝国と同盟の一方が他方を征服したりしてはこまる。両勢力はバランスをたもって並存すべきであり、もし滅びるものなら同時に滅びてもらわねばならない。それもフェザーンをまきこんだりすることなくだ。

フェザーンが歴史を制御する。それも軍事力など使わず、富力と術策によってである。大艦巨砲を擁し、流血をもってけっきょくは国力の疲弊《ひへい》と社会の荒廃を招く愚は、両大国にまかせておけばよい。絶対君主制の銀河帝国であれ、民主的共和制の自由惑星同盟《フリー・プラネッツ》であれ、要するに殺戮と破壊以外の手段で国をまもるすべをもたない、旧弊きわまる低能どもではないか。奴らは自己の正統性に陶酔しながらフェザーンの掌のうえで踊っていればよいのである。

とはいえ、ローエングラム伯とヤン、両者の登場には、あたらしい時代の予兆を感じさせるなにかがある。両者の今後を注視する必要があるだろう。過大評価かもしれないが、嗅覚《きゅうかく》はするどく切札は多いにこしたことはないのだ。

Ⅱ

惑星オーディンの西半球を夜のやわらかな掌がつつみこんでいる。

そこが帝国領であれ同盟領であれ、自転する惑星は昼夜の交替からのがれることはできない。銀河系宇宙の森羅万象を支配しようとこころざしたルドルフ大帝でさえ、天体の運行を止めることは不可能だったのだ。しかもそれらの天体の運動は一律の周期をもってはおらず、ある惑星の自転周期は一八時間半、べつの惑星においては四〇時間と、それぞれ無二の個性を主張している。

いっぽう、人間の体内時計は、発祥の地たる太陽系《ソル》第三惑星に居住していたときでも、じつはその自転周期と一時間ずれた二五時間単位でうごいていた。それを各人で調整して二四時間単位の生活を送っていたのである。習慣としては二四時間制が確立していたのだ。恒星間飛行をなしとげた人類は、昼夜のべつを心理的に調節するという難題に直面することになった。

宇宙船、宇宙空間都市、各種の理由によって人工的な環境を必要とする惑星、などはあまり問題がなかった。二四時間周期の生活に環境のほうをあわせてしまうからである。人工照明によって昼を明るくし、夜を暗くする。このような場所では、温度を調節して、夜明け直前をもっとも低温にするし、夏と冬とで温度だけでなく夜の長さも変化させる。

また、自転周期が極端に長いかあるいは短い惑星では、強引に一日二四時間制をしき、

「今日は一日中、夜ですな。あさって、陽が昇るそうです」

とか、

「この惑星では一日二回夕陽が見られますよ」

などという会話が生まれている。

こまるのはむしろ、二一時間半とか二七時間などという地球にちかい自転周期をもつ惑星で、試行錯誤のすえ、自転周期を二四等分して惑星地方時を使用する派と、多少の不便を忍んで標準二四時制を使用する派に分かれた。いずれにせよ、神経を太くして慣れるしかないのである。

二四時間が一日、三六五日が一年。この、いわゆる〝標準暦〟は帝国においても同盟においても使用されている。銀河帝国の一月一日は自由惑星同盟でも一月一日なのだ。

「いつまでも地球の呪縛に縛られていることはない。地球はすでに人類社会の中心ではないし、宇宙暦も施行されたのだ。あらたな時間の基準をもうけるべきではないか」

古いことイコール悪いこと、と考える人々のなかにはそう主張する者もいたが、ではなにをもってあたらしい基準とするかというと、誰もが納得できる解答などありはしないのだった。けっきょく、古くからの習慣が最大の支持——かならずしも積極的ではないにしろ——をえて、今日にいたっているのだった。

〝地球の呪縛〟は度量衡《どりょうこう》の単位にもおよんでいる。一グラムは、一立方センチの水を四度Cの温度のとき、地球の重力下で計測した重量である。そして一センチとは地球の周囲の四〇億分の一の長さなのだ。これらの単位もまた全人類社会で共通にもちいられている。

ルドルフ大帝は度量衡の単位を変換しようと試みたことがあった。彼自身の身長を一カイゼル・ファーデン、彼自身の体重を一カイゼル・セントナーとしてすべての単位の基準にしようとしたのである。しかしこれは考案されたのみで実行にはうつされなかった。

非合理にすぎたからではない。諮問《しもん》をうけた当時の財務卿クレーフェが、うやうやしくひとつの資料を皇帝に提出したのである。それは、度量衡の単位を変換するには人類社会におけるすべてのコンピューターの記憶回路や計器類を刷新《さっしん》せねばならぬとし、それに要する経費を試算したものだった。おりから、通貨単位をクレジットから帝国マルクに変えたばかりでもあり、資料にならべられた0《ゼロ》の数は、さすがに剛腹なルドルフも鼻白むほどのものだったと伝えられる。

こうしてメートルとグラムは生存を許されることになったが、今日の通説ではクレーフェの試算はあきらかに過大な数値であり、限度を知らないルドルフの自己神聖化にたいして、温和なだけが長所と思われていたクレーフェが無言の反抗を敢行したのだ、と言われている。


……銀河帝国皇帝の居城、新無憂宮《ノイエ・サンスーシー》は壮麗な姿を夜空の下に浮かびあがらせていた。

独立した、あるいはたがいに連結された大小の建物、無数の噴水、自然の森と人工の森、沈床《ちんしょう》式の薔薇園、彫刻、花壇、四阿《あずまや》、芝生の際限ないつらなり、それらが巧妙な照明効果によって、視神経を刺激しないよう配慮された淡い銀色につつまれている。

宮殿は一〇〇〇以上の恒星系を支配統治する政治の中枢である。周囲には官庁群が配置されているが、高層建築はひとつもない。主要部分はむしろ地下にある。臣民が高い位置から皇帝陛下の宮殿をながめおろすなど、許しがたい不敬だからである。オーディンの上空をめぐる多数の衛星《サテライト》も、宮殿の真上を通過することは絶対にない。

宮殿には五万人をこす侍従や女官が働いている。機械力ですむところに人間を使うのが、地位の高さと権力の強大さを証明する時代なのだ。調理、清掃、客人の案内、庭園の管理、放し飼いにされた鹿の世話、すべてが人力によってなされる。それこそが王者の贅沢なのだ。

宮殿には走路《ベルトウェイ》もエスカレーターもない。自身の脚で廊下を歩き、階段を昇降しなければならない。これは皇帝でさえそうである。

〝偉大なるルドルフ〟は、肉体的な強さも統治者の条件のひとつと考えていたのだ。自分の脚で歩くこともかなわぬ者が、巨大な帝国を肩のうえにのせることができるだろうか?

宮殿にはいくつかの謁見室《えっけん》があるが、その夜、無数の高官に埋めつくされたのは〝黒真珠の間〟だった。アスターテ会戦において暴戾《ぼうれい》な叛乱軍を撃破し、帝威を輝かせたローエングラム伯ラインハルトにたいして、帝国元帥杖《じょう》の授与式がおこなわれるのだ。

帝国元帥は、ただ上級大将より一階級高いというにとどまらない。年額二五〇万帝国マルクにのぼる終身年金がつくだけでなく、大逆罪以外の犯罪については刑法をもって処罰されることはなく、元帥府を開設して幕僚を自由に任免することができる。

これらの特権を享受する帝国元帥は現在四名だけだが、今回それにローエングラム伯ラインハルトがくわわって五名になる。しかもローエングラム伯は帝国宇宙艦隊副司令長官に任じられ、一八個艦隊からなる帝国宇宙艦隊の半数を指揮下におくことになるという。

「つぎは爵位だろう。伯から侯へな」

広大な〝黒真珠の間〟の片隅で、そうささやきかわす人々がいる。古来、噂話は火とともに人類のよき友人だった。この友人を愛する人は、時代と状況を問わず、豪奢《ごうしゃ》な宮殿にもうらぶれた貧民街にも絶えるることはない。

　皇帝の玉座にちかい位置には、帝国における最高の地位を所有する人々がたたずんでいる。大貴族、高級の文官または武官、あるいはそれらのいくつかをかねた者。彼らは幅六メートルの赤を基調とした絨毯《じゅうたん》――それは二〇〇名の職人が四半世紀をかけて織りあげたものである――を挟んで列をつくっていた。そのいっぽうは文官の列で、最上の位置にリヒテンラーデ侯がいる。

　帝国政府国務尚書のリヒテンラーデ侯は、帝国宰相代理として閣議を主宰《しゅさい》している。とがった鼻と、雪のような銀髪と、するどいというよりは険しい眼光を有する七五歳の老人だ。彼から下方へ流れると、ゲルラッハ財務尚書、フレーゲル内務尚書、ルンプ司法尚書、ウィルヘルミ科学尚書、ノイケルン宮内尚書、キールマンゼク内閣書記官長……という人々が居並んでいる。

　反対側には武官の列がある。軍務尚書エーレンベルク元帥、帝国軍統帥本部総長シュタインホフ元帥、幕僚総監クラーゼン元帥、宇宙艦隊司令長官ミュッケンベルガー元帥、装甲擲弾兵総監オフレッサー上級大将、近衛兵総監ラムスドルフ上級大将、憲兵総監クラーマー大将、それに一八個艦隊の司令官たち……。

　古風なラッパの澄んだひびきが、一同に姿勢を正させた。木の葉が風に騒ぐかのようなざわめきが静まる。至尊者の入来を告げる式部官の声が参会者の鼓膜をたたいた。

「全人類の支配者にして全宇宙の統治者、天界を統《す》べる秩序と法則の保護者、神聖にして不可侵なる銀河帝国フリードリヒ四世陛下のご入来！」

　語尾に帝国国歌の荘重な旋律がおおいかぶさる。それに首すじをおさえつけられるように、一同は深々と頭をたれた。

幾人かは口のなかで数をかぞえていたかもしれない。ゆっくりと頭をあげると、黄金張りの豪奢な椅子に彼らの皇帝がすわっていた。

銀河帝国第三六代皇帝フリードリヒ四世。六三歳の、奇妙に困憊《こんぱい》した印象をあたえる男である。老人という年齢ではないのに、老人と形容したくなるところがある。国事にはほとんど関心がない。絶対的なその権力を積極的に行使する能力も意思もなさそうにみえる。強烈をきわめた先祖ルドルフの残光を背負った、先祖とは正反対のひ弱な男、皇帝フリードリヒ四世。

皇帝は一〇年前に皇后を失った。難病とは言えない。風邪をこじらせて肺炎にかかったのである。ガンははるか昔に克服されたが、風邪を病名のリストから追放することは、同盟の歴史家が悪意をこめて記述したように、〝偉大なるルドルフの威光をもってしても〟不可能だったのだ。

以後、皇帝は皇后をたてず、寵姫のひとりにグリューネワルト伯爵夫人《グラフィン》の称号を贈り、事実上の妻の座をあたえている。しかしその寵姫は大貴族の出身ではないため、公式の国事に参列することを遠慮し、この夜も美しい姿を人々の前にあらわさなかった。グリューネワルト伯爵夫人《グラフィン・フォン・グリューネワルト》、本名はアンネローゼである。

「ローエングラム伯ラインハルトどの！」

式部官が朗々と式典の主人公の名を呼んだ。

一同は、今度は最敬礼する必要もなく、絨毯を踏んで歩みよってくる若い武官に視線を送った。

貴婦人たちのあいだから歎声が洩れる。ラインハルトに反感を有している者——つまり参列者の大部分——も、彼のたぐいまれな美貌を認めないわけにはいかなかった。

最上質の白磁で造られた人形のように端麗な、だが人形にしては眼光がするどく、表情が勁烈《けいれつ》にすぎる。彼の姉アンネローゼにたいする皇帝の耽溺《たんでき》と、彼自身のこの表情がなかったら、この君臣にたいして男色にかんする陰口がたたかれることは必至であったろう。

参列者たちのさまざまな感情がいり乱れるなかを、武官らしくきびきびした歩調でとおりぬけると、ラインハルトは玉座の前に立ち、心にもなくうやうやしく片膝をついた。

その姿勢で、皇帝が玉音を下賜《かし》されるのを待つ。公式の場において、皇帝にさきに話しかけることなど、臣下には許されていないのだ。

「ローエングラム伯、このたびの武勲、まことにみごとであった」

およそ個性のない発言であった。

「おそれいります、ひとえに陛下の御威光のたまものでございます」

ラインハルトの応答にも個性がないが、これは計算と自制の結果である。気のきいたことを言っても理解できる相手ではないし、参列者の反感をますだけのことだ。彼にとっては、皇帝が式部官から手わたされて読みあげる一枚の紙片のほうがよほど重要であった。

「アスターテ星域における叛乱軍討伐の功績により、汝《なんじ》、ローエングラム伯ラインハルトを帝国元帥に任ず。また、帝国宇宙艦隊副司令長官に任じ、宇宙艦隊の半数を汝の指揮下におくものとす。帝国暦四八七年三月一九日、銀河帝国皇帝フリードリヒ四世」

ラインハルトはたちあがって階《きざはし》をのぼり、最敬礼とともにその辞令をうけとった。ついで元帥杖をさずけられる。この瞬間、ローエングラム伯ラインハルトは帝国元帥となった。

華やかなほどの微笑をたたえながら、内心ではけっして満足してはいない。これは彼の歩むべき道程の、ほんの第一歩にすぎないのだ。権力にまかせて彼から姉を奪った無能者にとってかわるのだ。

「ふん、二〇歳の元帥か」

低くつぶやいたのは装甲擲弾兵総監オフレッサー上級大将だった。四〇代後半の筋骨たくましい巨漢で、同盟軍兵士の放ったレーザー光線で截《き》られた左頬骨の傷跡が生々しい紫色をしている。わざと完治させず、歴戦の猛将であることを誇示しているのだ。

「光輝ある帝国宇宙艦隊は、いつから幼児の玩具になりさがったのです。閣下？」

煽動《せんどう》するように彼がささやきかけた相手は、ラインハルトに麾下の部隊の半数を奪われる男だった。

宇宙艦隊司令長官ミュッケンベルガー元帥は半白の眉を微妙な角度にまげた。

「卿《けい》はそう言うがな、あの金髪の孺子《こぞう》に用兵の才能があることは否定できぬ。現に叛乱軍を撃破しておるし、その手腕には百戦錬磨のメルカッツでさえ舌をまいておるのだ」

「牙を抜かれたとみえますな、たしかに」

武官の列中に黙然とたたずむメルカッツ大将の姿に視線を投げて、オフレッサーは容赦なく評した。

「勝ったとはいえ、一度だけでは偶然ということもありましょう。小官に言わせれば、敵が無能すぎたとしか思えません。勝敗とはけっきょく、相対的なものですからな」

「声が高い」

たしなめはしたが、元帥は上級大将の発言の内容そのものを否定したわけではなかった。ラインハルトの功績をなんら心理的抵抗なく受容するのは、大貴族出身者や古参の将官たちにとって容易ではないのだ。

しかし場所が場所であり、元帥は話題を転じる必要を感じたようだった。

「ところで、その敵だがな、ヤンとかいう指揮官の名を卿は知っておるか」

「さて……記憶にありませんな。その人物がなにか？」

エル・ファシルの件をオフレッサーは思いだせなかった。

「今度の会戦で叛乱軍の全面崩壊を防ぎ、エルラッハ少将を戦死させた男だ」

「ほう」

「相当な将才の持ち主らしい。さすがの金髪の孺子《こぞう》も鼻をへし折られたという情報でな」

「それは愉快ではありませんか」

「ラインハルトひとりのことであればな。しかし先方は戦うにあたって敵をえらぶと思うか？」

元帥の声はさすがににがにがしさをおび、オフレッサーは分厚い肩を無器用にすくめた。

〝黒真珠の間〟にふたたび音楽が流れはじめた。勲功ある武官をたたえる歌、「ワルキューレは汝の勇気を愛せり」である。

大貴族たちにとって不愉快な式典は終幕にちかづきつつあった。


ジークフリード・キルヒアイス大佐は、ほかの佐官級の軍人たちとともに、式場から幅広の廊下ひとつを隔てた〝紫水晶の間〟にひかえていた。

貴族でも将官でもないキルヒアイスには、〝黒真珠の間〟に入室する資格があたえられていない。しかしここ両日中に彼は准将をとびこして少将に昇進し、〝閣下〟と呼ばれる地位をあたえられることが確定していた。そうなれば、華麗な式典から排除されることもなくなるのだろう。

ラインハルトさまが階梯《かいてい》をひとつのぼるたびに、自分もひきずりあげられる……キルヒアイスはかるく身慄《みぶる》いした。自分に才幹がないとは思わないが、栄達の速度が普通でないことはたしかであり、それが自分の実力ばかりによるものだと思ったらたいへんなことになるであろう。

「ジークフリード・キルヒアイス大佐ですな」

静かな声が傍からかけられた。

三〇代前半とおぼしい将校が、キルヒアイスの視線のさきに立っていた。階級章は大佐である。キルヒアイスにはおよばないがかなりの長身で、若白髪の多い黒っぽい頭髪に薄い茶色の目をしており、皮膚は青白い。

「そうですが、貴官はどなたです？」

「パウル・フォン・オーベルシュタイン大佐です。お初にお目にかかる」

そう言ったとき、オーベルシュタインと名のった男の両眼に、異様な光が浮かび、キルヒアイスを驚かせた。

「失礼……」

オーベルシュタインはつぶやいた。キルヒアイスの表情に気づいたのであろう。

「義眼の調子がすこし悪いようだ。驚かせたようで申しわけない。明日にでもとりかえることにしましょう」

「義眼をなさっているのですか、いや、これはこちらこそ失礼なことを……」

「なんの、お気になさるな。光コンピューターをくみこんであって、こいつのおかげでまったく不自由せずにすんでいます。ただ、どうも寿命が短くてね」

「戦傷をうけられたのですか？」

「いや、生来のものです。もし私がルドルフ大帝の時代に生まれていたら、〝劣悪遺伝子排除法〟にひっかかって処分されていたでしょうな」

その声は、空気の振動が音となって人間の耳に聴こえる、かろうじてその下限にあったが、キルヒアイスに息をのませるに充分だった。ルドルフ大帝にたいする批判めいた発言は、当然、不敬罪の対象になるのだ。

「貴官はよい上官をおもちだ、キルヒアイス大佐」

やや声を大きくしてオーベルシュタインは言ったが、それでもささやき以上のものにはならなかった。

「よい上官とは部下の才幹を生かせる人をいうのです。現在の帝国軍にはいたってすくない。だがローエングラム伯はちがう。お若いに似ず、たいしたお方ですな。門閥意識ばかり強い大貴族どもには理解しがたいでしょうが……」

罠にたいする警告信号が、キルヒアイスの脳裏に点滅した。このオーベルシュタインなる男が、ラインハルトの失脚をのぞむ連中の操り人形《マリオネット》でないと、どうして断言できるだろう。

「貴官は、どこの部隊に所属しておいでです？」

さりげなく話題を転じる。

「いままでは統帥本部の情報処理課にいましたが、今度、イゼルローン要塞駐留艦隊の幕僚を拝命しました」

答えてから、オーベルシュタインは薄く笑った。

「用心しておられるようだ、貴官は」

一瞬、鼻白んだキルヒアイスが、なにか言おうとしたとき、入室してくるラインハルトの姿が彼の視界に映った。式典が終了したらしい。

「キルヒアイス、明日……」

声をかけて、部下の傍にいる青白い顔の男に気づいた。

オーベルシュタインは敬礼して名のり、かたどおりの短い祝辞を述べると、背をむけて去った。

ラインハルトとキルヒアイスは廊下にでた。その夜は彼らは宮殿の一隅にある小さな客用の館に宿泊することになっていた。その場所まで、庭園の内部を一五分は歩かなければならない。

「キルヒアイス、明日姉上に会う、お前も来るだろう」

夜空の下にでたところで、ラインハルトが言った。

「私が同行してもよろしいのですか？」

「なにをいまさら、遠慮する。おれたちは家族だぞ」

ラインハルトは少年の笑顔になったが、それをひっこめるとやや声を低めた。

「ところで先刻の男は何者だ？　多少、気にかかるな」

キルヒアイスは簡単に事情を説明し、

「どうも得体の知れない人です」

と感想をつけくわえた。ラインハルトは描いたようにかたちのよい眉をかるくしかめて聞いていたが、

「たしかに得体の知れない男だな」

とキルヒアイスの意見に賛同した。

「どういうつもりでお前にちかづいたか知らないが、用心しておくにこしたことはない。もっともこう敵が多いと、用心もなかなか難しいか」

ふたりは同時に笑った。

Ⅲ

グリューネワルト伯爵夫人アンネローゼの館はやはり新無憂宮《ノイエ・サンスーシー》の一隅にあったが、訪れるには、はでに装飾された宮廷用の地上車《ランド・カー》で一〇分も走る必要があった。

キルヒアイスなどには、いっそ歩いたほうが気楽なのだが、皇帝陛下のご厚意により宮内省からさしむけられた地上車とあってはしかたない。

目的の館は菩提樹《リンデン・バウム》のしげる池の畔にあり、女主人にふさわしい清楚な建築様式だった。

アンネローゼのすんなりした優美な姿をポーチに見いだすと、ラインハルトはまだ完全には停まっていない地上車からとびおり、小走りに駆けよった。

「姉上！」

アンネローゼは春の陽ざしのような笑顔で弟を迎えた。

「ラインハルト、よく来てくれましたね。それにジークも……」

「……アンネローゼさまもお元気そうでなによりです」

「ありがとう。さあ、ふたりともお入りなさい。あなたたちが来るのを何日も前から待っていたのよ」

ああ、この女《ひと》は昔とすこしも変わらない——と、キルヒアイスは思った。その優しさ、清楚さをそこなうことは、皇帝の権力をもってしても不可能だったのだ。

「コーヒーを淹《い》れましょう。それと巴旦杏《ケルシー》のケーキもね。手作りだからあなたがたの口にあうかどうかわからないけど。食べていってちょうだい」

「口をあわせますよ」

笑いながらラインハルトが応じ、手頃な広さの居間にはなごやかな雰囲気がみちた。時の精霊がこの空間だけを一〇年前にもどしたような錯覚を、若者たちはひとしくいだいた。

コーヒーカップの触れあう音、清潔なテーブルクロス、巴旦杏のケーキに混ぜられた微量のバニラ・エッセンスの香り……つつましい幸福のひとつのかたちがそこにあった。

「伯爵夫人ともあろう者が調理場にたちいるものではないとときどき言われるけど……」

流れるような手さばきでケーキを切り分けながらアンネローゼは微笑した。

「なんと言われても、これが楽しいものだからしかたないわね。あまり機械にたよらず自分の手で焼くのがね」

コーヒーが淹れられ、クリームが落とされた。手作りのケーキに、裏を考える必要のない会話。心が温かい波に浸されてゆくかのような時がすぎてゆく。

「ラインハルトがわがままばかり言ってさぞ迷惑をかけているのでしょうね、ジーク」

「いえ、そのような……」

「本心を言っていいのだぞ」

「ラインハルト、だめよ、からかっては。そうそう、シャフハウゼン子爵夫人からいただいたおいしい桃色葡萄酒《ヴァン・ローゼ》があるの。地下室にあるから取ってきてくれないかしら？　帝国元帥閣下に雑用をたのんで悪いけど」

「姉上こそ私をからかうんですね。ええ、雑用でもなんでも相努めますとも」

気軽にラインハルトは立って行った。

あとにはアンネローゼとキルヒアイスが残った。アンネローゼは弟の親友に優しい微笑をむけた。

「ジーク、弟がいつもお世話になっていますね」

「とんでもありません、お世話を一方的にこうむっているのは私です。貴族でもない私がこの年齢で大佐などと、身にあまると思っております」

「もうすぐ少将でしょう。聞きましたよ。おめでとう」

「ありがとうございます」

耳朶《じだ》の熱さをキルヒアイスは自覚した。

「弟は口にはださないし、あるいは本人も気づいていないかもしれないけど、ジーク、あなたをほんとうにたよりにしています。どうか、これからも弟のことをお願いするわね」

「恐縮です、私などが」

「ジーク、あなたはもっと自分を評価すべきですよ。弟には才能はあります。たぶん、ほかの誰にもない才能が。でも、弟はあなたほどおとなではありません。自分の脚の速さにおぼれて断崖から転落する羚羊《かもしか》のような、そんなところがあります。これは弟が生まれたときから知っているわたしだから言えることです」

「アンネローゼさま……」

「どうか、ジーク、お願いします。ラインハルトが断崖から足を踏みはずすことのないよう見まもってやって。もしそんなきざしが見えたら叱ってやって。弟はあなたの忠告ならうけいれるでしょう。もしあなたの言うこともきかなくなったら……そのときは弟も終わりです。どんなに才能があったとしても、それにともなう器量がなかったのだとみずから証明することになるでしょう」

アンネローゼの美貌から、すでに微笑は消えさっていた。弟のそれより濃いサファイア色の瞳に哀しみに似た陰翳《いんえい》がたゆたっている。

見えざる刃が心のうえを滑って、するどい痛みをキルヒアイスにあたえた。そうだ、いまは一〇年前ではないのだ。ラインハルトと自分は街の少年ではなく、アンネローゼも家庭的な一少女ではない。皇帝の寵姫と帝国元帥とその副官。権力の芳香と腐臭を同時に嗅ぐ立場にいる三人の男女……。

「私にできることでしたらなんでもいたします、アンネローゼさま」

キルヒアイスの声は、感情を抑制しようとする主人の意思にどうにかしたがっていた。

「ラインハルトさまにたいする私の忠誠心を信じてください。けっしてアンネローゼさまのお心に背くようなことはいたしません」

「ありがとう、ジーク、ごめんなさいね、無理なことばかりお願いして。でもあなた以外にたよる人はわたしにもいませんん。どうかゆるしてくださいね」

私はあなたたちにたよってほしいのです――胸中でキルヒアイスはつぶやいた。一〇年前、貴女に「弟と仲よくしてやって」と言われた瞬間から、ずっとそうなのです……。

一〇年前！　ふたたびキルヒアイスの心は痛む。

一〇年前に自分がいまの年齢であったら、アンネローゼをけっして皇帝の手などに渡しはしなかった。万難を排して、姉弟をつれ、たぶん、自由惑星同盟に逃亡していただろう。いまごろは同盟軍の士官にでもなっていたかもしれない。

その当時、自分にはその能力もなく、自分自身の意思すらはっきりと把握できていなかった。いまはそうではない。だが一〇年前以上に、どうしようもない。人はなぜ、自分にとってもっとも必要なとき、それにふさわしい年齢でいることができないのだろう。

「……もっと見つけやすい場所に置いていてくれればいいのに」

その声が、ラインハルトのもどってきたことを告げた。

「はい、ご苦労さま。でも苦労して探しただけの価値はあってよ。グラスをもってくるわね」

このような時間を、わずかでももてたことを幸福に思うべきなのだ。キルヒアイスは自分にそう言い聞かせた。つぎにかならず到来する戦いの時をうとましく思うようなことがあってはならなかった。

第四章　第一三艦隊誕生

Ⅰ

地上五五階、地下八〇階。惑星ハイネセンの北半球落葉樹林気候帯にある、それが自由惑星同盟《フリー・プラネッツ》軍統合作戦本部のビルである。この周囲に、技術科学本部、後方勤務本部、宇宙防衛管制司令部、士官学校、首都防衛司令部などの建物が整然と配置され、首都ハイネセンポリスの中心部から一〇〇キロほど離れた軍事中枢地区を形成しているのだ。

その統合作戦本部の地下、四層のフロアをぶち抜いた集会場において、アスターテ会戦戦没者の慰霊祭がおこなわれようとしていた。同盟軍アスターテ派遣部隊が戦力の六割を失い、疲労しきった敗残の身で帰還してから二日後の、美しく晴れわたった午後である。

会場へむかう走路《ベルトウェイ》は出席者の群に埋まっていた。戦死者の遺族がおり、政府や軍部の関係者がいる。なかにヤン・ウェンリーの姿もあった。

話しかけてくる周囲の人々に適当な応答をしながら、ヤンは頭上にひろがる青空に視線を送った。彼の目には見えないが、大気の層が幾重にもかさなったその上の空間には、無数の軍事衛星が音もなく飛翔しているはずだった。

なかでも、一二個の迎撃衛星をつらねた〝処女神《アルテミス》の首飾り〟……宇宙防衛管制司令部によって制御される巨大な殺人と破壊のシステムは、

「これあるかぎり、惑星ハイネセンは難攻不落である」

と同盟軍幹部をして豪語させている。それを聞くたび、ヤンは、難攻不落と称された要塞の大部分が劫《ごう》火《か》のなかに崩れさった過去の歴史を思いだしてしまうのだ。だいたい、軍事的に強いということが自慢の種になると思っているのだろうか？

ヤンは両手でかるく頰をたたいた。神経が完全に目ざめていないように感じられる。一六時間つづけて眠りはしたが、それまでは六〇時間おきっぱなしだったのだ。

ちゃんとした食事もとっていない。胃が活力を失っているので、ユリアンが温めてくれた野菜スープを飲んできただけである。官舎にもどるなりベッドに倒れこみ、おきたら一時間もたたずにでてきて、考えてみれば彼が保護者になっている少年とろくな会話をかわした記憶もない。

（やれやれ、保護者失格だな、これは……）

そう思う彼の肩をたたく者がいる。ふりかえった視線のさきに、士官学校の先輩アレックス・キャゼルヌ少将がたたずんで笑っていた。

「まだ完全に目が覚めてないようだな、アスターテの英雄は」

「誰が英雄です？」

「おれの前に立っている人物さ。電子新聞を見る間もなかったらしいが、ジャーナリズムはこぞってそう書きたてているぞ」

「敗軍の将ですよ、私は」

「そう、同盟軍は敗れた。よって英雄をぜひとも必要とするんだ。大勝利ならあえてそれを必要とせんがね。敗れたときは民衆の視線を大局からそらさなくてはならんからな。エル・ファシルのときもそうだったろうが」

皮肉な語調はキャゼルヌの特徴である。中背で健康そうな肉づきをした三五歳の男で、同盟軍統合作戦本部長シドニー・シトレ元帥の次席副官を務めている。前線勤務よりデスクワークの経験が豊富で、企画調整、事務処理などの能力にめぐまれ、将来は後方勤務本部長の座を確実視されていた。

「いまごろのおでましでいいのですか？　副官というのは雑用係で忙しいと思いましたが」

かるく反撃されて、敏腕な軍官僚は口もとを微妙なかたちにほころばせた。

「主催するのは儀典局だからな。軍人も、それに遺族さえもじつはお呼びじゃない。いちばん、はりきっているのは国防委員長閣下だ。言ってしまえば次期政権を狙う国防委員長のための政治ショーだからな」

両者はひとしく、同盟政府国防委員長ヨブ・トリューニヒトの顔を思い浮かべた。

長身と端整な眉目を有する四一歳の少壮政治家。行動力に富んだ対帝国強硬論者。彼を知る者の半数は雄弁家とたたえ、残る半数は詭弁家《きべん》として忌み嫌う。

現在の同盟元首は最高評議会議長ロイヤル・サンフォードだが、これは政争の渦中から浮上した調整役タイプの老政客で、万事に先例尊重主義であり、とかく精彩を欠くため、次代の指導者として脚光をあびつつある存在である。

「あの男の下品な煽動演説をながながと拝聴しなければならないのは、徹夜以上の苦痛だが……」

キャゼルヌはにがにがしげに言ったが、彼は軍部にあっては少数派なのである。どうせ人気とりではあろうが、ひたすら軍備の充実と帝国打倒を説くトリューニヒトにたいして好意をよせる者が制服軍人のあいだには多い。そしてヤンも少数派の一員だった。

会場で両者の席は離れ離れになった。キャゼルヌは貴賓席のシトレ本部長の背後に、ヤンは演壇直下の最前列にである。

式はかたどおりにはじまり、かたどおりに進行していった。官僚の作成した原稿を無感動に棒読みしてサンフォード議長がしりぞくと、トリューニヒト国防委員長がさっそうと登壇した。彼があらわれただけで、場内の空気が熱をおび、議長のときよりも大きな拍手がおこる。

トリューニヒトは原稿をもたぬまま、張りのある声で六万人の参列者に語りかけた。

「お集まりの市民諸君、兵士諸君！　今日、吾々がこの場に馳せ参じた目的はなにか。アスターテ星域において散華した一五〇万の英霊を慰めるためである。彼らは貴い生命を祖国の自由と平和をまもらんがためにささげたのだ」

ここまでの演説で、ヤンはすでに耳をふさぎたくなった。聴いているほうが恥ずかしくなり、そらぞらしく美辞麗句をならべたてる演説者の側が平然としているといったこっけいな情況は、古代ギリシア以来の人類の伝統なのだろうか。

「貴い生命と、いま私は言った。まことに生命は貴ぶべきである。しかし、諸君、彼らが散華したのは、個人の生命よりさらに貴重なものが存在するということを、あとに残された吾々に教えるためなのだ。それはなにか。すなわち祖国と自由である！　彼らの死は美しい。小我を殺して大義に殉じたからこそだ。彼らは良き夫であった。良き父親であり、良き息子であり、良き恋人であった。彼らには充実した幸福な長い生涯を送る権利があった。しかし彼らはその権利を棄てて戦場におもむき、そして死んだのだ！　市民諸君、私はあえて問う。一五〇万の将兵はなぜ死んだのか？」

「首脳部の作戦指揮がまずかったからさ」

ヤンがつぶやいた。独白にしては声が大きかった。周囲の数人が愕然として、黒い髪の若い士官を見やった。ヤンがそのひとりの目を直視すると、相手はうろたえたように視線を壇上にもどした。

その視線のさきでは、国防委員長の演説が延々とつづいている。トリューニヒトの顔は紅潮し、両眼に自己陶酔の輝きがあった。

「そう、その解答を私はすでに述べた。彼らは祖国と自由をまもるために生命をなげうったのだ！　これほど崇高と称するに値する死があるだろうか？　自分のためにのみ生きること、自分のためにのみ死ぬことがいかに卑小であるかを、これほど雄弁に吾々に教えるものがあるだろうか。祖国あってこその個人であることを、諸君は想起しなければならない。それこそが生命にもまさって重要なものなのだ。銘記せよ、この事実を！　そして私はいちだんと声を大にして言いたい。祖国と自由こそ、生命を代償としてまもるに値するものだと。吾々の戦いは正義なのだと！　帝国との講和を主張する、一部の自称平和主義者たちよ。専制的全体主義との共存が可能だと考える、一部の自称理想主義者たちよ。迷妄からさめよ！　諸君の行為は動機はどうであれ、結果としては同盟の力をそぎ、帝国を利することになるのだ。帝国においては反戦平和の主張など認められない。自由の国であるわが同盟だからこそ、国策への反対が許されるのだ。

諸君はそれに甘えている！　平和を口でとなえるほどやさしいものはない」

　ひとつだけある、とヤンは考えた。安全な場所に隠れて主戦論をとなえることだ。周囲の人々の熱狂が刻一刻と水量をましてゆくのをヤンは全身で感知して、うんざりした。いつ、どのような時代でも煽動者が支持を失うことはないようだ。

「私はあえて言おう。銀河帝国の専制的全体主義を打倒すべきこの聖戦に反対する者は、すべて国をそこなう者である。誇り高き同盟の国民たる資格をもたぬ者である！　自由な社会と、それを保障する国家体制をまもるため、死を恐れず戦う者だけが、真の同盟国民なのだ。その覚悟なき卑劣漢は英霊に恥じよ！この国は吾々の祖先によって建てられた。吾々は歴史を知っている。吾々の祖先が流血をもって自由をあがなったことを知っている。この偉大な歴史をもつ吾々の祖国！　自由なるわが祖国！　まもるに値する唯一のものをまもるために、吾々は立って戦おうではないか。戦わん、いざ、祖国のために。同盟万歳！共和国万歳！　帝国を倒せ！」

　国防委員長の絶叫とともに、聴衆の理性もどこかへ吹き飛んだ。狂熱の怒濤が六万人の身体をおしあげ、彼らは座席からたちあがり、奥歯までむきだしてトリューニヒトに唱和した。

「同盟万歳！　共和国万歳！　帝国を倒せ！」

　無数の腕の林が、軍帽を空中に高く舞わせた。拍手と歓声の狂騒曲。

　そのなかにヤンは黙然とすわっていた。黒い瞳がひややかに壇上の演説者を見すえている。両手を高くあげて満場の狂熱に応えていたトリューニヒトの視線が聴衆の最前列におちた。

　一瞬、その眼光が硬い、不快さをしめすものになり、口角がひきつった。ただひとりすわったままの若い士官を視界に認めたからである。後列なら見えなかったであろうが最前列である。崇高な祖国愛の権化、その眼下にけしからぬ反逆者がいたというわけだった。

「貴官、なぜ、起立せぬ⁉」

怒号をあびせたのは、肉厚の頰をもった中年の士官だった。ヤンとおなじ准将の階級章をつけている。視線を転じると、ヤンは静かに応じた。

「この国は自由の国です。起立したくないときに起立しないでよい自由があるはずだ。私はその自由を行使しているだけです」

「ではなぜ、起立したくないのだ」

「答えない自由を行使します」

自分ながら可愛気のない応答だ、とヤンは自覚している。キャゼルヌ少将が笑うだろう、抵抗するにしても方法が拙劣《せつれつ》だ、と。しかしヤンはここで円熟したおとなとして行動する気になれなかった。起立するのもいやであり、拍手するのも同盟万歳を叫ぶのもいやだった。トリューニヒトの演説に感動しなかったがゆえに非愛国者と指弾されるのなら、仰せのとおりと応じるしかない。いつでも、王様は裸だと叫ぶのはおとなではなく子供なのだ。

「貴官はどういうつもりで……」

中年の准将がわめこうとしたとき、壇上のトリューニヒトが腕の位置をさげた。かるく両手で聴衆を抑える動作をする。それにともなって狂熱の水量が減少し、静寂が音響を圧しはじめた。人々の頭部の位置が低くなる。

ヤンをにらみつけていた中年の准将も、厚い頬肉を不満そうに震わせながら席に着いた。

「……諸君」

壇上の国防委員長はふたたび口を開いた。長広舌と絶叫で彼の口腔《こうこう》は乾上がっており、その声は非音楽的にかすれた。せきをひとつすると彼は演説をつづけた。

「吾々の強大な武器は、全国民の統一された意思である。自由の国であり民主的共和政体である以上、どれほど崇高な目的であっても強制することはできない。各人には国家に反対する自由がある。しかし良識あるわが国民にはあきらかなはずだ。真の自由とは卑小な自我を捨てて団結し、共通の目的にむかって前進することだ、と。諸君……」

そこでトリューニヒトが口を閉ざしたのは、口が乾いて声がかすれたためではない。ひとりの女性が座席間の通路を演壇へと歩みよるのに気づいたからである。ライト・ブラウンの頭髪をした若い女性で、すれちがう男の半数以上がふりむくであろうていどには美しかった。彼女の歩む、その両側から低い不審のざわめきが生じて周囲に波紋をひろげた。

……誰だ、あの女は？　なにをする気だ？

ヤンが他の聴衆にならって女のほうを見たのは、トリューニヒトの顔を見つづけるよりましだと思ったからだが、女を認めてかるく眉をうごかさずにはいられなかった。彼の記憶にある容貌だったのだ。

「国防委員長」

ひびきのよいメゾソプラノの声で女は壇上にむかって語りかけた。

「わたしはジェシカ・エドワーズと申します。アスターテ会戦で戦死した第六艦隊幕僚ジャン・ロベール・

ラップの婚約者です。いいえ、婚約者でした」

「それは……」

雄弁なはずの〝次代の指導者〟は絶句した。

「それはお気の毒でした、お嬢さん、しかし……」

らちもないことを言って、国防委員長は意味もなく広い会場を見わたした。六万の聴衆は六万の沈黙で彼に応えた。全員が息をひそめて、婚約者を失った娘を見つめていた。

「いたわっていただく必要はありません、委員長、わたしの婚約者は祖国をまもって崇高な死をとげたのですから」

ジェシカは静かに委員長の狼狽を抑え、トリューニヒトは露骨に安堵の表情を浮かべた。

「そうですか、いや、あなたはまさに銃後の婦女子の鑑《かがみ》ともいうべき人だ。あなたの称賛すべき精神はかならず厚く酬《むく》われるでしょう」

臆面《おくめん》のないその姿に、今度はヤンは目を閉じたくなった。羞恥《しゅうち》心の欠けた人物に不可能事はないのだとしか思えない。

いっぽう、ジェシカは冷静なようにみえた。

「ありがとうございます。わたしはただ、委員長にひとつ質問を聞いていただきたくてまいったのです」

「ほう、それはどんな質問でしょう、私が答えられるような質問だといいのだが……」

「あなたはいま、どこにいます？」

トリューニヒトはまばたきした。質問の意図を諒解できなかった聴衆の多数もおなじことをした。

「わたしの婚約者は祖国をまもるために戦場におもむいて、現在はこの世のどこにもいません。委員長、あなたはどこにいます？　死を賛美なさるあなたはどこにいます」

「は、なんですと？」

「お嬢さん……」

　国防委員長は誰の目にもたじろいで見えた。

「あなたのご家族はどこにいます？」

　ジェシカの追及は容赦なくつづいた。

「わたしは婚約者を犠牲にささげました。国民に犠牲の必要を説くあなたのご家族はどこにいます？　あなたの演説には一点の非もありません。でもご自分がそれを実行なさっているの？」

「警備兵！」

　右を見、左を見てトリューニヒトは叫んだ。

「このお嬢さんはとり乱しておられる。別室へおつれしろ。軍楽隊、私の演説は終わった。国歌を！　国歌の吹奏だ」

　ジェシカの腕を誰かがつかんだ。ふりはらおうとして彼女は相手の顔を見、思いとどまった。

「行こう」

　ヤン・ウェンリーは穏やかに言った。

「ここはあなたのいるべき場所ではないと思う……」

　勇壮な昂揚感にあふれた音楽が会場内にみちはじめていた。自由惑星同盟の国歌「自由の旗、自由の民」である。
「友よ、いつの日か、圧政者を打倒し
　解放された惑星の上に
　自由の旗を樹《た》てよう
　吾ら、現在《いま》を戦う、輝く未来のために
　吾ら、今日を戦う、実りある明日のために
　友よ、謳《うた》おう、自由の魂を
　友よ、示そう、自由の魂を」
　音楽にあわせて聴衆が歌いはじめる。先刻の無秩序な叫び声とことなり、それは統一されたゆたかな旋律だった。
「専制政治の闇の彼方から
　自由の暁を吾らの手で呼びこもう」
　演壇に背をむけて、ヤンとジェシカは通路を出口へと歩いていった。
　両者が傍をすぎるとき、聴衆は視線を投げ、すぐに視線を壇上にもどして歌いつづける。両者の前で音もなく開いたドアが、彼らの背後で閉じるとき、国歌の最後の一節が耳をうった。
「おお、吾ら自由の民
　吾ら永遠《とわ》に征服されず……」

Ⅱ

落日の最後の余光が消えさり、甘美な夜の涼気が地上をおおっていた。絢爛《けんらん》たる星の群が蒼銀《そうぎん》の光をふりそそぎはじめた。この季節、螺旋《らせん》状の絹帯にたとえられる星座の輝きがひときわ鮮烈である。

ハイネセンポリスの宇宙港は喧騒をきわめていた。

広大なロビーに種々雑多な人々が群れつどっている。旅を終えた者がおり、これから旅立つ者がいる。見送る者、出迎える者、昔ながらのスーツ姿の一般市民、黒いベレー帽をかぶった軍人、コンビネーション・スーツの技術者、人いきれに閉口したような表情で要所要所にたたずむ警備官、仕事においまわされながら足早に歩く宇宙港職員、はしゃぎまわる子供たち、邪魔な人間どもの間隙《かんげき》を縫って二十日鼠《はつかねずみ》のように走りまわる荷物運搬のロボット・カー……。

「ヤン」

ジェシカ・エドワーズは傍にいる青年の名を呼んだ。

「うん？」

「わたしのこと、いやな女だと思ったでしょうね」

「どうして？」

「悲しみを黙ってたえている遺族が大部分なのだし、大勢の人の前であんなこと叫んだりして。不快に思って当然だわ」

黙ってたえているばかりで事態が改善された例はない、誰かが指導者の責任を糾弾《きゅうだん》しなくてはならないのだ。ヤンはそう考えたが、口にだしてはこう言っただけだった。

「いや、そんなことはないよ」

　ふたりは宇宙港ロビーのソファーのひとつにならんですわっていた。

　ジェシカは一時間後の定期船でハイネセンの隣の惑星テルヌーゼンに帰るのだという。彼女はその地で初等学校の音楽の教師をしているのだ。ジャン・ロベール・ラップ少佐が生きていれば、当然、ちかい将来、退職して結婚していたであろう。

「あなたは出世なさったわね、ヤン」

　ジェシカが、眼前を通過する三人の親子を見つめながら言った。ヤンは返答しなかった。

「アスターテでのご活躍、うかがったわ。それ以前の功績も……ジャン・ロベールがいつも感心していたわ、同期生の誇りだと言って」

　ジャン・ロベール・ラップはいい男だった。ジェシカが彼をえらんだのは賢明な選択だったと、いささかの心寂しさとともにヤンは思う。士官学校の事務長の娘で、音楽学校にかよっていたジェシカ・エドワーズ。現在では婚約者を失った音楽教師……。

「あなたをのぞいて同盟軍の提督たちは皆、恥じるべきね。一度の会戦で一〇〇万人以上もの死者をだしたのですもの。道義上も恥じるべきなんだわ」

　それはすこしちがう、とヤンは思った。非戦闘員を虐殺したとか休戦協定を破ったとかの蛮行があった場合はともかく、本来、名将と愚将とのあいだに道義上の優劣はない。愚将が味方を一〇〇万人殺すとき、名将は敵を一〇〇万人殺す。その差があるだけで、殺されても殺さないという絶対的平和主義の見地からすれば、どちらも大量殺人者であることに差はないのだ。

愚将が恥じるべきは能力の欠如であって、道義とはレベルのことなる問題である。だがこのことを言っても理解してはもらえないだろうし、理解をもとめるべきことでもないように思われた。

宇宙港の搭乗案内がジェシカをソファーからたたせた。彼女の乗る定期船の出港が迫ったのだ。

「さようなら、ヤン、送ってくださってありがとう」

「気をつけて」

「出世なさってね、ジャン・ロベールのぶんも」

搭乗口に消えるジェシカの後ろ姿をヤンはじっと見送った。

出世なさって、か。それはより多くの敵を殺せということだと、彼女は気づいているだろうか。たぶん、いや絶対に気づいてはいないだろう。それは銀河帝国に彼女とおなじ境遇の女性をつくれということでもあるのだ。そのとき帝国の女性たちは誰に悲哀と怒りをぶつけるのだろう……。

「あの、ヤン・ウェンリー准将でいらっしゃいますか」

年老いた女性の声がした。ヤンはゆっくりふりむいて、五、六歳の男の子をつれた上品そうな老婦人の姿を視界のうちに見いだした。

「そうですが……」

「ああ、やっぱり。これ、ウィル、この方がアスターテの英雄ですよ、ごあいさつなさい」

男の子ははにかんで老婦人の背後に隠れた。

「わたしはメイヤー夫人と申します。夫も、息子も、息子というのはこの子の父親ですが、軍人で、帝国軍と戦って名誉の戦死をとげました。あなたの武勲をニュースで知って感激したのですけれど、こんな場所でお目にかかれるなんて望外の幸福でございますわ」

「…………」

自分はいったい、いまどんな表情をしているのだろうとヤンは思った。

「この子も軍人になりたいと申しております。帝国軍をやっつけてパパの讐《かたき》を討つんだと……ヤン准将、あつかましいお願いとは存じますが、英雄でいらっしゃるあなたのお手をこの子にあたえてやってくださいませんかしら。握手をしていただけばこの子にとっては将来へのはげみになると思いますの」

老婦人の顔をヤンは正視できなかった。

返答がないのを承認ととったのであろう、老婦人は孫を若い提督の前におしだそうとした。しかし孫はヤンの顔を見ながらも、祖母の服にしがみついて離れようとしない。

「なんです、ウィル、そんなことで勇敢な軍人になれると思うの」

「メイヤー夫人」

心のなかで汗をぬぐいながらヤンは声をかけた。

「ウィル坊やが成人するころは平和な時代になっていますよ。無理に軍人になる必要はなくなってるでしょう……坊や、元気で」

かるく一礼すると、ヤンはきびすを返して速い歩調でその場をたち去った。要するに逃げだしたのである。それを不名誉とは思わなかった。

Ⅲ

ヤンが、シルバーブリッジ街二四番地の官舎に帰ったとき、ハイネセン標準時の二〇時を腕時計はしめしていた。その一帯は独身者または小家族を対象とする高級士官用の住宅地区で、自然の葉緑素のさわやかな香気が漂っている。

とはいっても、建物や設備はかならずしもあたらしいとか豪華だとかは言えない。土地に余裕があり緑に富んでいるのは、新築または増改築に要する費用が慢性的に不足しているからである。

低速度の走路からおりて、ヤンは手入れの悪い広い共用芝生を横断した。識別装置をそなえた門扉が、過重労働にたいする不平のきしみをたてながらもB六号官舎の主人を迎えいれる。

私費を投じてもそろそろとりかえるべきかな、とヤンは思った。経理部に交渉してもなかなからちがあかないのだ。

「お帰りなさい、准将」

ユリアン・ミンツ少年がポーチに彼を出迎えた。

「もしかしたら帰っていらっしゃらないかと思っていたんです。でもよかった。お好きなアイリッシュ・シチューをつくってあるんですよ」

「そいつは空腹で帰ってきた甲斐《かい》があった。だけど、なぜそう思ったんだ」

「キャゼルヌ少将からご連絡をいただいたんです」

ヤンの軍用ベレーをうけとりながら少年は答えた。

「あいつは式典の途中で美人と手に手をとって抜けだしたって言っておられましたよ」

「あの野郎……」

玄関にはいりながらヤンは苦笑した。

ユリアン・ミンツ少年はヤンの被保護者で、一四歳になる。身長は年齢相応だ。亜麻色の頭髪とダーク・ブラウンの瞳と繊細な容貌をもっており、キャゼルヌなどは「ヤンのお小姓」と呼ぶことがある。

ユリアン少年は二年前、〝軍人子女福祉戦時特例法〟によってヤンの被保護者となったのだ。これは発案者の名をとって〝トラバース法〟と通称されている。

自由惑星同盟は、一世紀半にわたって銀河帝国と戦争状態にある。それは慢性的な戦死者、戦災者の発生を意味する。親族のない戦争孤児の救済と、人的資源確保の一石二鳥を目的としてつくられたのがトラバース法だった。

孤児たちが軍人の家庭で養育される。一定額の養育費が政府から貸与《たいよ》される。孤児たちは一五歳まで一般の学校にかよう。以後の進路選択は本人の意思しだいだが、軍隊に志願して少年兵となったり士官学校や技術学校等の軍関係の学校に入学すれば、養育費の返還は免除されるのだ。

軍隊にとっては、女性も後方勤務には欠かせない人的資源であり、補給、経理、輸送、通信、管制、情報処理、施設管理などに必要なのである。

「要するに中世以来の徒弟制度と思えばよろしい。もっと悪質かな、金銭で将来を縛ろうというんだから」

当時、後方勤務本部に所属していたキャゼルヌはそう皮肉たっぷりに説明したものだ。

「しかしとにかく、餌《えさ》がなければ人間は生きていけん、これは事実だからな。で、飼育係が必要なわけだが、お前さんにもひとりぐらいひきうけてもらいたい」

「私は家庭もちじゃありませんよ」

「だからだ、妻子を養うという社会的義務をはたしていないわけだろうが。養育費もでることだし、これぐらいはひきうけてもらわんとな、ええ、独身貴族」

「わかりました。でもひとりだけですよ」

「なんなら二名でもいいんだが」

「ひとりで充分です」

「そうか、では二人前食うような奴を探してきてやる」

両者のあいだで以上のような会話がかわされてから四日後、ユリアン少年はヤン宅の玄関に立ったのだった。

ユリアンは即日、ヤン家のなかに自分の位置を確保した。それまでヤン家の唯一の構成員は有能勤勉な家庭経営者とは称しがたく、せっかくホーム・コンピューターがあっても情報をいれることを怠るものだからけっきょくは無用の長物と化し、それにともなってあらゆる生活機器も埃をかぶるというありさまだったのである。

ユリアンは自分自身のためにも家庭の物質的環境を整備しようと決意したらしい。ユリアンがヤン家の住人となった翌々日、若い当主は短期間の出張にでかけたが、一週間後に帰宅して、整頓と能率の連合軍に占領されたわが家を見いだしたのだった。

「ホーム・コンピューターの情報を六部門に分類して整理しました」

一二歳の占領軍司令官は、呆然と立ちすくむ当主にそう報告した。

「ええと、1家庭経営管理《ホーム・マネジメント》、2機器制御、3保安、4情報収集、5家庭学習、6娯楽です。家計簿とか毎日のメニューが1、冷暖房とか掃除機とか洗濯機とかが2、防犯や消火装置が3、ニュースや天気予報や買物情報が4……おぼえておいてくださいね、大佐」

当時、ヤンは大佐だった。彼は無言で居間兼食堂のソファーに腰をおろし、この無邪気な笑顔の小さな侵略者になんと言ってやろうかと考えた。

「それと掃除もしておきました。ベッドのシーツも洗濯してあります。あの、家中きちんと整頓できたと思いますけど、ご不満があったらおっしゃってください。なにかご用はありませんか？」

「……紅茶を一杯もらおうか」

そうヤンが言ったのは、好きな紅茶で喉を湿してから苦情を言ってやろうと思ったからだが、キッチンにとんでいった少年が、新品同様に綺麗になったティーセットをはこんできて彼の眼前でシロン星産の茶を淹れた、その手さばきに驚いた。

さしだされた茶をひと口すすって、彼は少年に降伏することにした。それほど香りも味もよかったのだ。ユリアンの亡父は宇宙艦隊の大尉だったが、ヤン以上の茶道楽で、息子に茶の種類や淹れかたを伝授したのだという。

ヤンがユリアン少年式の家庭経営をうけいれてから半月後、三次元チェスをやりに訪問したキャゼルヌが室内を見わたして論評した。

「有史以来初めて、お前さんの家が清潔になったじゃないか。親が無能ならそのぶん、子供がしっかりするというのは真実らしいな」

　ヤンは反論しなかった。

　……それから二年たつ。ユリアンは身長も一〇センチ以上伸び、ほんのすこしだがおとなっぽくなった。学業成績もよいようだ。ようだ、と言うのは、落第でもしないかぎりいちいち報告無用と保護者が宣告するいっぽうで、被保護者のほうはときおり表彰メダルなどもち帰ってくるからである。キャゼルヌに言わせれば〝出藍《しゅつらん》の誉《ほまれ》〟ということになる。

「今日、学校で来年以降の進路を訊《き》かれました」

　食事をしながらユリアンがそう言ったのは珍しいことだった。ヤンはシチューをすくうスプーンのうごきを停めて、少年を見やった。

「卒業は来年六月じゃないのか」

「単位を取得して半年早く卒業できる制度があるんですよ」

「ほう」

　と無責任な保護者は感心した。

「で、軍人になるつもりなのか？」

「ええ、ぼくは軍人の子ですから」

「親の職業を子がつがなきゃならんという法はないさ。現に私の父親は交易商だった」

　ほかになりたい職業があればそれにつくことだ、とヤンは言った。宇宙港で会ったウィル坊やの幼い顔が想いだされた。

「でも軍務につかないと養育費を返さなければなりませんから……」

「返すさ」

「え？」

「お前の保護者を過小評価するなよ。それぐらいの貯蓄はある。だいいち、そんなに早く卒業する必要はないんだ。もうすこし遊んでたらどうだ？」

少年はなめらかな頰を染めたようである。

「そこまでご迷惑はかけられません」

「生意気言うな、子供のくせに。子供ってのはな、おとなを喰物《くいもの》にして成長するものだ」

「ありがとうございます、でも……」

「でもなんだ。そんなに軍人になりたいのか」

ユリアンは不審そうにヤンの顔を見た。

「なんだか軍人がお嫌いみたいに聞こえますけど……」

「嫌いだよ」

簡明なヤンの返答は少年を困惑させた。

「だって、それじゃなぜ、軍人におなりになったんです？」

「決まってる。ほかに能がなかったからだ」

ヤンはシチューを食べ終わり、ナプキンで口をぬぐった。ユリアンは食器をさげ、キッチンの皿洗機をホーム・コンピューターで操作した。ティーセットをはこんできて、シロン葉の紅茶を淹れはじめる。

「まあ、もうすこし考えてから決めなさい。あわてることはなにもない」

「はい、そうします。でも、准将、ニュースで言ってましたけど、ローエングラム伯が軍務についたのは一五歳のときですってね」

「そうらしいな」

「顔が映りましたけど、すごい美男子ですね。ご存じでしたか？」

ローエングラム伯ラインハルトの顔なら、直接ではないがレーザー立体像《ホログラム》などでヤンは幾度か見たことがある。後方勤務本部の女性兵たちのあいだでは、同盟軍のどの士官よりも人気が高い、との噂も聞いた。さもあろう。あれほど美貌の若者を、ヤンもほかに見たことがない。

「だけど私だってそう悪くはないはずだ。そうだろう、ユリアン？」

「紅茶にはミルクをいれますか、ブランデーになさいますか？」

「……ブランデー」

そのとき神経質な音とともに防犯システムの赤いランプが点滅した。ユリアンがモニターTVのスイッチをいれると、赤外線利用の画面に多くの人影が映った。その全員が白い頭巾《ずきん》を頭からかぶり、両眼だけをだしている。

「ユリアン」

「はい？」

「最近はああいう道化師どもが集団で家庭訪問するのが流行《はや》っているのか」

「あれは憂国騎士団ですよ」

「そんなサーカス団は知らないな」

「過激な国家主義者の集団なんです。反国家的、反戦的な言動をする人にいろんないやがらせをするんで、最近有名なんです……でも変だな、なんでうちにおしかけてくるんだろう。准将は賞められることはあっても非難されるようなことはありませんよね」

「奴らは何人いる？」

とヤンは何気なく話題をそらせた。ユリアンがモニター画面の隅の数字を読んだ。

「四二人です、敷地内に侵入したのは。あ、四三人、四四人になりました」

「ヤン准将！」

マイクをとおした大声が特殊ガラスの壁面を微妙に震わせた。

「はいはい」

ヤンはつぶやいたが、屋外につうじるはずはない。

「吾々は真に国を愛する者の集団、憂国騎士団だ。吾々はきみを弾劾する！　戦功に驕ったか、きみは軍の意思統一を乱し戦意をそこなう行動をしめした。身におぼえがあるだろう」

頰のあたりに、驚いたユリアンの視線をヤンは感じた。

「ヤン准将、きみは神聖な慰霊祭を侮辱した。参会者全員が国防委員長の熱弁に応えて帝国打倒を誓ったとき、ただひとり、きみは席を立たず、全国民の決意を嘲弄するかのごとき態度をとったではないか。吾々はきみのその倨傲《きょごう》を弾劾する！　主張があるなら吾々の前にでてきたまえ。言っておくが治安当局への連絡は無益だぞ。吾々には通報システムを撹乱《かくらん》する方法がある」

なるほど、とヤンは納得した。憂国騎士団とやらの背後には絶世の愛国者トリューニヒト閣下がひかえておいでらしい。大仰なだけで安物のコンソメ・スープより内容の薄い演説がみごとに共通している。

「ほんとうにそんなことなさったんですか、准将」

ユリアンが訊ねた。

「うん、まあ」

「どうしてまた！　内心で反対でも、立って拍手してみせれば無事にすむことじゃありませんか。他人には表面しか見えないんですからね」

「キャゼルヌ少将みたいなことを言うね、お前」

「べつにキャゼルヌ少将をもちださなくても、子供だってそのていどの知恵ははたらきます」

「……どうした！　でてこないのか。すこしは恥じる心が残っているのか。だが悔いあらためるにせよ、吾々の前にでてそう明言しないかぎり誠意を認めることはできないぞ」

外の声が傲然と告げる。ヤンが舌打ちしてたちあがりかけると、ユリアンが彼の袖をひっぱった。

「准将、いくら腹がたっても武器を使っちゃいけませんよ」

「お前、あんまりさきまわりするんじゃないよ、だいいち、なんだって私に奴らと話しあう気がないと決めつけるんだ？」

「だって、ないんでしょう」

「…………」

そのとき特殊ガラスの窓に音高く亀裂がはしった。投石ていどで割れるガラスではない。つぎの瞬間、人頭大の金属製の球体が室内に飛びこんでくると、壁ぎわの飾棚に激突し、そこにならべてあったいくつかの陶磁器類を砕け散らせた。重い音をたてて床に転がる。

「伏せろ、あぶない！」

ヤンが叫び、ユリアンがホーム・コンピューターをかかえて身軽にソファーの蔭にとびこんだ瞬間、金属球は勢いよくいくつかの塊に分裂して八方に飛んだ。非音楽的な騒音が室内の各処で同時発生し、照明や食器や椅子の背などががらくたと化してしまった。

ヤンは啞然とした。憂国騎士団は擲弾筒《てきだん》をもちいて、工兵隊が引火の危険があるとき使う非火薬性の小規模家屋破壊弾を撃ちこんできたのだ。

このていどの損害ですんだのは破壊力を最低レベルにしてあったからだろう。本来なら室内すべて瓦礫《がれき》の山と化しているところだ。それにしても民間人がなぜ、そんな軍用品を所有しているのか。

ヤンは、あることを思いついて指を鳴らした。あまりいい音はしなかったが。

「ユリアン、散水器のスイッチはどれだ」

「2のAの4です。応戦なさるんですか？」

「奴らにはすこし礼儀を教えてやる必要があるからな」

「……それじゃどうぞ」

「どうした、なんとか言ったらどうだ。返答がなければもう一度……」

かさにかかった屋外からの声が、突然、悲鳴に変わった。最高水圧にセットされた散水器が、太い水の鞭を白覆面の男たちにたたきつけたからである。ときならぬ豪雨に遭遇したかのように彼らは濡れそぼち、水のカーテンのなかを右往左往して逃げまどった。

「紳士を怒らせると怖いということがすこしはわかったか、数をたのむごろつきども」

ヤンが独語したとき、治安警察の独特のサイレンが遠方から聴こえてきた。ほかの官舎の住人が通報したのであろう。

それにしてもいままで治安当局の出動がなかったという事実は、憂国騎士団と称する独善的な連中の勢力が意外に隠然たるものであることをしめしているのかもしれない。背後にトリューニヒトの存在があるとすればうなずけることだった。

憂国騎士団は早々に退散した。勝利の凱歌をあげる気にはならないだろう。その後になってようやく到着した青いコンビネーション・スーツの警官は、憂国騎士団を熱烈な愛国者の団体だと評して、ヤンを不愉快がらせた。

「きみの言うとおりなら、なぜ連中は軍隊に志願しないんだ？　夜に子供のいる家をかこんで騒ぎたてるのが愛国者のやることか。だいいち、やってることが正当なら顔を隠していることじたい、理にあわないじゃないか」

ヤンが警官を論破しているあいだに、ユリアンは散水器のスイッチを切り、惨憺たるありさまとなった室内の清掃と整理をはじめていた。

「私もやろう」

役たたずの警官をおいはらったヤンが言うと、ユリアンは手をふった。

「いえ、かえって邪魔になりますから、そうだ、そこのテーブルの上にでものっていてください」

「テーブルってね、お前……」

「すぐにすみますから」

「テーブルの上でなにをやってればいいんだ？」

「じゃあ、紅茶を淹れますから、それでも飲んでいてください」

ぶつぶつ言いながらテーブルの上にのったヤンは、あぐらをかいてすわりこんだが、ユリアンが拾いあげた陶器の破片を見て慨嘆した。

「万暦赤絵だな。そいつは親父の遺品のなかでは、たったひとつ本物だったんだがな」

……二二時、キャゼルヌ少将がTV電話《ヴィジホン》をかけてきたとき、ユリアンは室内の清掃をほとんどすませていた。

「やあ、坊や、きみの保護者をだしてくれないか」

「あそこです」

ユリアンが指さしたのはテーブルの上で、ヤン家の当主はそこにあぐらをかいて紅茶をすすっていた。キャゼルヌは五秒ほどその情景を見つめてから、おもむろに訊ねた。

「お前さんは自宅ではテーブルの上にすわる習慣があったのかね」

「曜日によってはね」

テーブルの上からヤンは応じ、キャゼルヌを苦笑させた。

「まあいい、急を要する用件があってな、すぐ統合作戦本部に出頭してほしい。迎えの地上車《ランド・カー》がもうすぐそちらに着くはずだ」

「これからですか？」

「シトレ本部長じきじきの命令だ」

　ヤンがティーカップを皿の上にもどすとき、その音がいつもよりすこし高かった。ユリアンは一瞬その場に硬直していたが、我にかえるとヤンの軍服を取りだすため、駆けだしていった。

「本部長が私にどんな用件です？」

「おれにわかるのは急を要するということだけだ。ではのちほど、本部で」

　TV電話《ヴィジホン》は切れた。すこしのあいだ、ヤンは腕をくんで考えこんだ。ふりむくと、彼の軍服を両手にかかえたユリアンが立っている。着かえているうちに、本部の公用車が到着した。なにかと忙しい夜だとヤンは思わずにいられなかった。

　玄関をでようとして、ヤンはふとユリアンを見やった。

「どうも遅くなりそうだ。さきに寝ていなさい」

「はい、准将」

　ユリアンは答えたが、なんとなく少年がその言いつけをまもらないような気がヤンにはした。

「ユリアン、今夜の事件はたぶん笑い話ですむだろう。だがちかい将来、それではすまなくなるかもしれない。どうもすこしずつ悪い時代になってきているようだ」

　なぜ、急にそんなことを言いだしたのか、ヤンには自分自身の意識がよくわからなかった。ユリアンはまっすぐ若い提督を見つめた。

「准将、ぼく、いろいろとよけいなこと申しあげたりしますけど、そんなこと気になさらないでください。正しいとお考えになる道を歩んでいただきたいんです。誰よりも准将が正しいと、ぼく、信じてます」

ヤンは少年を見つめ、なにか言おうとしたが、けっきょく、黙ったまま亜麻色の髪をかるくなでただけだった。そして背をむけると地上車《ランド・カー》のほうへ歩みだした。ユリアンは地上車《ランド・カー》のテール・ランプが夜の胎内へ溶けこむまでポーチからうごかなかった。

Ⅳ

自由惑星同盟軍統合作戦本部長シドニー・シトレ元帥は、二メートルになんなんとする長身を有する初老の黒人だった。才気煥発《さいきかんぱつ》というタイプではないが、軍隊組織の管理者として、また戦略家として堅実な手腕を有し、地味ながら重厚な人格に信望が厚かった。はでな人気こそないが、支持者の層は厚くひろい。

統合作戦本部長は制服軍人の最高峰であり、戦時においては同盟軍最高司令官代理の称号をあたえられる。最高司令官は同盟の元首たる最高評議会議長である。その下で国防委員長が軍政を、統合作戦本部長が軍令を担当するのだ。

残念ながら自由惑星同盟では、この両者の仲はかならずしもよくなかった。軍政の担当者と軍令の責任者は協力しあわねばならない。でなければスムーズに軍隊組織をうごかすことはできない。とはいえ、性が合わぬ、虫が好かぬという事実はいかんともしがたく、トリューニヒトとシトレとの関係はよく言って武装中立というところだった。

執務室にはいったヤンを、シトレ元帥は懐しげに迎えた。ヤンが士官学校の学生だった当時、元帥は校長だったのである。

「かけたまえ、ヤン少将」

シトレ元帥は勧め、ヤンは遠慮なくそれにしたがった。元帥はすぐに本題にはいった。

「知らせておくことがあって来てもらった。正式な辞令交付は明日のことになるが、きみは今度、少将に昇進することになった。内定ではなく決定だ。昇進の理由はわかるかね？」

「負けたからでしょう」

ヤンの返答が初老の元帥の口もとをほころばせた。

「やれやれ、きみは昔とすこしも変わらんな。温和な表情で辛辣《しんらつ》な台詞を吐く。士官学校時代からそうだった」

「ですが、それが事実なのではありませんか、校長……いえ、本部長閣下」

「なぜそう思うのかね？」

「やたらと恩賞をあたえるのは窮迫《きゅうはく》している証拠だと古代の兵書にあります。敗北から目をそらせる必要があるからだそうです」

けろりとしてヤンは言い、元帥をふたたび苦笑させた。彼は腕をくんで、かつての生徒を見つめた。

「ある意味ではきみの言うとおりだ。近来にない大敗北をこうむって、軍隊も民間人も動揺している。これを静めるには英雄の存在が必要なのだ。つまりきみだ、ヤン少将」

ヤンは微笑したが、愉快そうにはみえなかった。

「きみにとっては不本意だろうな、つくられた英雄になるのは。しかしこれも軍人にとっては一種の任務だ。それにきみは実際、昇進にふさわしい功績をたてたのだ。にもかかわらず昇進させないとあっては、統合作戦本部も国防委員会も信賞必罰の実を問われることになる」

「その国防委員会ですが、トリューニヒト委員長のご意向はどうでしょう」

「一個人の意向はこの際、問題ではない。たとえ委員長であってもだ。公人の立場というものがある」

たてまえとしてはそうだろう。しかしトリューニヒトの私人としての側面が憂国騎士団の出動をうながしたものとみえる。

「ところで話は変わるが、きみが戦闘開始前にパエッタ中将に提出した作戦計画、あれが実行されていたらわが軍は勝てたと思うかね」

「ええ、たぶん」

ヤンはせいぜい、控え目に答えた。シトレ元帥は考えこむように指先であごをつまんだ。

「だがべつの機会に、あの作戦案を生かすことは可能ではないかね。そのときにはローエングラム伯にたいして復讐することができるだろう」

「それはローエングラム伯しだいです。彼が今回の成功に驕り、ふたたび少数の兵で大軍を破ろうとの誘惑に抗しえなかったときには、あの作戦案が生きかえることもあるでしょう。しかし……」

「しかし？」

「しかしたぶん、そんなことにはならないと思います。少数をもって多数を破るのは、一見、華麗ではありますが、用兵の常道から外れており、戦術ではなく奇術の範疇《はんちゅう》に属するものです。それと知らないローエングラム伯とも思えません。つぎは圧倒的な大軍をひきいて攻めてくるでしょう」

「そうだな、敵より多数の兵力をととのえることが用兵の根幹だ。だが素人《しろうと》はむしろきみの言う奇術のほうを歓迎するものでね、少数の兵をもって多数の兵を撃破できなければ無能だとさえ思っている。まして半数の敵に大敗したとあってはな……」

元帥の黒い顔にヤンは苦悩をみてとることができた。ヤン個人にたいしてはともかく、軍部全体にたいして政府と市民の評価がきびしいものになるのは当然であろう。

「ヤン少将、考えてみればわが同盟軍は用兵の根幹においては誤っていなかったわけだ。敵の二倍の兵力を戦場に投入している。にもかかわらず惨敗したのはなぜだ？」

「兵力の運用を誤ったからです」

ヤンの返答は簡にして要をえていた。

「多数の兵力を用意したにもかかわらず、その利点を生かすべき努力を怠ったのです。兵力の多さに安心してしまったのでしょう」

「というと？」

「ボタン戦争と称された一時代、レーダーと電子工学《エレクトロニクス》が奇形的に発達していた一時代をのぞいて、戦場における用兵にはつねに一定の法則がありました。兵力を集中すること、その兵力を高速で移動させること、この両者です。これを要約すればただ一言、〝むだな兵力をつくるな〟です。ローエングラム伯はそれを完璧に実行してのけたのです」

「ふむ……」

「ひるがえってわが軍をごらんください。第四艦隊が敵に粉砕されているあいだ、ほかの二艦隊は当初の予定にこだわって時間を浪費していました。敵情偵察とその情報分析も充分ではありませんでした。三つの艦隊はすべて孤立無援で敵と戦わねばならなかったのです。集中と高速移動の両法則を失念した当然の結果です」

ヤンは口を閉ざした。これほど多弁になったのは最近、珍しい。多少は気の高ぶりがあるのだろうか。

「なるほど、きみの識見はよくわかった」

元帥は何度もうなずいた。

「ところでもうひとつ、これは決定ではなく内定だが、軍の編成に一部変更がくわえられる。第四・第六両艦隊の残存部隊に新規の兵力をくわえて、第一三艦隊が創設されるのだ。で、きみがその初代司令官に任命されるはずだ」

ヤンは小首をかしげた。

「艦隊司令官は中将をもってその任にあてるのではありませんか?」

「新艦隊の規模は通常のほぼ半分だ。艦艇六四〇〇、兵員七〇万というところだ。そして第一三艦隊の最初の任務はイゼルローン要塞の攻略ということになる」

本部長の口調は、ごくさりげなかった。

間をおいて、ヤンは確認するようにゆっくりと口を開いた。

「半個艦隊で、あのイゼルローンを攻略しろとおっしゃるのですか?」

「そうだ」

「可能だとお考えですか?」

「きみにできなければ、ほかの誰にも不可能だろうと考えておるよ」

きみにならできる……古い伝統をもつ殺し文句だな、とヤンは考えた。この甘いささやきにプライドをくすぐられて不可能事に挑み、身を誤った人々のなんと多いことか。そして甘言を弄した側が責任をとることはけっしてないのだ。

ヤンは沈黙していた。

「自信がないかね？」

本部長がそう問うたとき、ヤンはなおも答えなかった。自信がないならそのむねを即答したであろう。だがヤンには自信も成算もあった。彼がイゼルローン攻撃の指揮をとっていれば、過去六回にわたって撃退され、多くの戦死者をだすという同盟軍の不名誉はなかったはずだ。それなのに答えなかったのは、シトレ元帥の手にのるのがいやだったからである。

「もしきみが新艦隊をひきいてイゼルローン要塞の攻略という偉業をなしとげれば……」

シトレ本部長はヤンの顔を見つめた。意味ありげな視線だった。

「きみ個人にたいする好悪の念はどうあれ、トリューニヒト国防委員長もきみの才幹を認めざるをえんことだろうな」

そして委員長にたいするシトレ本部長の地位も強化されることになる。事態は戦略と言うより政略の範疇に属しているらしい。それにしても老獪《ろうかい》な人だ、本部長は！

「微力をつくします」

かなりの時間をおいてヤンは答えた。

「そうか、やってくれるか」

シトレ本部長は満足の態でうなずいた。

「ではキャゼルヌに命じて、新艦隊の編成と装備を急がせよう。必要な物資があったら、なんでも彼に注文してくれ。可能なかぎり便宜をはからせる」

進発はいつになるだろう、とヤンは考えた。本部長の任期はあと七〇日ほどのはずだ。ということは、本部長が再任を狙う以上、それまでにイゼルローン攻略作戦を終了させねばならない。作戦じたいに三〇日を要すると仮定して、遅くとも四〇日後にハイネセンを進発することになりそうだった。

トリューニヒトはこの人事や作戦に反対しないであろう。半個艦隊でイゼルローンを攻略できるはずがないし、作戦が失敗すればシトレとヤンを公然と排除することができるからだ。ヤンたちがみずから墓穴を掘った、と祝杯のひとつもあげるかもしれない。

またしばらくはユリアンの淹れる紅茶が飲めなくなる。そのことがヤンにはいささか残念だった。

第五章　イゼルローン攻略

Ⅰ

イゼルローン。

それは銀河帝国の重要な軍事拠点の名称である。帝国首都星《オーディン》より六二五〇光年の距離に壮年期の恒星アルテナがあるが、もともとこれは惑星をもたない孤独な太陽だった。ここに直径六〇キロの人工惑星を建設し、銀河帝国が基地としたのは、その地理上の重要性にあった。

銀河系を天頂方向から俯瞰すると、イゼルローンは、銀河帝国の勢力が自由惑星同盟《フリー・プラネッツ》のほうへのびた、その周縁部の、三角形をなす頂点付近に位置している。この一帯は宇宙航行上の難所で、かつて、自由惑星同盟の建国者たちが多数の同志を失った〝宇宙の墓場《サルガッソ・スペース》〟なのだ。そしてその事実も、帝国の要人たちを満足させ、この宙域に同盟を威嚇《いかく》する軍事拠点をきずく、その意図を固めさせる原因となったことであろう。

変光星、赤色巨星、異常な重力場……それらの密集するなかに、細い一筋の安全地帯があり、その中心にイゼルローンが鎮座している。この場をとおることなく同盟から帝国へ赴くにはべつのルートからフェザーン自治領《ラント》を経由しなくてはならず、むろんそれを軍事行動に使用するわけにはいかない。

イゼルローン回廊とフェザーン回廊。この両者以外にも同盟と帝国をつなぐルートが見いだせないか、同盟の為政者も用兵家も腐心したが、星図の不備と帝国およびフェザーンの有形無形の妨害とが、その意図を永く挫折《ざせつ》させてきた。フェザーンにしてみれば、中継交易地としての存在価値がかかっており、〝第三の回廊〟など発見されてはたまったものではなかった。

かくして、帝国領域へ侵攻せんとの同盟軍の意図は、イゼルローン攻略戦に結実することになる。四半世紀のあいだに、大規模な攻略作戦を敢行すること六回、ことごとく撃退され、

「イゼルローン回廊は叛乱軍兵士の死屍《しし》をもって舗装されたり」

と帝国軍を豪語させてきた。

イゼルローン攻略作戦にはヤン・ウェンリーも二度参加している。第五次作戦のときは少佐、第六次作戦のときは大佐だった。死者の大量生産を二度にわたって目撃し、強引な力攻めの愚劣さを知ることになったのだ。

イゼルローンを攻略するには外からではだめだ、と敗走する艦隊のなかでヤンは思った。ではどうすればいいのか？

イゼルローンは要塞であると同時に、〝イゼルローン駐留艦隊〟と称される一万五〇〇〇隻の艦隊を擁している。要塞司令官と艦隊司令官は同格の大将である。そのあたりに、つけいる隙がありはしないか？

今回のローエングラム伯の侵攻も、イゼルローンを前進基地としてのことである。同盟にとって不吉きわまる、この帝国の軍事拠点はなんとしても陥落させねばならない。しかもヤンにあたえられたのは〝半個艦隊〟でしかなかった。

「率直なところ、お前さんがこの任務を承知するとは思わなかったな」

キャゼルヌ少将が部隊編成書のページを指でめくりながら言った。統合作戦本部ビル内にある彼のオフィスである。

「委員長にも本部長にもそれぞれ思惑がある……そのどちらもお前さんには読めているはずだ」

彼の前にすわったヤンは笑っただけで応えない。キャゼルヌは音高く書類を机上にたたきつけると、興味深げな視線を士官学校の後輩にむけた。

「わが軍は過去六回にわたってイゼルローンの攻略を試み、六回失敗した。それをお前さんは半個艦隊で成功させようというのか」

「まあ、やってみようと思います」

ヤンの返答が、先輩の両眼を心もち細めさせた。

「成算がありそうだな、どうする気だ」

「秘密です」

「おれにも？」

「こういうことはもったいぶったほうがありがたみがでますから」

「もっともだ。用意する物資があったら言ってくれ、袖の下なしで話にのるぞ」

「では帝国軍の軍艦を一隻、これはかつて鹵獲《ろかく》したものがあるはずです。それに軍服を二〇〇着ほど用意していただきましょう」

キャゼルヌは細めた目を大きく開いた。

「期限は?」

「三日以内」

「……超過勤務手当をだせとは言わんが、コニャックの一杯ぐらいおごれよ」

「二杯はおごりますよ。ところでもうひとつお願いがあるんですが」

「三杯にしてもらおう。なんだ?」

「憂国騎士団と称するはねあがりどものことですがね」

「ああ、聞いている。災難だったな」

留守がユリアンひとりなので憲兵《MP》の巡回を手配してくれるようヤンは依頼したのだった。少年をどこか他家へあずけようかとも思ったのだが、留守司令官をもって任じるユリアンが承知しなかったのである。

すぐ手配しよう、と返答してから、キャゼルヌは思いだしたように、あらためてヤンを見た。

「そうそう、フェザーンの高等弁務官がな、このごろ妙にお前さんのことを知りたがっている」

「ほう?」

フェザーンという特殊な存在に、ヤンは他人と多少ちがう興味をもっている。あの〝自治領《ラント》〟をつくったのは、レオポルド・ラープという地球《テラ》出身の大商人だが、彼の経歴や資金の出処には、不明のことが多いのだ。何者かがなにかの目的でフェザーンという存在をラープにつくらせたのだろうか――歴史家になりそこねたヤンはそんなことも考えてみるのだった。もっともこのことは誰にも話していない。

「フェザーンの黒狐がお前さんに興味をいだいたらしい。スカウトに来るかもしれんぞ」

「フェザーンの紅茶は美味《うま》いでしょうかね」

「毒気で味つけしてあるだろうよ……ところで予定の進行状況はどうだ？」

「予定どおりことがはこぶことは、めったにありませんよ。といって予定をたてないわけにもいきませんしね」

そう言ってヤンはたちあがった。山積する仕事が彼を待っていた。

第一三艦隊は艦艇と将兵の数が通常の半数であるだけではない。その将兵たるや、たいはんはアスターテで惨敗した第四・六艦隊の敗残兵であり、残りは戦闘体験を欠く新兵である。指揮官は気鋭の少将とはいえ二〇代の孺子《こぞう》……老練の提督たちが驚き、呆れ、嘲笑する声は当然ヤンの耳にもとどいていた。おむつもとれない赤ん坊が、素手でライオンを殴り殺すつもりらしいぞ、いい観物《みもの》だろうて。させるほうもさせるほうだが、やるほうもいやはや……。

ヤンは腹もたてなかった。今度の作戦にかんして成功を危惧《きぐ》しない者がいるとしたらよほど楽天的な人物だろう、と、ヤン自身ですら思う。

ただひとり、ヤンを弁護してくれたのは第五艦隊司令官ビュコック中将だった。年齢は七〇歳、愛想の悪い白髪の提督で、頑固かつ短気な人物として知られている。ヤンなどが敬礼すると、「どこの青二才だ」と言わんばかりのうさん臭げな目つきでおもしろくもなさそうに答礼する。その〝おっかない親父さん〟が、高級士官のクラブ『白い牡鹿《ホワイト・スタッグ》』で第一三艦隊とヤンを笑い話の種にしている同僚の提督たちに言ったという。

「後日、恥じ入るようなことがなければよいがな。お前さんたちは大樹の苗木を見て、それが高くないと笑う愚をおかしているかもしれんのだぞ」

一同はしんと静まりかえった。アスターテやそれ以前の戦闘でしめされたヤンの才幹を思いだしたのである。老将のひと声で群集心理が消えさると、提督たちはそれぞれの胸にばつの悪さをかかえつつ酒杯を乾して散会したのだった……。

その話を伝え聞いたヤンは、べつにビュコック中将に謝辞を述べようとはしなかった。そんなことをすれば、白髪の提督に鼻で笑われると知っていたからである。

提督たちの反感はいちおう、しりぞけたものの、全体の情況がそれほど好転したわけではなかった。難攻不落の要塞を攻める、敗残兵プラス新兵の〝混成半個艦隊〟という悲観的な事実は、厳として存在しているのだ。

ヤンは幹部の人事に意をもちいた。副司令官には第四艦隊で善戦した老巧のフィッシャー准将をえらび、首席幕僚には独創性は欠くものの緻密で整理された頭脳をもつムライ准将を、次席幕僚にはファイターとされるパトリチェフ大佐を、それぞれ任命した。

ムライには常識論を提示してもらい、作戦立案と決断の参考にする。パトリチェフには兵士への叱咤激励役をひきうけてもらう。フィッシャーには堅実な艦隊運用を、というのがヤンの意図だった。

ここまではまず満足できる配置だったが、副官の人事で、だめでもともと、と思い、「優秀な若手士官を」とキャゼルヌに注文しておいたところ、「七九四年度、士官学校次席卒業。お前さんよりよほど優等生だ。現在、統合作戦本部情報分析課勤務」との連絡がとどいたのだ。

ヤンの前にあらわれたのは、自然にウェーブのかかった金褐色の頭髪とヘイゼルの瞳をもつ、美しい若い女性で、黒と象牙色《アイボリー・ホワイト》を基調とした単純なデザインの軍服までが華麗にみえた。ヤンはサングラスをはずして、じっと彼女を見つめた。

「F《フレデリカ》・グリーンヒル中尉です。今度、ヤン少将の副官を拝命しました」

それが彼女のあいさつだった。

ヤンはサングラスをかけなおして表情を隠し、アレックス・キャゼルヌという男は軍服のスラックスのしたに、先端のとがった黒いしっぽをひそめているにちがいないと考えた。彼女は統合作戦本部次長ドワイト・グリーンヒル大将の娘であり、驚くべき記憶力の所有者として知られていたのだ。

このように第一三艦隊の人事は決定されたのである。

Ⅱ

宇宙暦《SE》七九六年四月二七日、自由惑星同盟軍第一三艦隊司令官ヤン・ウェンリー少将はイゼルローン要塞攻略の途にのぼった。

これは公式的には、帝国方面国境と反対側の辺境星域における新艦隊最初の大規模演習ということになっていたため、五〇光速《C》のパルス・ワープ航法によって同盟首都《ハイネセン》からイゼルローンと反対方向に離れ、三日間それをつづけたのち、あらためて航路を算定し、八回の長距離ワープと一一回の短距離ワープをくりかえして、ようやくイゼルローン回廊にはいった。

「四〇〇〇光年を二四日。悪くないな」

ヤンはつぶやいたが、悪くないどころか、急編成されたできあいの艦隊が一隻の脱落もださず、とにかくも目的地点に到着しえたのは賞賛に値するものだった。もっとも、この功は、艦隊運用において名人芸を謳われる副司令官フィッシャー准将の熟練した手腕に帰せられるべきであろう。

「第一三艦隊には名人がいるから」

と言って、ヤンはその方面はフィッシャーに完全にまかせきり、彼がなにか言えばうなずいて承認するだけだった。

ヤンの頭脳は、イゼルローン要塞攻略法のただ一事に集中している。この計画を最初、艦隊首脳部の三人――フィッシャー、ムライ、パトリチェフ――に打ち明けたとき、もどってきたのは〝絶句〟だった。

銀色の髪とひげをもつ初老のフィッシャー、神経質そうなやせた中年男のムライ、軍服がはちきれそうなボリュームのある肉体、丸顔に長いもみあげのパトリチェフ――三人ともしばらくのあいだ、ただ若い司令官を見つめていた。

「もし失敗したらどうします?」

間をおいてのムライの質問は当然のことだった。

「しっぽをまいて退散するしかないね」

「しかしそれでは……」

「なに、心配ない。もともと半個艦隊でイゼルローンを陥《おと》せというのが無理難題なんだ。恥をかくのはシトレ本部長と私さ」

三人をさがらせると、ヤンは今度は副官のフレデリカ・グリーンヒル中尉を呼んだ。

副官という立場上、フレデリカは三人の幹部よりさきに、ヤンの計画を知ったのだが、異議をとなえもせず、懸念を表明もしなかった。否、それどころか、ヤン本人以上の確信をもって成功を予言したものである。

「どうしてそう自信満々なんだ？」

　奇妙なことと自覚はしながらも、ヤンはそう問わずにいられなかった。

「八年前、エル・ファシルのときも、提督は成功なさいましたもの」

「それはまた薄弱きわまる根拠じゃないか」

「でも、あのとき提督は、ひとりの女の子の心に絶対的な信頼を植えつけることに成功なさいました」

「……？」

　不審げな上官にむかって、金褐色の頭髪の美しい女性士官は言った。

「わたしはそのとき母と一緒にエル・ファシルにいたのです。母の実家がそこにありましたから。食事する暇もろくになくて、サンドイッチをかじりながら脱出行の指揮をとっていた若い中尉さんの姿を、わたしははっきりと憶えています。でも、そのサンドイッチを咽喉に詰まらせたとき、紙コップにコーヒーをいれてもってきた一四歳の女の子のことなど、中尉さんのほうはとっくに忘れておいででしょうね」

「…………」

「そのコーヒーを飲んで生命が助かったあとでなんと言ったか、も」

「……なんと言った？」

「コーヒーは嫌いだから紅茶にしてくれたほうがよかった――って」

　笑いの発作がおこりかけ、あわてたヤンは大きなせきをして、それを体外においだした。

「そんな失礼なことを言ったかな」

「ええ、おっしゃいました。空の紙コップを握りつぶしながら……」

「そうか、謝る。しかし、きみの記憶力はもっと有益な方面に生かすべきだね」

もっともらしく言ったが、それは負けおしみ以上のものではないようだった。フレデリカは、一万四〇〇〇枚にのぼるイゼルローン要塞のスライド写真のなかから前後矛盾する六枚を発見して、その記憶力の有益さをすでに証明していたのだから……。

「シェーンコップ大佐を呼んでくれ」

ヤンはそう命じた。

ワルター・フォン・シェーンコップ大佐は正確に三分後、ヤンの前に姿をあらわした。同盟軍陸戦総監部に所属する〝薔薇の騎士《ローゼンリッター》〟連隊の隊長である。洗練された容姿をもつ三〇代前半の男だが、同性からは〝きざな野郎〟と思われることが多い。れっきとした帝国貴族の出身で、本来なら帝国軍の提督服を着て戦場に立っているところだ。

〝薔薇の騎士〟連隊は帝国から同盟へ亡命してきた貴族の子弟を中心に創設されたもので、半世紀の歴史を有している。その歴史には黄金の文字で書かれた部分もあるが、黒く塗りつぶされた部分もあるのだ。

歴代の隊長一二名。四名は旧母国との戦闘で死亡。二名は将官に出世したのち、退役。六名は旧母国にはしった――ひそかに脱出した者もおり、戦闘中にそれまでの敵と味方をとりかえた者もいる。シェーンコップは一三代目の隊長だった。

一三という数からして不吉だ、奴はいつかかならず七人目の裏切者になるぞ――そう主張する者がいる。

なぜ一三という数が不吉かというと、これには定説がない。地球人類をあやうく全滅させかけて核分裂兵器全廃のきっかけとなった熱核戦争が一三日間つづいたから、という説がある。すでに滅びさった古い宗教の開祖が一三人目の弟子に背かれたからという説もある。

「フォン・シェーンコップ、参上いたしました」

うやうやしい口調と不謹慎な表情とが不調和だった。自分より三、四歳年長の旧帝国人を見ながら、ヤンは考える。この男はこういうわざとらしい態度をとることで、彼なりに人物鑑別の手段としているのかもしれない、と。だとしても、いちいちつきあってはいられないが……。

「貴官に相談がある」

「重要なことで？」

「たぶんね。イゼルローン要塞攻略のことでだ」

シェーンコップの視線が数秒間、室内を遊泳した。

「それはきわめて重要ですな。小官ごときによろしいのですか」

「貴官でなくてはだめなんだ。よく聞いてほしい」

ヤンは説明をはじめた。

……五分後、説明を聞き終えたシェーンコップの褐色の目に奇妙な表情があった。驚愕をおし隠そうと苦労しているようである。

「さきまわりして言うとね、大佐、こいつはまともな作戦じゃない。詭計《きけい》、いや小細工に属するものだ」

黒い軍用ベレーをぬいで行儀悪く指先でまわしながらヤンは言った。

「しかし難攻不落のイゼルローン要塞を占領するには、これしかないと思う。これでだめなら、私の能力のおよぶところじゃない」

「――たしかに、他の方法はないでしょうな」

とがりぎみのあごをシェーンコップはなでた。

「堅牢な要塞に拠《よ》るほど、人は油断するもの。成功の可能性は大いにあります。ただし……」

「ただし？」

「私が噂どおり七人目の裏切者になったとしたら、ことはすべて水泡に帰します。そうなったらどうします？」

「こまる」

ヤンの真剣な表情を見て、シェーンコップは苦笑した。

「そりゃおこまりでしょうな、たしかに。しかしこまってばかりいるわけですか？　なにか対処法を考えておいでtoo でしょうに」

「考えはしたけどね」

「で？」

「なにも思い浮かばなかった。貴官が裏切ったら、そこでお手上げだ。どうしようもない」

ベレー帽がヤンの指をはずれて床に飛んだ。旧帝国人の手が伸びてそれを拾いあげ、ついてもいない埃を払ってから上官に手わたす。

「悪いな」

「どういたしまして。すると私を全面的に信用なさるわけで？」

「じつはあまり自信がない」

あっさりとヤンは答えた。

「だが貴官を信用しないかぎり、この計画そのものが成立しない。だから信用する。こいつは大前提なんだ」

「なるほど」

とは言ったものの、かならずしも納得したシェーンコップの表情ではなかった。〝薔薇の騎士《ローゼンリッター》〟連隊の指揮官は、なかば探りなかば自省するような視線であらためて若い上官を見やった。

「ひとつうかがってよろしいですか、提督」

「ああ」

「今回あなたにかせられた命令は、どだい無理なものだった。半個艦隊、それも烏合《うごう》の衆にひとしい弱兵をひきいて、イゼルローン要塞を陥落《おと》せというのですからな。拒否なさっても、あなたを責める者はすくないはず。それを承諾なさったのは、実行の技術面ではこの計画がおありだったからでしょう。しかし、さらにその底にはなにがあったかを知りたいものです。名誉欲ですか、出世欲ですか」

シェーンコップの眼光は辛辣で容赦がなかった。

「出世欲じゃないと思うな」

ヤンの返答は淡々としていて、むしろ他人事《ひとごと》のようだった。

「三〇歳前で閣下呼ばわりされれば、もう充分だ。だいいち、この作戦が終わって生きていたら私は退役するつもりだから」

「退役ですと？」

「うん、まあ、年金もつくし退職金もでるし……私ともうひとりぐらい、つつましく生活するぶんにはね、不自由ないはずだ」

「この情勢下に退役するとおっしゃる？」

　理解に苦しむと言わんばかりのシェーンコップの声にヤンは笑った。

「それ、その情勢というやつさ。イゼルローンをわが軍が占領すれば、帝国軍は侵攻のほとんど唯一のルートを断たれる。同盟のほうから逆侵攻などというばかなまねをしないかぎり、両軍は衝突したくともできなくなる。すくなくとも大規模にはね」

「…………」

「そこでこれは同盟政府の外交手腕しだいだが、軍事的に有利な地歩をしめたところで、帝国とのあいだに、なんとか満足のいく和平条約をむすべるかもしれない。そうなれば私としては安心して退役できるわけさ」

「しかしその平和が恒久的なものになりえますかな」

「恒久平和なんて人類の歴史上なかった。だから私はそんなもののぞみはしない。だが何十年かの平和でゆたかな時代は存在できた。吾々がつぎの世代になにか遺産を託さなくてはならないとするなら、やはり平和がいちばんだ。そして前の世代から手わたされた平和を維持するのは、つぎの世代の責任だ。それぞれの世代が、のちの世代への責任を忘れないでいれば、結果として長期間の平和がたもてるだろう。忘れれば先人の遺産は食いつぶされ、人類は一から再出発ということになる。まあ、それもいいけどね」

もてあそんでいた軍用ベレーをヤンはかるく頭にのせた。

「要するに私の希望は、たかだかこのさき何十年かの平和なんだ。だがそれでも、その十分の一の期間の戦乱に勝《まさ》ること幾万倍だと思う。私の家に一四歳の男の子がいるが、その子が戦場にひきだされるのを見たくない。そういうことだ」

ヤンが口を閉ざすと沈黙がおりた。それも長くはなかった。

「失礼ながら、提督、あなたはよほどの正直者か、でなければルドルフ大帝以来の詭弁家ですな」

シェーンコップはにやりと笑ってみせた。

「とにかく期待以上の返答はいただいた。このうえは私も微力をつくすとしましょう。永遠ならざる平和のために」

感激して手をにぎりあうような趣味はふたりとももちあわせていなかったので、話はすぐ実務的なことにはいり、細部の検討がおこなわれた。

Ⅲ

イゼルローンには二名の帝国軍大将がいる。ひとりは要塞司令官トーマ・フォン・シュトックハウゼン大将で、いまひとりは要塞駐留艦隊司令官ハンス・ディートリヒ・フォン・ゼークト大将である。年齢はどちらも五〇歳、長身も共通しているが、シュトックハウゼンの胴囲はゼークトよりひとまわり細い。

両者の仲は親密ではなかったが、これは個人的な責任というより伝統的なものだった。同一の職場に同格の司令官が二名いるのだ。角突きあわせないのが不思議である。

感情的対立は彼らの配下の兵士たちにも当然およんでいた。要塞守備兵からみれば、艦隊はでかい面《つら》をした食客であり、外で戦って危険になれば安全な場所をもとめて逃げ帰ってくる、いわばどら息子であった。艦隊乗組員に言わせれば、要塞守備兵は安全な隠れ家にこもって適当に戦争ごっこに興じている宇宙もぐら……だった。

難攻不落のイゼルローン要塞をささえているという戦士の誇りと、〝叛乱軍〟にたいする闘志が、かろうじて両者のあいだに橋を架けていた。実際、彼らはたがいに軽蔑しののしりあいながらも、同盟軍の攻撃があると、功を競って譲らず、その結果、おびただしい戦果をあげてきたのである。

要塞司令官と駐留艦隊司令官とを同一人がかね、指揮系統を一体化しようという軍政当局の組織改革案は、でるたびにつぶされた。司令官職がひとつ減るということは、高級軍人にとっては大きな問題であったし、両者の対立が致命的な結果を招いたという事例もなかったからである。

標準暦五月一四日。

シュトックハウゼンとゼークトの両司令官は会見室にいた。本来、高級士官用のサロンの一角だったのだが、両者の執務室から等距離にあるというので、完全な防音処理をほどこされて改造されたのである。たがいに相手の部屋へおもむくのを嫌ったのと、おなじ要塞内にいてTV通信だけにたよるわけにもいかなかったための処置であった。

ここ二日、要塞周辺の通信が撹乱《かくらん》されている。叛乱軍が接近しているのは疑問の余地がない。だがいっこうに攻撃らしきものはないのだ。両者の会見はその事態について対処法を相談するためであったが、話はかならずしも建設的な方向にはすすまなかった。

「敵がいるから出撃すると卿《けい》は言うが、その場所がわかるまい。それでは戦いようもなかろう」

シュトックハウゼンが言うと、ゼークトが反論する。

「だからこそでてみるのだ。敵がひそんでいる場所を探すためにも。しかし、もし今度叛乱軍が攻撃してくるとすれば、よほどの大軍を動員してのことだろうな」

ゼークトの言に、満々たる自信をこめてシュトックハウゼンがうなずく。

「そしてまた撃退されるのがおちだ。叛乱軍は六回攻めてきた。そして六回、撃退された。今度来ても六回が七回になるだけのことだ」

「この要塞はじつに偉大だな」

べつにお前が有能だからではない、と暗に艦隊司令官は言っているのだった。

「とにかく敵がちかくにいることは事実なのだ。艦隊をうごかしてさぐってみたい」

「だがどこにいるのかわからんでは、探しようがあるまい。もうすこし待ってみては」

話が堂々めぐりになりかけたとき、通信室から連絡があった。回線のひとつに、奇妙な通信がはいってきたというのである。

妨害が激しく、通信はとぎれとぎれであったが、ようやくつぎのような事情であることが判明した、というのだった。

――帝国首都《オーディン》から重要な連絡事項をたずさえて、ブレーメン型軽巡洋艦一隻がイゼルローンに派遣されたが、回廊内において敵の攻撃をうけ、現在逃走中。イゼルローンよりの救援をのぞむ――

二人の司令官は顔を見あわせた。

「回廊内のどこか判明せんが、これでは出撃せざるをえん」

ゼークトは太い咽喉の奥からうなり声をだした。

「しかし大丈夫か」

「どういう意味だ？　おれの部下は安全だけを願う宇宙もぐらどもとわけがちがうぞ」

「どういう意味だ、それは？」

両者は不快げな表情をならべて共同の作戦会議室に姿をあらわした。ゼークトが艦隊出撃の命令を自分の幕僚にだし、理由を説明するあいだ、シュトックハウゼンはあらぬかたをながめていた。

ゼークトが話し終わったとき、彼の幕僚のひとりが席からたちあがった。

「お待ちください、閣下」

「オーベルシュタイン大佐か……」

ゼークト大将は言ったが、その声には一片の好意もなかった。彼は新任の幕僚を嫌っていたのだ。半白の頭髪、血の気に乏しい顔、ときとして異様な光を放つ義眼、そのすべてが気にいらない。陰気を絵に描いたような男だと思う。

「なにか意見でもあるのか？」

上官の投げやりな声を、すくなくとも表面的にはオーベルシュタインは意に介しなかった。

「はい」

「よかろう、言ってみろ」

　いやいやながらゼークトはうながした。

「では申しあげます。これは罠だと思われます」

「罠？」

「そうです。艦隊をイゼルローンから引き離すための。でてはなりません。うごかず情況をみるべきです」

　ゼークトは不快げに鼻を鳴らした。

「そんなつもりは……」

「でれば敵が待っている、戦えば敗れると言いたいのか、貴官は」

「では、どんなつもりだ。吾々は軍人であり、戦うのが本分だ。一身の安全をもとめるより、すすんで敵を撃つことを考えるべきだろう。まして、窮地にある味方を救わんでどうする」

　オーベルシュタインにたいする反感もあり、皮肉っぽい表情でことの推移を見まもるシュトックハウゼンへの手前もある。それにもともとゼークトは敵をみれば戦わずにはいられないという猛将タイプで、要塞に籠《こ》もって敵を待つなど、性にあわなかった。それでは軍艦乗りになった甲斐がない、と思っている。

「どうかな、ゼークト提督、卿の幕僚の言にも一理ある。敵にせよ味方にせよ、確実な位置が知れんし、危険が大きい。もうすこし待ってみたらどうだ」

　そう横から言ったシュトックハウゼンの意見が、事態を決定した。

「いや、一時間後に全艦隊をあげて出撃する」

　ゼークトは断言した。

やがて大小一万五〇〇〇隻の艦艇からなるイゼルローン駐留艦隊が出港を開始した。

要塞指令室の出入港管制モニターの画面によって、シュトックハウゼンはそれをながめている。巨大な塔を横にしたような戦艦や、流線型の駆逐艦などが整然と宇宙空間へむけて進発する情景は、たしかに壮観であった。

「ふん、痛い目に遇《あ》ってもどってくるがいい」

口のなかでシュトックハウゼンはののしった。死んでしまえ、とか、負けろ、とかは冗談であっても言えない。彼なりの、それが節度だった。

六時間ほどたって、またしても通信がとびこんできた。例のブレーメン型軽巡からで、ようやく要塞のちかくまでいたり着いたが、なお叛乱軍の追撃をうけている、援護の砲撃を依頼する、という内容が雑音のなかから聴取された。

砲手に援護の準備をさせながら、シュトックハウゼンは苦りきった。ゼークトの低能は、どこをうろついているのか。大言壮語もいいが、せめて孤独な味方を救うぐらいのことができないのか。

「スクリーンに艦影！」

部下が告げた。司令官は拡大投影を命じた。

ブレーメン型軽巡が、酔っぱらいのようなたよりなさで要塞へ接近してくる。その背後に多数の光点が見えるのは、当然、敵であろう。

「砲戦用意！」

シュトックハウゼンは命じた。

だが、要塞主砲の射程寸前で、同盟軍の艦艇はいっせいに停止した。臆病そうに、見えざる境界線のうえを漂っていたが、ブレーメン型軽巡が要塞管制室からの誘導波にのって港内にはいってゆくのを認めると、あきらめたように回頭をはじめる。

「利口な奴らだぜ、かなわないことを知ってやがる」

帝国軍の兵士たちは哄笑した。要塞の力と自己の力との一体感が、彼らの心理的余裕をささえている。

入港し、磁場によって繋留《けいりゅう》されたブレーメン型軽巡は、見るも無惨な姿だった。

外から見ただけでも、十数におよぶ破損箇処が認められる。外殻の裂け目から白い緩衝材が動物の腸のようにとびだし、細かい亀裂の数は、兵士一〇〇人の手足の指を使っても計算できそうになかった。

整備兵たちを満載した水素動力車が走りよる。彼らは要塞の兵ではなく、駐留艦隊司令官の統率下にあるから、この惨状を見て心から同情した。

軽巡のハッチが開くと、頭部に白い包帯をまいた少壮の士官があらわれた。美男子だが、青ざめた顔が乾いてこびりついた赤黒いものに汚されている。

「艦長のフォン・ラーケン少佐だ。要塞司令官にお目にかかりたい」

明瞭な帝国公用語だった。

「わかった。だが、要塞外の状況はいったいどうなっているのだ」

整備士官のひとりが問うと、ラーケン少佐は苦しげにあえいだ。

「吾々もよくはわからん。オーディンから来たのだからな。だが、どうやら、きみたちの艦隊は壊滅したようだ」

唾をのみこむ人々をにらみつけるようにして、ラーケン少佐は叫んだ。

「どうやら叛乱軍は回廊を通過する、とんでもない方法を考えついたようなのだ。ことはイゼルローンだけでなく、帝国の存亡にかかわる。早く司令官のところへつれて行ってくれ」

要求はただちに聞きいれられた。

指令室で待っていたシュトックハウゼン大将は、警備兵にかこまれて入室してきた五人の軽巡士官の姿を見て腰を浮かした。

「シュトックハウゼンだ。事情を説明しろ、どういうことだ」

大股に歩みよりながら、要塞司令官は必要以上に高い声をだした。あらかじめ連絡があったように、叛乱軍が回廊を通過する方法を考案したとすれば、イゼルローン要塞の存在意義そのものが問われることとなろうし、現実に、叛乱軍の行動に対処する方策も必要になる。

イゼルローンそのものはうごけないのだから、このようなときにこそ駐留艦隊が必要なのだ。それをあのゼークトの猪突家《いのしし》が！　シュトックハウゼンは平静ではいられなかった。

「それはこういうことです……」

ラーケン少佐なる人物の声は、対照的に低く弱々しかったので、気がせいたシュトックハウゼンは上半身ごと彼に顔をちかづけた。

「……こういうことです。シュトックハウゼン閣下、貴官は吾々の捕虜だ！」

一瞬の凍結がとけ、するどい罵声とともに警備兵たちが拳銃《ブラスター》を抜きはなったとき、シュトックハウゼンの首にはラーケン少佐の腕がまきつき、側頭部には金属探知システムに反応しないセラミック製の拳銃《ブラスター》が突きつけられていた。

「きさま……」

指令室警備主任のレムラー中佐が、赭顔《あからがお》をいちだんと赤くしてうめいた。

「叛徒どもの仲間だな。よくもだいそれた……」

「お見知りおき願おう。薔薇の騎士連隊《ローゼンリッター》のシェーンコップ大佐だ。両手がふさがっているので、メイクアップをおとしての挨拶はいたしかねる」

大佐は不敵に笑った。

「こうもうまくいくとは、正直なところ思わなかった。IDカードまでちゃんと偽造して来たのに、調べもせんのだからな……どんな厳重なシステムも、運用する人間しだいだという、いい教訓だ」

「誰にとっての教訓になるかな」

不吉な声とともに、レムラー中佐のブラスターは、シュトックハウゼンとシェーンコップを狙った。

「人質をとったつもりだろうが、きさまら叛徒と帝国軍人を同一視するなよ。司令官閣下は死よりも不名誉をおそれる方だ。きさまの生命をまもる盾などないのだぞ！」

「司令官閣下は、過大評価されるのが迷惑そうだぜ」

嘲笑したシェーンコップは、彼の周囲を固めた四人の部下のひとりに目配せした。その部下は、帝国軍の軍服の下から、掌にのる大きさの円盤状の物体を取りだした。これもセラミック製である。

「わかるな？　ゼッフル粒子の発生装置だ」

シェーンコップが言うと、広い室内に電流がはしったようだった。

　ゼッフル粒子は、発明者であるカール・ゼッフルの名をとって命名された化学物質の一種である。応用化学者であったゼッフルが、惑星規模の鉱物採掘や土木工事をおこなうため発明したもので、要するにそれは、一定量以上の熱量やエネルギーに反応して制御可能な範囲内で引火爆発するガスのようなものだ。しかし、どんな分野の工業技術であっても、人類はそれを軍事に転用してきたのである。

　レムラー中佐の顔は、ほとんど黒ずんでみえた。エネルギー・ビームを発射するブラスターは使用不可能になったのだ。撃てば共倒れになる。空気中のゼッフル粒子がビームに引火し、室内にいる全員が一瞬で灰になってしまう。

「ちゅ、中佐……」

　警備兵のひとりが悲鳴じみた声をあげた。レムラー中佐はうつろな光をたたえた眼で、シュトックハウゼン大将を見た。シェーンコップが心もち腕をゆるめると、二度ほど激しい呼吸をしたのち、イゼルローン要塞の司令官は屈服した。

「お前らの勝ちだ。しかたない、降伏する」

　シェーンコップは内心で安堵の吐息を洩らした。

「よし、各員、予定どおりに行動だ」

　大佐の部下たちは指示にしたがって行動にうつった。管制コンピューターのプログラムを変更し、あらゆる防御システムを無力化させ、空調システムをつうじて全要塞に睡眠ガスを流す。ブレーメン型軽巡に身をひそめていた技術兵がとびだして、これらの作業を手ぎわよく実行していった。ごく一部の者しか気づかないあいだに、イゼルローンの体細胞はガンに冒されたように機能を奪われていったのだ。

五時間後、豆スープのように濁った睡眠から解放された帝国軍の将兵たちは、武装を解除されて捕虜となった自分たちの姿を見て呆然とした。彼らの総数は、戦闘、通信、補給、医療、整備、管制、技術などの要員を合して五〇万人におよんでいた。巨大な食糧工場など、駐留艦隊もふくめて一〇〇万以上の人口をささえる環境と設備がととのっており、帝国がイゼルローンを名実ともに永久要塞たらしめんと意図した事実があきらかだった。

だが、そこにはいまや、同盟軍第一三艦隊の将兵が歩きまわっていた。

こうして、過去、同盟軍将兵数百万の人血をポンプのように吸いあげたイゼルローン要塞は、あらたな血を一滴もくわえることなく、その所有者を変えたのである。

Ⅳ

障害物と危険にみちた回廊のなかを、帝国軍イゼルローン駐留艦隊は敵をもとめて徘徊《はいかい》していた。

通信士官たちは要塞との連絡をとるのに苦心していたが、やがて血相を変えてゼークト司令官を呼んだ。執拗な妨害波を排除して、ようやく通信を回復させたのだが、要塞からもたらされたのは、「一部兵士の叛乱勃発《ぼっぱつ》、救援を請う」という内容の通信だったのだ。

「要塞内部で叛乱だと？」

ゼークトは舌打した。

「配下を治めることもようできんのか、シュトックハウゼンの無能者は！」

だが、辞を低くして救援を請われ、ゼークトは内心、優越感をくすぐられていた。同僚に小さくない貸しをつくることになると思うと、いっそ愉快である。

「足もとの火を消すのが先決だ。全艦隊、ただちにイゼルローンに帰投するぞ」

ゼークトの命令にたいし、

「お待ちください」

陰気なほど静かな声は、だが室内を圧した。自分の前に進みでてきた士官を見て、ゼークトの顔に露骨な嫌悪と反発の表情が浮きあがった。半白の頭髪、蒼白い頬、またしてもオーベルシュタイン大佐！

「貴官に意見を訊いたおぼえはないぞ、大佐」

「承知しております。ですが、あえて申しあげます」

「……なにを言いたいのだ？」

「これは罠です。帰還しないほうがよろしいかと存じます」

「…………」

司令官は無言であごをひいて、不愉快なことを不愉快な口調で言う不愉快な部下を、憎らしげににらみつけた。

「貴官の目にはありとあらゆるものが罠に見えるらしいな」

「閣下、お聞きください」

「もういい！　全艦隊、回頭、第二戦闘速度でイゼルローンにむかえ。宇宙もぐらどもに貸しをつくる好機だぞ」

幅の広い背中が、オーベルシュタインから遠ざかっていった。

「怒気あって真の勇気なき小人《しょうじん》め、語るにたらん」

冷然たる侮蔑をこめてつぶやき捨てると、オーベルシュタインは踵《きびす》をめぐらせて艦橋をでていった。誰も制止しなかった。

士官の声紋にのみ反応する専用のエレベーターに乗ると、オーベルシュタインは、六〇階建のビルに匹敵する巨艦のなかを艦底へとおりてゆく。


「敵艦隊、射程距離にはいりました！」

「要塞主砲、エネルギー充塡《じゅうてん》、すでに完了」

「照準ＯＫ！　いつでも発射できます」

活性化された緊張感をもつ声が、イゼルローン要塞指令室の内部で交錯した。

「もうすこしひきつけろ」

ヤンはシュトックハウゼンの指揮卓にすわっていた。着席しているのではなく、卓の上にあぐらをかいて、行儀の悪いその姿勢で、スクリーンの広大な画面を埋めて接近してくる光点の群を見つめている。やがて、ひとつ深呼吸すると、

「撃《ファイアー》て！」

ヤンのくだした命令は大きくはなかったが、ヘッドホンをとおして砲手たちに明確に伝達された。

スイッチがおされた。

白い、量感にあふれた光の塊が、光点の群に襲いかかってゆくのを砲手たちは見た。それは衝撃的な光

景だった。

帝国軍の先頭にあって、イゼルローン要塞主砲群の直撃をうけた百余隻は、瞬時に消滅した。あまりの高熱、高濃度エネルギーが、爆発を生じさせるいとまさえあたえなかったのだ。有機物も無機物も蒸発したあとに、完全にちかい虚無だけが残った。

爆発が生じたのはその後方、帝国軍の第二陣、あるいは直撃をうけなかった左右の艦列においてだった。さらにその外側に位置していた艦も膨大なエネルギーの余波をうけて無秩序に揺れうごいた。

第一撃に生き残った帝国軍艦艇の通信回路を、悲鳴と叫び声が占拠した。

「味方をなぜ撃つのだ⁉」

「いや、ちがう、きっと叛乱をおこした奴らが――」

「どうするんだ！　対抗できないぞ。どうやってあの主砲からのがれる」

要塞の内部では、スクリーンに視線を凝固させて、同盟軍の将兵がひとしく声と息をのんでいた。

〝雷神《トゥール》の鎚《ハンマー》〟と称されるイゼルローン要塞主砲の魔的な破壊力を、彼らは初めて目《ま》のあたりにしたのだ。

帝国軍は恐怖に全身をしめつけられていた。それまで強力無比な守護神であった要塞主砲が、対抗しえない悪霊の剣と化して、彼らの咽喉もとにつきつけられたのだ。

「応戦しろ！　全艦、主砲斉射！」

ゼークト大将の怒号が轟いた。

この怒号には、混乱した将兵をそれなりに律する効果があった。蒼白な顔色の砲手が操作卓《コンソール》に手をのばし、自動照準システムをあわせ、スイッチをおす。数百条のビームが幾何的な線を宇宙空間に描きだした。

だが、艦砲の出力ていどでイゼルローン要塞の外壁を破壊するのは不可能だった。放たれたすべてのビームは、外壁にあたってはじきかえされ、むなしく四散した。

過去に同盟軍の将兵があじわった屈辱と敗北感と恐怖を、帝国軍は増幅して思い知らされることになった。

艦砲から放たれるビームより一〇倍も太い光の束が、ふたたびイゼルローン要塞からほとばしり、ふたたび大量の死と破壊を産みだした。帝国軍の艦列には、埋めがたい巨大な穴があき、その周縁部は損傷をうけた艦体やその破片に装飾された。

たった二回の砲撃で、帝国軍は半身不随となっていた。生き残った者も戦意を喪失し、かろうじてその場に踏みとどまっているにすぎない。

スクリーンから視線をそらして、ヤンは胃のあたりをなでた。ここまでやらねば勝てないものなのか、という気がする。

ヤンの傍でやはりスクリーンの情景に見いっていたシェーンコップ大佐が、ことさらに大きなせきをした。

「こいつは戦闘と呼べるものではありませんな、閣下。一方的な虐殺です」

大佐のほうをふりむいたヤンは、怒ってはいなかった。

「……そう、そのとおりだな。帝国軍の悪いまねを吾々がすることはない。大佐、彼らに降伏を勧告してみてくれ。それがいやなら逃げるように、追撃はしない、と」

「わかりました」

シェーンコップは興味深げに若い上官を見やった。降伏の勧告までならほかの武人もするだろうが、敵にむかって「逃げろ」とはまず言うまい。ヤン・ウェンリーという稀世《きせい》の用兵家の、これは長所だろうか、短所だろうか。

「司令官閣下、イゼルローンから通信です！」

旗艦の艦橋で通信士官がわめいた。血走った眼でゼークトがにらむのへ、

「やはりイゼルローンは同盟軍、いや叛乱軍に占拠されています。その指揮官ヤン少将の名で言っております。これ以上の流血は無益である、降伏せよ、と」

「降伏だと⁉」

「はい、そして、もし降伏するのがいやなら逃げよ、追撃はしない、と……」

一瞬、艦橋内に生色がみなぎった。そうだ、逃げるという策《て》があったのだ。しかし、その生色を猛々《たけだけ》しい怒声がかき消した。

「叛乱軍に降伏などできるか！」

ゼークトは軍靴で床を蹴った。イゼルローンを敵手にゆだね、配下の艦隊のなかばを失い、敗軍の将として皇帝陛下に見《まみ》えろというのか。ゼークトにとって、そんなことは不可能だった。彼に残された最後の名誉は、玉砕あるのみだったのだ。

「通信士官、叛乱軍に返信しろ、内容はこうだ」

ゼークトが告げる内容を聞いて、周囲の将兵は色を失った。彼らの面上を司令官の苛烈な眼光が通過していった。

「いまより全艦、イゼルローンに突入する。この期《ご》におよんで生命をおしむ奴はよもやおるまいな」

「………」

返答はない。

「帝国軍から返答がありました」

いっぽう、イゼルローンでヤンにそう告げたのはシェーンコップだった。渋面になっている。

「汝は武人の心を弁《わきま》えず、吾、死して名誉を全《まっと》うするの道を知る、生きて汚辱に塗《まみ》れるの道を知らず」

「………」

「このうえは全艦突入して玉砕し、もって皇帝陛下の恩顧にむくいるあるのみ――そう言っています」

「武人の心だって?」

にがい怒りのひびきを、フレデリカ・グリーンヒル中尉はヤンの声に感じた。実際、ヤンは怒りをおぼえていた。死をもって敗戦の罪をつぐなうというのなら、それもよかろう。だが、それならなぜ、自分ひとりで死なない。なぜ部下を強制的に道連れにするのか。

こんな奴がいるから戦争が絶えないのだ、とさえヤンは思う。もうまっぴらだ。こんな奴らにかかわるのは。

「敵、全艦突入してきます!」

オペレーターの声だった。

「砲手! 敵の旗艦を識別できるか。集中的にそれを狙え!」

これほどどするどい命令をヤンが発したのは初めてだった。フレデリカとシェーンコップは、それぞれの表情で司令官を見つめた。

「これが最後の砲撃だ。旗艦を失えば、残りの連中は逃げるだろう」

砲手たちは慎重に照準をあわせた。帝国軍からは無数の光の矢が放たれたが、ひとつとして効果をあげたものはなかった。

照準が完璧にあわされた。

そのとき、帝国軍旗艦の艦尾から一隻の脱出用シャトルが射出された。つつましやかな銀色の点となって暗黒のなかに溶けこんでいく。

それに気づいた者がいただろうか。一瞬の間合をおいて、三度めの光の円柱が闇を刺しつらぬいた。

帝国軍の旗艦を中心点において、円型の空間が切りとられたように見えた。ゼークト大将の巨体と怒声は、不幸な幕僚たちを道連れにしてミクロン単位の塵と化した。

生き残りの帝国軍は事態を悟るとつぎつぎと艦首をひるがえし、イゼルローン要塞主砲の射程から離脱しはじめた。玉砕戦法を呼号する司令官が〝消滅〟したからには、無謀な戦闘――というより一方的な殺戮――で生命を捨てる理由はどこにもない。

そのなかに、オーベルシュタイン大佐の乗った脱出用シャトルの姿もあった。半自動操縦《セミ・オート・パイロット》で進行しながら、彼は遠ざかる球型の巨大要塞に肩ごしの視線を投げた。

ゼークト大将は、死の直前、「皇帝陛下万歳」とでも叫んだのだろうか。くだらないことだ。生きていればこそ復讐戦を企図することもできようものを。

まあよいか――オーベルシュタインは心のなかでつぶやく。彼の機略に、傑出した統率力と実行力がくわえられれば、イゼルローンごとき、いつでも奪回してみせる。あるいは、イゼルローンをそのまま同盟の手中におくとしても、同盟それじたいが破滅すれば、イゼルローンにはなんの価値もなくなるのだ。

誰を選ぶ？　門閥貴族に人材はない。やはりあの金髪の若者か――ローエングラム伯ラインハルトか。どうやらほかにはいそうにないな……。

うちのめされ、敗走する味方の艦艇を縫うように、シャトルは夜のなかを飛び去っていく。

イゼルローン要塞のなかでは、歓喜と興奮の活火山が爆発し、音階を無視した笑い声と歌声があらゆるスペースを占領していた。静かなのは、事態を知って呆然自失する捕虜たちと、演出家のヤン・ウェンリーだけだった。

「グリーンヒル中尉」

呼ばれてフレデリカが応答すると、黒髪の若い提督は、指揮卓から床に降りたったところだった。

「同盟本国に連絡してくれ。なんとか終わった、もう一度やれと言われてもできない、とね。あとを頼む。私は空いた部屋で寝るから。とにかく疲れた」

「魔術師《ヤン・ザ・マジシャン》ヤン」

「奇蹟《ミラクル》のヤン」

自由惑星同盟の首都ハイネセンに帰還したヤン・ウェンリーを、歓呼の暴風が迎えた。

つい先日の、アスターテ星域における大敗はあっさりと忘れさられ、ヤンの智略《ちりゃく》と、彼を登用したシトレ元帥の識見とが、想像できるかぎりの美辞麗句によって賞賛された。手まわしよく準備された式典とそれにつづく祝宴で、ヤンは自分の虚像が華麗に踊りまわるのをいやというほど見せつけられた。

ようやく解放され、うんざりした表情で帰宅したヤンは、ユリアン少年が淹れてくれた紅茶に自分でブランデーを注いだが、その量は少年の眼からは少し多すぎると思われた。

「どいつもこいつも全然、わかっていやしないのさ」

イゼルローンの英雄は靴をぬいでソファーにあぐらをかき、〝紅茶入りブランデー〟をすすりながらぼやいた。

「魔術だの奇術だの、人の苦労も知らないで言いたいことを言うんだからな。私は古代からの用兵術を応用したんだ。敵の主力とその本拠地を分断して個別に攻略する方法さ。それにちょっとスパイスを効かせただけで、魔術なんぞ使ってはいないんだが、うっかりおだてにのったりしたら、今度は素手でたったひとり、帝国首都《オーディン》を占領してこい、なんて言われかねない」

その前に辞めてやる、とは口にださなかった。

「でも、せっかく皆が賞めてくれるんでしょう」

言いながら、ユリアンはさりげない動作でブランデーの瓶をヤンの手のとどかない場所に移動させた。

「素直に喜んでもいいと思うけどなあ」

「賞められるのは勝っている期間だけさ」

素直でない口調でヤンは応じた。

「戦いつづけていれば、いつかは負ける。そのときどう掌が返るか、他人事ならおもしろいがね。ところで、ユリアン、ブランデーぐらい好きに飲ませてくれないかな」

第六章　それぞれの星

Ⅰ

イゼルローン要塞陥落！

凶報は銀河帝国を震撼《しんかん》させた。

「イゼルローンは難攻不落ではなかったのか」

軍務尚書エーレンベルク元帥は蒼白な顔でつぶやいたきり執務卓の前をうごこうとしなかった。

「信じられぬ、誤報ではないのか」

帝国軍統帥本部総長シュタインホフ元帥はかすれ声でうめき、事実を確認したあと、沈黙の砦にたてこもってしまった。

国政にたいして無関心無気力だった皇帝フリードリヒ四世までが、宮内尚書ノイケルンを介して国務尚書リヒテンラーデ侯に事態の説明を要求してきたという。

「帝国領土は外敵にたいし神聖不可侵でなければならず、また事実そうでありました。にもかかわらず、今日、かくのごとき事態を招き、陛下の宸襟《みこころ》を騒がせたてまつりましたことは臣の不明のいたしますところ、まことに慚愧《ざんき》の念にたえませぬ」

恐懼して侯は奉答したと伝えられた。

「おかしな議論だな、キルヒアイス」

元帥府の執務室で、ローエングラム伯ラインハルトは腹心の友に語りかけた。

「帝国領土は寸土といえども外敵に侵されてはならぬものだそうだ。叛乱軍がいつから対等の外部勢力になったのだ？　現実を見ないから矛盾をきたすことになるのさ」

元帥府を開設し、帝国宇宙艦隊の半数を指揮下におさめたラインハルトは、人事に腐心する毎日だった。

基本方針として、下級貴族や平民出身の若い士官を登用することがあり、一線級の指揮官の平均年齢は大幅にさがった。ウォルフガング・ミッターマイヤー、オスカー・フォン・ロイエンタール、カール・グスタフ・ケンプ、フリッツ・ヨーゼフ・ビッテンフェルトなど、少壮気鋭の士官たちがあらたに提督の称号をおび、元帥府には若々しい活力と覇気がみちることになったのである。

だが、ここ数日、ラインハルトは不満を禁じえないでいた。勇敢で戦術能力に富んだ前線指揮官はそろえたが、参謀役を見いだすことができないのである。

士官学校で優等生だった貴族出身の参謀将校などに、ラインハルトは期待していなかった。軍事能力は学校教育で育つものではないことを彼は知っていた。彼自身がそうであるように、天性の軍人が学校秀才であることはあっても、その逆はありえないのである。

キルヒアイスを参謀役にはできなかった。彼にはラインハルトの分身としてときには数個艦隊を指揮統率させねばならない。ラインハルトとともにあるときは大局を見て決断をともにしてもらう。それが腹心のはたすべき責務だった。

過日、ラインハルトはカストロプ星系における動乱に際し、キルヒアイスを彼の代理人として出征させた。キルヒアイスに独自の功績をたてさせ、彼をラインハルト軍団の副司令官として衆目に認めさせるための措置であった。

ラインハルトは、国務尚書のリヒテンラーデ侯に、キルヒアイスに勅命がくだるよう依頼した。最初、リヒテンラーデ侯は好《よ》い顔をしなかった。ところが侯の政務補佐官にワイツという人物がいて、この男が侯に意見を具申した。

「よいではありませんか。キルヒアイス少将はローエングラム伯の腹心中の腹心です。討伐に成功したときには褒賞《ほうしょう》をあたえて恩を売っておけば、後日、なにかと益になりましょう。また失敗したところで、それは彼を推挙したローエングラム伯の責任ということになります。あらためて伯に討伐を命じればすむことですし、一度は部下が失敗したとなれば、伯も功を誇ってばかりはいられますまい」

「なるほど、そのとおりだ」

侯は納得し、キルヒアイスにカストロプ討伐の勅命がくだるよう手続きをとった。ラインハルトがワイツにひそかに金品を贈って、そう具申するように依頼したことまでは、侯は知らない。

こうしてキルヒアイスは勅命をうけた。それは帝国軍人として箔《はく》がついたことを意味する。ラインハルトの元帥府において、彼は階級をおなじくする同僚たちに抜きんで、ナンバー2の位置を公的に認められることになった。もっともそれは形式上のことにすぎない。それを実質化するには、キルヒアイスは実質的な武勲をたてる必要があった。

カストロプ星系の動乱の起因はつぎのようなしだいである。

この年、カストロプ公オイゲンが自家用宇宙船の事故で不慮の死をとげた。

彼は貴族としてその私領における徴税権を有し、当然、ゆたかな富力を誇っていたが、朝廷の重臣としても前後一五年にわたり財務尚書の職にあった。その間、職権を利して蓄財に努め、不名誉な疑獄事件に関係したこともたびたびだったが、貴族の犯罪にたいする法網《ほうもう》はいたって目があらく、その目すらまぬがれえないようになると、権力と富力を巧妙に駆使して処罰の手をのがれてきたのである。

当時の司法尚書ルーゲ伯が、〝みごとな奇術〟と皮肉ったほどで、おなじ門閥貴族の眼から見ても、その特権濫用《らんよう》は度がすぎていた。帝政の支柱として、もうすこし公人としての法則《のり》をまもってもらわなくてはこまる。ひとりの重臣にたいする民衆の不満は、体制全体にたいする不信に、容易に増幅するのだ。

そのカストロプ公が死んだ。帝国の財務、司法の両省にとっては歓迎すべきチャンスといえた。あえて死者を鞭《むち》打つべきだ。大貴族といえどもけっして法の支配をまぬがれることはできないのだ、と民衆に知らしめ、貴族たちのなかに無数に存在する小カストロプどもを牽制《けんせい》し、もって帝国の法と行政の威をしめさなくてはならない。まして生前、カストロプ公が私物化した公金やうけとった賄賂は莫大な額にのぼるはずで、これを国庫におさめたとき、軍事費の圧迫に苦しむ財政は一時的に息をつけるであろう。

財務官僚のなかには、貴族にたいする課税を口にする者もいたが、それはルドルフ大帝以来の国是を変更することになり、叛乱や宮廷革命を招きかねなかった。だが、カストロプ公個人が対象であれば貴族たちの反対もすくない。

財務省の調査官がカストロプに派遣された。そこでトラブルが発生したのである。

カストロプ公にはマクシミリアンという息子があり、国務尚書をつうじて皇帝から認可がおりしだい、亡父の爵位と資産を相続することになっていた。だが、そのような事情のため、国務尚書リヒテンラーデ侯は相続手続きを延期し、財務省の調査が終了した時点で、先代のオイゲンが不当に取得した部分をはぶいて資産相続を認めることにしたのだった。

マクシミリアンはそれに反発した。重臣、大貴族の子弟として特権と富をむさぼってきた利己的な青年は、亡父がもっていた悪い意味での政治力すらもちあわせていなかった。彼は財務省の調査官に猟犬をけしかけておいはらった。この猟犬というのが、ＤＮＡ処理によって頭部に円錐《えんすい》状の角をもつようになった有角犬《ホーンヘッド》で、貴族権力の暴力的な一面を象徴する凶暴な獣だったのだ。

自分の行為が、威信を重視する帝国政府の横面《よこつら》をひっぱたいたということに、想像力の欠落した青年はまるで気づかなかった。しかしひっぱたかれたほうでは、屈辱をそのまま甘受してはいなかった。

再度派遣された調査官も無法においはらわれると、財務尚書ゲルラッハ子爵は国務尚書にマクシミリアンを宮廷に呼びつけるよう要請した。

手厳しい調子の呼出状をうけとったとき、マクシミリアンは初めて自分の行為が問題視されていることを知った。そうなると、バランスのとれた判断力を欠くだけに、彼は極端な恐怖にかられた。帝国首都《オーディン》におもむけば二度と還れないものと思いこんだのである。

カストロプ公爵家には当然ながら多くの親族や姻戚《いんせき》がおり、事態を憂慮した彼らはあいだにたって調停を試みたが、マクシミリアンの猜疑心を刺激しただけだった。

彼の親族のひとりで温和な人柄を評価されるマリーンドルフ伯フランツが、説得におもむいてそのまま監禁されてしまうと、平和的な解決は絶望的となった。完全に血迷ったマクシミリアンは公領の警備隊を中心に私兵を集めだし、帝国政府は討伐軍の派遣を決定した。

シュムーデ提督の指揮する艦隊がオーディンを進発したのは、アスターテ星域における帝国・同盟両軍の衝突と、ほぼ同時期である。——そしてこの第一次討伐軍が敗北するのだ。

社会人として落第のマクシミリアンが、純軍事的にはある程度の才能を有していたこと、討伐軍が敵を軽視して、ろくに作戦もたてずに戦いに臨んだことなど、いくつかの理由がその結果をもたらしたのだが、ともかくこの討伐軍は強引に着陸したところを奇襲され、シュムーデ提督が戦死してしまう。

二度めの討伐軍も失敗すると、図にのったマクシミリアンは、隣接するマリーンドルフ伯領を併合し、帝国の一角に半独立の地方王国を建設しようとはかった。当主のフランツはマクシミリアンに監禁されていたが、侵攻してきたマクシミリアン軍をマリーンドルフ伯爵家の警備隊は善戦してささえ、オーディンに救援を依頼した。

このような状況のもとに、キルヒアイスが乱の鎮定を命じられたのである。そして彼は、半年にわたった乱を十日間で鎮定することに成功したのだった。

まず、キルヒアイスは、マリーンドルフ伯領に救援におもむく情況をしめしておき、急転してカストロプ公領をついた。驚愕したマクシミリアンは、本拠地を奪われてはたまらない、と、マリーンドルフ伯領の包囲を解き、全部隊をこぞってカストロプ公領に急行させた。これでまず、マリーンドルフ伯領の危機が救われた。しかも、キルヒアイスがカストロプ公領にむかったことじたい、陽動にすぎなかったのである。

本拠地の危機に心急《せ》くマクシミリアンは、後背のそなえを怠った。キルヒアイスは小惑星帯の難所に艦隊を隠してそれをやりすごし、無防備な後背から急襲をかけて潰滅的な打撃をあたえた。

いったん戦場から離脱したものの、マクシミリアンは、罪がかるくなることをのぞんだ部下の手で殺され、残余の者は降伏した。

こうしてカストロプの動乱は、あっけなく終わった。鎮定に十日を要したといっても、六日は帝国首都《オーディン》からの征途《せいと》に要したものであり、二日はカストロプでの事後処理にかかったもので、実際の戦闘は二日間にすぎなかった。

この動乱でキルヒアイスがしめした用兵の才能は非凡なもので、ラインハルトは満足し、彼の元帥府の提督たちはうなずき、門閥貴族たちは驚愕した。ラインハルトだけならともかく、その腹心までが、かくも鮮やかな手腕を有していたという事実は彼らにとって愉快なものではなかった。

しかし、とにかく武勲は武勲である。キルヒアイスは中将に昇進し、黄金色燦然たる〝双頭鷲武勲章《ツァイトウイング・イーグル》〟を授与された。国務尚書リヒテンラーデ侯が帝国宰相代理としての資格でそれらをキルヒアイスにさずけ、彼の武勲をたたえ、皇帝陛下の恩寵《おんちょう》に感謝していっそうの忠誠をつくせ、と諭《さと》した。

裏面の事情をキルヒアイスはすべて知っていたから、ワイツに教唆《きょうさ》されたリヒテンラーデ侯の〝ご機嫌とり〟ははばかばかしいだけだったが、もちろんそんな心情は表面にはださなかった。

それにしても、皇帝に忠誠をつくせ、とは論外なことを言われるものだ、とキルヒアイスは思う。彼が忠誠をつくす対象を、彼の前から拉致《らち》し、現在なお独占しているのは、皇帝フリードリヒ四世その人ではないか。自分が戦っているのは、帝国のためでも、帝室のためでも、皇帝のためでもない。

じつのところ、赤毛で長身のジークフリード・キルヒアイス青年は、上は公爵家の令嬢から下は小間使の少女まで、宮中の女性にかなりの人気があるのだった。本人はまるで気づいていなかったが、気づいたところで迷惑にしか思わなかっただろう。

こうして、ラインハルトとキルヒアイスがそれぞれの地歩を確立しつつあるとき、彼らの前に、半白の頭髪のオーベルシュタイン大佐があらわれたのだ。

II

参謀がほしい——ラインハルトの願望はこのところ強まるいっぽうだった。

彼ののぞむ参謀とは、かならずしも軍事上のものとはいえない。それならラインハルト自身とキルヒアイスで充分だ。むしろ政略・謀略方面の色彩が濃い。これからは、宮廷に巣喰《すく》う貴族どもを相手に、その種の闘争が、はっきり言えば陰謀やだましあいがふえるだろう、と、ラインハルトは予想している。とすると、その方面における相談の相手としてはキルヒアイスはむいていないのだ。これは知能の問題ではなく性格や思考法の問題なのである。

衛兵にブラスターをあずけ、非武装で執務室にはいってきた男の姿を、ラインハルトは脳裏の人名カードで確認した。彼にかんして好意的であるべき理由は、それには記されていなかった。

「オーベルシュタイン大佐だったな。私にどんな用件があるのだ？」

「まず、お人払いを願います」

尊大と称するにちかい態度で、招かれざる客人は要求した。

「ここには三人しかいない」

「そう、キルヒアイス中将がおられる。ですからお人払いをと願っています」

キルヒアイスは黙然と、ラインハルトはするどい眼光で、ともに客人を見つめた。

「キルヒアイス中将は私自身も同様だ。それを卿《けい》は知らないのか」

「存じております」

「あえて彼に聞かせたくない話があるというのだな。だがあとで私が彼に話せば、けっきょくはおなじことだぞ」

「それはむろん、閣下のご自由に。ですが閣下、覇業を成就《じょうじゅ》されるには、さまざまなことなるタイプの人材が必要でしょう。A《アー》にはAにむいた話、B《ベー》にはBにふさわしい任務、というものがあると思いますが……」

キルヒアイスがラインハルトを見やって遠慮がちに言った。

「元帥閣下、わたくしは隣室にひかえていたほうがよろしいかと……」

「そうか」

ラインハルトはなにか考える表情でうなずいた。キルヒアイスがたち去ると、オーベルシュタインはようやく本題にはいった。

「じつは閣下、私は現在、いささか苦しい立場にたたされています。ご存じかと思いますが……」

「イゼルローンからの逃亡者。糾弾《きゅうだん》されて当然だろうな。ゼークト提督は壮烈な玉砕をとげたというのに」

ラインハルトの返答は冷たい。しかしオーベルシュタインに動じる気配はなかった。

「凡百の指揮官にとって、私は卑劣な逃亡者にすぎますまい。しかし閣下、私には私の言いぶんがあります。閣下にそれを聞いていただきたいのです」

「筋違いだな。卿がそれを主張すべきは私にではなく軍法会議でだろう」

イゼルローン駐留艦隊旗艦のただひとりの生存者であるオーベルシュタインは、生き残ったという、まさにその一事によって処断されかねない立場にあった。指揮官を補佐しその誤りを矯正《きょうせい》する、という任務をまっとうせず、しかも一身の安全をはかった——それが白眼視と弾劾の理由であったが、イゼルローン失陥の場に居合わせた適当な人物になんらかの責任をとらせねばならない、という事情もあった。

ラインハルトの冷淡な応答を聞くと、オーベルシュタインは不意に右眼に手をやった。やがて手がおろされると、顔の一部に、小さいが異様な空洞が生じた。右の掌にのせた小さな、ほぼ球型の結晶体に似たものを、半白の髪の男は若い元帥のほうへさしだした。

「これをごらんください、閣下」

「…………」

「キルヒアイス中将からお聞きになったと思いますが、このとおり私の両眼は義眼です。あのルドルフ大帝の治世であれば〝劣悪遺伝子排除法〟によって赤ん坊のころに抹殺されていたでしょう」

はずした義眼をふたたび眼窩《がんか》にはめこむと、オーベルシュタインは正面からラインハルトの視界にえぐるような眼光を送りこんできた。

「おわかりになりますか。私は憎んでいるのです。ルドルフ大帝と彼の子孫と彼の産みだしたすべてのものを……ゴールデンバウム朝銀河帝国そのものをね」

「大胆な発言だな」

閉所恐怖症患者のおぼえるような息苦しさが、若い元帥を一瞬だがとらえた。この男の義眼の機能には人を圧倒する――あるいは圧迫する素子がセットされているのではないか、という非合理的な疑惑さえそそられた。

防音装置が完備した室内で、オーベルシュタインの声は低かったが、ときならぬ春雷のように轟《とどろ》いた。

「銀河帝国、いや、ゴールデンバウム王朝は滅びるべきです。可能であれば私自身の手で滅ぼしてやりたい。ですが、私にはその力量がありません。私にできることはあらたな覇者の登場に協力すること、ただそれだけです。つまりあなたです、帝国元帥、ローエングラム伯ラインハルト閣下」

帯電した空気がひび割れる音をラインハルトは聴いた。

椅子からたちあがりながら、ラインハルトは腹心の友を呼んだ。壁が音もなく開き、赤毛の若者が丈高《たけ》い姿をあらわす。ラインハルトの指がオーベルシュタインをさした。

「キルヒアイス！」

「キルヒアイス、オーベルシュタイン大佐を逮捕しろ。帝国にたいし不逞《ふてい》な反逆の言辞があった。帝国軍人として看過できぬ」

オーベルシュタインは義眼を激しく光らせた。赤毛の青年士官は神速の技で右手にブラスターを抜きもって、彼の胸の中央に狙いをさだめていた。幼年学校以来、射撃の技倆《ぎりょう》で彼を凌《しの》ぐ者はすくない。たとえオーベルシュタインが拳銃《ブラスター》を所持しており、抵抗を試みたとしても無益であったろう。

「しょせん、あなたもこのていどの人か……」

　オーベルシュタインはつぶやいた。失望と自嘲《じちょう》の苦い陰翳《いんえい》が、もともと血の気の薄い顔にさしこんでいる。

「けっこう、キルヒアイス中将ひとりを腹心とたのんで、あなたの狭い道をお征《ゆ》きなさい」

　なかば演技、なかば本心の発言だった。ラインハルトの沈黙する姿に視線を投げると、彼はキルヒアイスにむきなおった。

「キルヒアイス中将、私を撃てるか。私はこのとおり丸腰だ。それでも撃てるか？」

　ラインハルトがあらためて命令をださなかったこともあるが、キルヒアイスは狙いをさだめたまま、引金にかけた指に力をいれることをためらった。

「撃てんだろう。貴官はそういう男だ。尊敬に値するが、それだけでは覇業をなすに充分とは言えんのだ。光には影がしたがう……しかしお若いローエングラム伯にはまだご理解いただけぬか」

　ラインハルトはオーベルシュタインを凝視したまま、ブラスターをおさめるようキルヒアイスに合図した。微妙に表情が変わっていた。

「言いたいことを言う男だな」

「恐縮です」

「ゼークト提督からもさぞ嫌われたことだろう、ちがうか」

「あの提督は部下の忠誠心を刺激する人ではありませんでした」

　平然とオーベルシュタインは答えた。賭けに勝ったことを彼は知った。

　ラインハルトはうなずいた。

「よかろう、卿を貴族どもから買う」

Ⅲ

軍務尚書、統帥本部総長、宇宙艦隊司令長官の三者を帝国軍三長官と称するが、ひとりでこの三者を兼任した例は、一世紀ちかくも昔に当時の皇太子オトフリートがあるだけである。

彼はまた帝国宰相をもかねたが、その後、帝国宰相が正式におかれず、国務尚書をその代理にあてるようになったのは、臣下が皇帝の先例にならうことを避けるためだった。

オトフリートは皇太子時代は有能で人望もあったが、即位して皇帝オトフリート三世となってからは、たびかさなる宮廷陰謀の渦中で猜疑《さいぎ》心のみが肥大し、四度にわたって皇后をかえ、五度にわたって帝位継承者をかえ、最後には毒殺をおそれるあまり食事もひかえるようになって、四〇代なかばで衰弱死している……。

その帝国軍三長官——軍務尚書エーレンベルク、統帥本部総長シュタインホフ、宇宙艦隊司令長官ミュッケンベルガーは、帝国宰相代理たる国務尚書リヒテンラーデ侯に辞表を提出した。イゼルローン失陥の責任をとるためである。

「卿らは責任を回避して地位に執着しようとせぬ。そのいさぎよさは賞すべきと思う。しかし三長官のポストが一時に空《あ》けば、すくなくともそのひとつはローエングラム伯のえるところとなろう。彼の階位がすすむ手助けを卿らがわざわざすることはあるまい。経済的にこまっておらぬ卿らだ、今後一年ほど俸給を返上するということでどうか」

国務尚書が言うと、シュタインホフ元帥が苦渋の表情を浮かべて答えた。

「その点を考えないでもありませんでしたが、私どもも武人です。地位に恋々《れんれん》として出処進退を誤ったと評されるのはあまりに無念……どうかお受けとり願います」

やむをえず、リヒテンラーデ侯は宮廷におもむき、皇帝フリードリヒ四世に三長官の辞表をとりついだ。あいかわらず無気力そうに国務尚書の話を聞いていた皇帝は、侍従に命じてラインハルトを元帥府から呼びよせた。TV電話《ヴィジホン》を使えばすむところを、わざわざ呼びよせるのが、皇帝の権力に必要な形式の一端である。

ラインハルトが参内《さんだい》すると、皇帝は三通の辞表を若い帝国元帥にしめして、どの職がほしいか、と玩具《おもちゃ》でもえらばせるような語調で訊ねた。憮然《ぶぜん》としてたたずむ国務尚書をちらりと見ると、ラインハルトは答えた。

「みずから功績をたてたわけでもございませんのに、ほかの方の席を奪うことはできません。イゼルローンの失陥は、ゼークト、シュトックハウゼン両提督の不覚によるもの、しかもゼークト提督は死をもって罪をつぐなっており、いまひとりは敵の獄中にあります。ほかに罪をえるべき者がいるとは、わたくしは思いません。なにとぞ三長官をお咎《とが》めなきよう、つつしんで陛下にお願い申しあげます」

「ふむ、そちは無欲だな」

皇帝は事態の意外さにおどろく国務尚書をかえりみた。

「伯はこう申しておる。そちはどう思うか」

「……若さに似あわぬ伯の見識、臣は感服いたしました。臣としても、国家に大功ある三長官にたいし、寛大なご処置をと願うものでございます」

「両人がそう申すなら、余としても彼らに苛酷な処分はくだすまい。だが、まるきり罪を問わぬというわけにもいくまいが……」

「されば、陛下、今後一年、彼らの俸給を返上させ、それを戦没将兵の遺族救済基金にまわしてはいかがかと存じます」

「そんなところだな、よかろう、国務尚書に委細はまかす。話はそれだけか」

「さようでございます」

「では両人ともさがれ。これから温室で薔薇の世話をせねばならぬでな」

両者は退出した。

しかし五分とたたないうち、ひとりがひそかにもどってきた。なかば駆け足であったため、七五歳のリヒテンラーデ侯は呼吸をととのえる時間を必要としたが、皇帝の薔薇園に立ったときは肉体上の平静さを回復していた。

ゆたかな色彩と芳香を乱舞させる薔薇の群のなかに、枯木のように皇帝がたたずんでいる。老貴族は歩みより、充分な注意をはらいつつひざまずいた。

「おそれながら、陛下……」

「なにか」

「ご不興をこうむるのを覚悟のうえで申しあげまするが……」

「ローエングラム伯のことか?」

皇帝の声にはするどさも激しさも熱さもなかった。風に飛ばされる砂の音を想起させる、生気のない老人めいた声。

「余が、アンネローゼの弟に地位と権力をあたえすぎるというのであろう」

「陛下にはご承知でいらっしゃいましたか」

国務尚書が驚いたのは、皇帝の話しかたが意外に明晰《めいせき》だったからでもある。

「おそれを知らぬ者ゆえ、重臣として権力をふるうにとどまらず、図にのって簒奪をたくらむかもしれぬ、とでもそちは思うか」

「口の端《は》にのぼせるのもはばかり多いことながら……」

「よいではないか」

「は⁉」

「人類の創成とともにゴールデンバウム王朝があったわけではない。不死の人間がおらぬと同様、不滅の国家もない。余の代で銀河帝国が絶えて悪い道理がなかろう」

乾ききった低い笑い声が、国務尚書を戦慄させた。のぞきこんだ虚無の淵《ふち》の深さが、彼の魂を底まで冷たくした。

「どうせ滅びるなら……」

皇帝の声が彗星《すいせい》の不吉な尾のようにつづいていた。

「せいぜい華麗に滅びるがよいのだ……」

Ⅳ

不本意であり、不愉快でもあったが、三長官としてはラインハルトに借りをつくったことを認めざるをえなかった。したがって、その翌日、ラインハルトがパウル・フォン・オーベルシュタイン大佐の免責――イゼルローン失陥にたいする――と、彼の元帥府への転属とを要請したとき、拒絶するわけにはいかなかったのである。みずからが〝皇帝陛下のご寛容〟の恩恵に浴しながら、他者にきびしい処置をとることもできないし、しょせんは一大佐の進退などそれほどの重要事とは思えなかった、ということもある。

ともあれ、オーベルシュタインにとっては満足すべき結果だった。

ラインハルトが帝国軍三長官の地位につく機会をみずから捨てた、その行動にかんしては、

「意外に無欲ではないか」

という好意的な評価と、

「なんの、かっこうをつけただけさ」

という否定的な観察とが、相半ばした。

どちらの声にせよ、ラインハルトは歯牙《しが》にもかけなかった。三長官の地位など、いつでも手にはいる。しばらく、老将《おいぼれ》どもに貸しておいてやるだけのことだ。だいいち、そのような地位は彼にとってたんなる通過点でしかない。

ラインハルトが至尊の地位に即《つ》いたとき、三長官職を兼務するであろう立場の人物は、いまひとつすっきりとしないでいた。

「どうした、キルヒアイス、なにか言いたいことがありそうだな」

「おわかりでしょうに、お人の悪い」

「怒るな。オーベルシュタインの件だろう。あの男が門閥貴族どもの手先ではないか、と、一時はおれもうたがった。しかし、貴族どもの手におえるような男ではない。頭は切れるだろうが癖がありすぎる」

「ラインハルトさまのお手にはおえるのですか」

　ラインハルトはかるく首をかしげた。そうすると、金髪の華麗なひと房がいっぽうに流れた。

「そうだな……おれはあの男に友情や忠誠心を期待してはいない。あの男はおれを利用しようとしているだけだ。自分自身の目的をはたすためにな」

　長いしなやかな指が伸びて、ルビーを溶かした液で染めたような友人の髪をかるくひっぱった。他人のいないとき、ラインハルトはときどきこのようなことをする。幼い少年のころ、たまにキルヒアイスと仲《なか》違《たが》いすると――長くそのような状態がつづいたことはなかったが――「なんだ、血みたいな赤毛」と悪口を言い、仲直りすると「炎が燃えてるみたいでとても綺麗だ」と賞賛するなど、ラインハルトは勝手なものだった。

「……だから、おれも奴の頭脳を利用する。奴の動機などどうでもいいさ。奴ひとり御しえないで宇宙の覇権をのぞむなんて不可能だと思わないか」

　政治とは過程や制度ではなく結果だ、とラインハルトは思う。

ルドルフ大帝を許しがたく思うのは、銀河連邦《USG》をのっとったからではなく、皇帝などになったからでもない。せっかく獲得した強大な権力を、自己神聖化というもっとも愚劣な行為に使用したからである。それが英雄ぶった亡者ルドルフの正体だ。その強大な権力を正当に使用すれば、文明の進歩と建設にどれほど有益だったかしれない。人類は政治思想の相違からくる抗争にエネルギーを浪費することもなく、全銀河系に足跡をしるしていたであろうに。現在は帝国と叛乱勢力とを合しても、この巨大な恒星世界の五分の一を支配しているにすぎないのだ。

　かくも人類の歴史の前進を阻害した責任は、あげてルドルフの偏執《へんしゅう》にある。なにが生ける神か。厄病神もいいところだ。

　旧体制を破壊し新秩序をうちたてるには強大な権力と武力が必要だ。だが自分はルドルフの轍《てつ》は踏まない。皇帝にはなろう。しかし帝位を自分の子孫に伝えるようなことはしない。

　ルドルフは血統を、遺伝子を盲信した。だが遺伝など信用できるものではない。ラインハルトの父親は天才でも偉人でもなかった。自力で生活する能力も意思もなく、美貌の娘を権力者に売りつけて、安楽で自堕落《じだらく》な生活におぼれたろくでなしだった。七年前に過度の飲酒と漁色が原因で急死したとき、流すべき涙をラインハルトはもちあわせていなかった。最高級の白磁で造型したような姉の頬を伝い落ちる透明な流れを見て、胸がいたみはしたが、それは姉にむけた感情だった。

　信用するに値しない遺伝の例証として、ゴールデンバウムの帝室の現状をみるがよい。あのフリードリヒ四世の腐蝕《ふしょく》した体内に、偉大かつ巨大なルドルフの血が一ミリリットルでも流れていると、誰が想像できるだろう。ゴールデンバウム家の血はすでに濁りきっているのだ。

　フリードリヒ四世の兄弟姉妹九人はことごとく死亡している。フリードリヒ四世自身は皇后はじめ六人の女性を二八回にわたって妊娠させたが、六回は流産、九回は死産、とにかくも誕生した一三人のうち、生後一年までに四人が、成人までに五人が、成人後に二人が死亡した。現存するのは、ブラウンシュヴァイク公爵夫人アマーリエとリッテンハイム侯爵夫人クリスティーネの両女だけである。ともに強大な門閥貴族に嫁いだが、子供といえば、これもともに一女があるだけだ。このほか、成人後に死亡した皇太子ルードヴィヒに遺児がいる。これが現在、帝室ただひとりの男児エルウィン・ヨーゼフだが、五歳になったばかりで、いまだ皇太孫としてたてられてもいない。

宮廷の頽廃《たいはい》を一身に集めたような皇帝フリードリヒ四世は、ラインハルトにとってにがい憎悪と軽蔑の対象でしかなかったが、たった二点、容認できることがあった。

ひとつは、過去の難産で幾人もの寵妃を死なせた皇帝が、アンネローゼを失うことをおそれ、彼女を妊《みごも》らせなかったことである。さらにはアンネローゼに子供が誕生したとき、帝位継承権をめぐる争乱が生じることを憂慮した貴族たちの圧力もあった。ラインハルトにしてみれば、あの皇帝の子を姉が産むなど、想像するさえおぞましいのだった。

そして、いまひとつは、帝位継承権の有資格者が極端にすくないことだった。皇帝の孫三人だけなのである。それさえ排除すればよいのだ。あるいは二人の孫娘のうちどちらかと結婚する策もある。——どうせ形式だけだが。

いずれにせよ、オーベルシュタインは役にたつ。あの男なら暗い情熱と執拗《しつよう》な意志をもって帝室や貴族にたいする権謀をめぐらせ、必要とあれば幼児や女性を殺害することも辞さないだろう。それを無意識のうちに察したからこそ、キルヒアイスは彼を嫌うのだろうが、しかし彼はラインハルトにとって必要なのだ。

　オーベルシュタインのような男を必要とする自分を、姉アンネローゼやキルヒアイスは快く思うだろうか……しかし、これはやらなくてはならないことなのだ。

V

　フェザーン自治領主《ランデスヘル》ルビンスキーは、官邸で、経済戦略にかんする補佐官の説明をうけていた。

「ユニバース・ファイナンス社、これは自由惑星同盟《フリー・プラネッツ》におけるわが自治領政府のダミーですが、バラトプール星系第七・第八両惑星の固体天然ガス採掘権を獲得しました。可採埋蔵量は合計四八〇〇万立方キロメートルに達し、二年後には採算ベースにのる予定です」

　ルビンスキーがうなずくのを見ながら、補佐官は報告をつづけた。

「それに同盟でも最大級の恒星間輸送企業サンタクルス・ライン社にかんしては、株式取得率四一・九パーセントに達しました。名義が二〇以上に分割されておりますので気づかれていませんが、筆頭株主である国営投資会社をすでにうわまわっています」

「けっこうだ。しかし過半数に達するまでは気をゆるめるな」

「もちろんです。いっぽう、帝国のほうですが、第七辺境星域の農業開発計画に資本参加が決定しました。アイゼンヘルツ第二惑星の水二〇京トンを八つの乾燥惑星にはこんで五〇億人ぶんの食糧を増産しようという、例の計画です」

「資本参加の比率は？」

「わが政府のダミー三社で合計して八四パーセントです。事実上の独占です。つぎにインゴルシュタットの金属ラジウム工場についてですが……」

報告を聞き終えたルビンスキーは、いったん補佐官をさがらせ、荒涼の美をしめす壁外の風景をながめやった。

現在のところ、事態の進展は順調そのものだ。帝国にせよ同盟にせよ、首脳部は、戦争といえば宇宙空間で戦艦どうしが亜光速ミサイルを撃ちあうだけだと思っているふしがある。頑迷な教条主義者どもが殺しあいに血道をあげているあいだに、両国の社会経済体制は根幹をフェザーンににぎられてしまうことになるだろう。現在でも、両国の発行している戦時国債の半分ちかくは、直接間接にフェザーンが購入しているのだ。

宇宙は人類の足跡のあるところ、すべてフェザーンが経済的に統治する。帝国政府も同盟政府も、フェザーンに経済的利益をもたらすべく、その政策を代行するにすぎなくなるだろう。もうすこし時間はかかるだろうが。そうなれば、目的の最終段階まであと半歩の距離もない……。

だが、むろん、政治上あるいは軍事上の状況を軽視してよいということにはならない。早い話、帝国と同盟が強大な覇権によって政治的統合をとげるとしたら、フェザーンの特権的な地位はなんら意味をもたなくなる。古代の海陸上の交易都市が、あらたに出現した統一王朝の武力と政治力に屈服していった、その歴史をくりかえすことにもなろう。

とすれば、目的を達成させる道は永久に閉ざされてしまう。新銀河帝国の誕生などは、絶対に阻止されねばならない。

新銀河帝国か……。

この考えは、ルビンスキーに新鮮な緊張感をあたえた。

現在のゴールデンバウム朝銀河帝国はすでに老朽化しており、ふたたび活性化させることは不可能にちかい。分裂して幾多の小王国群に変化し、そのなかからあらたな秩序が生まれるとしても、それには何世紀もの年月がかかるだろう。

いっぽう、自由惑星同盟も建国の理想を失って惰性に流れている。経済建設と社会開発の停滞は民衆レベルに不満を生み、同盟を構成する諸惑星のあいだには経済格差をめぐる反目が絶えない。よほどカリスマ的な指導者が出現して集権的な体制を再構築でもしないかぎり、出口のない状況はつづくだろう。

五世紀前、巨人的な身体を権力志向のエネルギーでみたした若きルドルフ・フォン・ゴールデンバウムは、銀河連邦《USG》の政治機構をのっとって神聖不可侵の皇帝となった。合法的手段による独裁者の出現。これが再来する日がくるだろうか。既成の権力機構をのっとるとすれば、短時日での変化が可能となる。たとえ合法的でなくとも……。

クーデター。権力や武力の中枢ちかくにいる者にとっては、古典的だが有効な方法だ。それだけに魅力的でもある。

ルビンスキーは操作卓《コンソール》のボタンをおして補佐官を呼びだした。

「両国におけるクーデターの可能性ですか？」

自治領主《ランデスヘル》の命令は彼を驚かせた。

「それはご命令とあらば、さっそく調査いたしますが、なにかそれを示唆《しさ》するような緊急の情報でもございましたか？」

「そうではない。たんにいま、思いついたというだけだ。しかしあらゆる可能性を吟味するにしくはない」

腐りはてた頭脳と精神の所有者が、その資格もなしに権勢をほしいままにするのは不愉快だが——とフェザーンの統治者は思った。まだ当分のあいだは、帝国と同盟の現体制に存続してもらう必要がある。帝国も同盟も想像できないフェザーンの真の目的が達成されるその日まで……。

VI

自由惑星同盟最高評議会は十一名の評議員によって構成されている。議長、副議長兼国務委員長、書記、国防委員長、財政委員長、法秩序委員長、天然資源委員長、人的資源委員長、経済開発委員長、地域社会開発委員長、情報交通委員長がそのメンバーである。彼らは真珠色の外壁をもつ壮麗なビルの一室に集まっていた。

窓のない会議室《デシジョン・ルーム》は、四方を厚い壁とほかの部屋にかこまれている。それは対外連絡室《アンティ・ルーム》、資料作成室《チャート・ルーム》、情報加工室《インテリジェンス・ルーム》、機器操作室《オペレーション・ルーム》などで、さらにその外側を警備兵の控室がドーナツ状にとりまいているのだ。

これを開かれた政治の府と呼ぶべきだろうか？　財政委員長ジョアン・レベロは、直径七メートルの円卓の一席にすわって、そう思った。いまにはじまったことではなく、赤外線の充満した廊下をとおって会議室に入室するたびに、その疑問にとらわれる彼だった。

その日、宇宙暦七九六年八月六日の会議は、議題のひとつに、軍部から提出された出兵案の可否を決定する、ということがあげられていた。占領したイゼルローン要塞を橋頭堡《きょうとうほ》として帝国に侵入するという作戦案を、軍部の青年高級士官たちが直接、評議会に提出してきたのだ。レベロにとっては、過激としか思えない。

会議がはじまると、レベロは戦争拡大反対の論陣を張った。

「妙な表現になりますが、今日まで銀河帝国とわが同盟とは、財政のかろうじて許容する範囲で戦争を継続してきたのです。しかし……」

アスターテの会戦において戦死した将兵の遺族年金だけでも、毎年、一〇〇億ディナールの支出が必要になる。このうえ、戦火を拡大すれば、国家財政とそれをささえる経済が破綻するのはさけられない。それどころか、今日、すでに財政は赤字支出となっているのだ。

皮肉なことに、ヤンもこの財政難にひと役かっている。彼はイゼルローンで五〇万人の捕虜をえたが、彼らを食わせるのも、なかなかたいへんなのだ。

「健全化の方法としては、国債の増発か増税か、昔からの二者択一です。それ以外に方法はありません」

「紙幣の発行高をふやすというのは？」

副議長が問うた。

「財源の裏付けもなしにですか？　何年かさきには、紙幣の額面ではなく重さで商品が売買されるようになりますよ。私としては、超インフレーション時代の無策な財政家として後世に汚名を残すのは、ごめんこうむりたいですな」

「しかし戦争に勝たねば、何年かさきどころか明日がないのだ」

「では戦争そのものをやめるべきでしょう」

レベロが強い口調で言うと、室内がしんとした。

「ヤンという提督の智略で、吾々はイゼルローンをえた。帝国軍はわが同盟にたいする侵略の拠点を失った。有利な条件で講和条約を締結する好機ではありませんか」

「しかしこれは絶対君主制にたいする正義の戦争だ。彼らとは倶《とも》に天を戴《いただ》くべきではない。不経済だからといってやめてよいものだろうか」

幾人かが口々に反論してきた。

正義の戦争か。自由惑星同盟政府財政委員長ジョァン・レベロは憮然として腕をくんだ。

莫大な流血、国家の破産、国民の窮乏。正義を実現させるのにそれらの犠牲が不可欠であるとするなら、正義とは貪欲な神に似ている。つぎつぎといけにえを要求して飽くことを知らない。

「しばらく休憩しよう……」

議長が艶《つや》のない声で言うのが聴こえた。

Ⅶ

昼食ののち、会議は再開された。

今度、論陣を張ったのは、人的資源委員長として、教育、雇用、労働問題、社会保障などの行政に責任をもつホワン・ルイだった。彼も出兵反対派である。

「人的資源委員長としては……」

ホワンは小柄だが声は大きい。血色のよい肌と短いが敏捷そうな手足をもち、活力に富んだ印象をあたえる。

「本来、経済建設や社会開発にもちいられるべき人材が軍事方面にかたよるという現状にたいして、不安を禁じえない。教育や職業訓練にたいする投資が削減されるいっぽうというのもこまる。労働者の熟練度が低くなった証拠に、ここ六カ月間に生じた職場事故が前期とくらべて三割も増加している。ルンビーニ星系で生じた輸送船団の事故では、四百余の人命と五〇トンもの金属ラジウムが失われたが、これは民間航宙士《アストロノーツ》の訓練期間が短縮されたことと大きな関係があると思われる。しかも航宙士たちは人員不足から過重労働をしいられているのだ」

明晰できびきびした話しかたであった。

「そこで提案するのだが、現在、軍に徴用されている技術者、輸送および通信関係者のうちから四〇〇万人を民間に復帰させてほしい。これは最低限の数字だ」

同席の評議員たちを見わたすホワンの視線が、国防委員長トリューニヒトの面上で停止した。眉をうごかしながらの応答があった。

「無理を言わないでほしい。それだけの人数を後方勤務からはずされたら軍組織は瓦解《がかい》してしまう」

「国防委員長はそうおっしゃるが、このままゆけば軍組織より早い時期に社会と経済が瓦解するだろう。現在、首都の生活物資流通制御センターで働いているオペレーターの平均年齢をご存じか」

「……いや」

「四二歳だ」

「異常な数字とは思えないが……」

ホワンは勢いよく机をたたいた。

「これは数字による錯覚だ！ 人数の八割までが二〇歳以下と七〇歳以上でしめられている。平均すればたしかに四二歳だが、現実には三、四〇代の中堅技術者などいはしないのだ。社会機構全体にわたって、ソフトウェアの弱体化が徐々に進行している。これがどれほどおそろしいことか、賢明なる評議員各位にはご理解いただけると思うが……」

ホワンは口を閉じ、ふたたび一同を見まわした。まともにその視線をうけとめた者はレベロ以外にいなかった。ある者は下をむき、ある者はさりげなく視線をそらし、ある者は高い天井を見上げた。

レベロがホワンにかわった。

「つまり民力休養の時期だということです。イゼルローン要塞を手中にしたことで、わが同盟は国内への帝国軍の侵入を阻止できるはずだ。それもかなりの長期間にわたって。とすれば、なにも好んでこちらから攻撃にでる必然性はないではないか」

レベロは熱心に説いた。

「これ以上、市民に犠牲をしいるのは民主主義の原則にもはずれる。彼らは負担にたえかねているのだ」

反駁《はんばく》の声があがった。評議員中、ただひとりの女性である情報交通委員長コーネリア・ウィンザーからであった。つい一週間前に新任されたばかりだ。

「大義を理解しようとしない市民の利己主義に迎合する必要はありませんわ。そもそも犠牲なくして大事業が達成された例があるでしょうか？」

「その犠牲が大きすぎるのではないか、と市民は考えはじめたのだ、ウィンザー夫人」

レベロは彼女の公式論をたしなめるように言ったが、効果はなかった。

「どれほど犠牲が多くとも、たとえ全市民が死にいたっても、なすべきことがあります」

「そ、それは政治の論理ではない」

思わず声を高めたレベロをさりげなく無視して、ウィンザー夫人は列席者にむかい、よくとおる声で意見を述べはじめた。

「わたしたちには崇高な義務があります。銀河帝国を打倒し、その圧政と脅威から全人類を救う義務が。安っぽいヒューマニズムに陶酔して、その大義を忘れはてるのが、はたして大道を歩む態度と言えるでしょうか」

彼女は四〇代前半の、優雅で知的な美しさをもつ魅力的な女性で、その声には音楽的なひびきがあった。それだけに、レベロが感じた危険はいちだんと大きかった。彼女こそ、安っぽいヒロイズムに足首をつかまれているのではないか。

レベロがふたたび反論しようとしたとき、それまで沈黙していた議長サンフォードがはじめて発言した。

「ええと、ここに資料がある。みんな端末機の画面を見てくれんか」

全員がいささか驚いて、とかく影の薄いと言われる議長に視線を集中させ、ついで言われたとおり端末機に目をやった。

「こいつはわが評議会にたいする一般市民の支持率だ。けっしてよくはないな」

三一・九パーセントという数値は、列席者の予想と大きくちがってはいなかった。ウィンザー夫人の前任者が、不名誉な贈収賄事件で失脚してから何日もたってはいなかったし、レベロやホワンの指摘どおり、社会経済上の停滞ははなはだしいものがあった。

「いっぽう、こちらが不支持率だ」

五六・二パーセントという数値に、吐息が洩れた。予想外のことではないが、やはり落胆せずにはいられない。

議長は一同の反応を見ながらつづけた。

「このままでは来年早々の選挙に勝つことはおぼつかん。和平派と最強硬派に挟撃されて、過半数を割ることは目に見えとる。ところがだ……」

議長は声を低めた。意識してか否かは判断しがたいところだったが、聞く者の注意をひときわひく効果は大きかった。

「コンピューターに計測させたところ、ここ一〇〇日以内に帝国にたいして画期的な軍事上の勝利をおさめれば、支持率は最低でも一五パーセント上昇することが、ほぼ確実なのだ」

かるいざわめきが生じた。

「軍部からの提案を投票にかけましょう」

ウィンザー夫人が言うと、数秒の間をおいて数人から賛同の声があがった。全員が、権力の維持と選挙の敗北による下野とを秤《はかり》にかける、そのあいだだけ沈黙があったのだった。

「待ってくれ」

レベロは、座席からなかばたちあがった。太陽灯の下にいるにもかかわらず、その頬は老人じみて色あせていた。

「吾々にはそんな権利はない。政権の維持を目的として無益な出兵をおこなうなど、そんな権利を吾々はあたえられてはいない……」

　声が震え、うわずった。

「まあ、きれいごとをおっしゃること」

　ウィンザー夫人の冷笑は華やかにすらひびいた。レベロは言葉を失い、為政者自身の手で民主政治の精神が汚されようとする情景を呆然と見まもった。

　そのレベロの苦悩にみちた姿を、離れた席からホワンが見ている。

「頼むから短気をおこしなさんなよ」

　彼はつぶやき、投票用のボタンに丸っこい指を伸ばした。

　賛成六、反対三、棄権二。有効投票数の三分の二以上が賛成票によってしめられ、ここに帝国領内への侵攻が決定された。

　だが票決の結果が評議員たちを驚愕させた。出兵が決定されたことがではなく、三票の反対票のうち一票が、国防委員長トリューニヒトによって投ぜられたからである。

　ほかの二票は財政委員長レベロと人的資源委員長ホワンで、これは予想されていたことだった。しかし、トリューニヒトは自他ともに認める強硬主戦派ではなかったか。

「私は愛国者だ。だがこれはつねに主戦論にたつことを意味するものではない。私がこの出兵に反対であったことを銘記しておいていただこう」

疑問の声にたいする、それが彼の返答だった。

おなじ日、統合作戦本部は、ヤン・ウェンリー少将の提出した退職願いを正式に却下し、逆に彼にたいして中将の辞令を発した。

Ⅷ

「辞めたいというのかね？」

ヤンが辞表を提出したときのシトレ元帥の反応は、それほど創造的なものではなかった。しかし、片手で辞表をうけとりながら片手で退職金と年金のカードを手わたしてくれる曲芸を期待していたわけでもなかったので、ヤンはなるべく愛想よくうなずいてみせた。

「しかしきみはまだ三〇歳だろう」

「二九歳です」

二〇という数字を、ヤンは強調した。

「とにかく医学上の平均寿命の三分の一もきてないわけだ。人生をおりるのには早すぎると思わないかね」

「本部長閣下、それはちがいます」

若い提督は異議をとなえた。人生をおりるのではなく、人生の本道に回帰するのだ。いままでが不本意な迂回を余儀なくされていたのである。彼はもともと歴史の創造者であるよりは観察者でありたかったのだから。

　シトレ元帥は両手の指をくみ、その上に頑丈そうなあごをのせた。

「わが軍が必要としているのはきみの歴史研究家としての学識ではなく、用兵家としての器量と才幹なのだ。それもひとかたならぬ、だ」

　すでに一度、あなたのおだてにはのってやったではないか――ヤンは心のなかで反論した。軍との貸借関係は、どうみても彼の貸出超過となっているはずであり、

「イゼルローンを陥落《おと》した一事だけでも、おつりがくるはずだ」

とヤンは思うのだ。しかしシトレ本部長の攻撃は単調ではなかった。

「第一三艦隊をどうする？」

　さりげないが効果的な言葉に、ヤンはかるく口を開けてしまった。

「創設されたばかりの、きみの艦隊だ。きみが辞めたら、彼らはどうなる？」

「それは……」

　それを忘れていたのは、うかつとしか言いようがなかった。作戦の失敗を、彼は認めざるをえなかった。いったん絡みついたしがらみは、容易に解《と》けるものではない。

　けっきょく、辞表をおいてヤンは本部長の前から退出したが、それが受理されないことは明白だった。彼は憮然として、重力エレベーターで階下に降りた。

　待合室のソファーで、行き交う制服姿の人々を所在なげに見やっていたユリアン・ミンツが、ヤンの姿を遠くに認めて、勢いよく起立した。学校の帰途、本部に寄るよう、ヤンが言っておいたのだ。たまには

外で食事をするのもいいじゃないか、話しておきたいこともあるし——ヤンはそれだけしか言わなかった。驚かせてやるつもりだった。じつはな、軍を辞めたよ、これから気楽に年金生活さ。

予定は確定ならず、甘い夢は現実のにがい息のひと吹きで消えてしまった。さて、なんと言おうか——無意識に歩みをゆるめながらヤンが思案していると、横合から声がかけられた。

ワルター・フォン・シェーンコップ大佐が、敬礼している。彼は今回の功績で准将に昇進することが決定していた。

「これは、閣下、もしかして辞表を提出にみえたのですか」

「そうなんだ。しかし、却下されるのは確実だろうね」

「でしょうな……軍部が閣下を手放すはずがありませんよ」

旧帝国人の大佐は愉快そうにヤンを見つめた。

「まじめな話、私は提督のような人には軍に残っていただきたいですな。あなたは状況判断が的確だし、運もいい。あなたの下にいれば武勲がたたないまでも、生き残れる可能性が高そうだ」

シェーンコップは本人を前にして平然と上官の品定めをやってのけた。

「私は自分の人生の終幕を老衰死ということに決めているのです。一五〇年ほど生きて、よぼよぼになり、孫や曽孫《ひまご》どもが、やっかいばらいできると嬉し泣きするのを聴きながら、くたばるつもりでして……壮烈な戦死など趣味ではありませんでね。ぜひ私をそれまで生きのびさせてください」

言うだけ言うと、大佐はふたたび敬礼した。毒気をぬかれた態で答礼するヤンに笑顔をむける。

「時間をとらせて相すみません。そら、坊やがお待ちかねですよ」

キャゼルヌにしろシェーンコップにしろ、すくなからず皮肉の棘《とげ》を所有する人物なのだが、彼らを単純に好意的にさせてしまうなにかが、ユリアン少年にはあるのかもしれなかった。

自分と肩をならべて歩くユリアンをときおり見やりながら、ヤンは内心、多少の困惑をおぼえないでもない。奇妙なものだ。まだ結婚してもいないのに父親めいた感情をあじわうというのは……。


『三月兎亭《マーチ・ラビット》』は店名から想像されるよりはずっとおちついた雰囲気の料理店で、調度はすべて旧様式に統一され、手編みのクロスがかかったテーブルにはキャンドルまでおいてあるのが、ヤンには嬉しい。しかし予約の労を――労と言えるほどのものではない、一通話のTV電話《ヴィジホン》ですむことだ――おこたったむくいで、その夜は小さな幸運の妖精と親しくはなれなかった。

「申しわけございません、満席でして」

威厳と体格と美髯《びぜん》に恵まれた老ウェイターがおもおもしく告げた。チップほしさの嘘でないことは、広くもない店内を一望すればすぐに諒解できる。薄暗い照明の下で、すべてのテーブルのキャンドルが火影《ほかげ》をリズミカルにゆらめかせていた。客のいないテーブルではキャンドルはともされないのだ。

「しかたないな、よそをあたるか……」

ヤンが頭をかいたとき、壁ぎわのテーブルから優美なほど洗練された動作でたちあがった人物がいる。女性だった。真珠色のドレスがキャンドルの火影に映えて夢幻的な効果を視覚に訴えてきた。

「提督……」

声をかけられて、ヤンは、思わずその場に立ちすくんだ。彼の副官、フレデリカ・グリーンヒル中尉はかるい微笑で応えた。

「わたしでも私服はもっておりますわ……父が、よろしければこちらのテーブルへ、と申しております」

いつの間にか、彼女の後ろに父親が立っていた。

「やあ、ヤン中将」

統合作戦本部次長ドワイト・グリーンヒル大将は気さくな口調でそう呼びかけてきた。内心、上官と同席するなど煙たいが、こうなると申しこみをうけないわけにはいかない。

「少将です、閣下」

敬礼しながら、ヤンは訂正したが、相手は意に介さなかった。

「遅くとも来週にはきみは中将だ。新しい呼称にいまから慣れておいてもいいのではないかな」

「すごいな、お話ってそのことだったんですか」

ユリアンが目を輝かせた。

「それくらいならぼくも予想してましたけど、でも、やっぱりすてきですね」

「は、は、は……」

複雑きわまる心情を、単純な笑い声でまぎらわせると、ヤンは気をとりなおして自分の被保護者をグリーンヒル父娘に紹介した。

「なるほど、きみが優等生のユリアンか……フライング・ボールのジュニア級で年間得点王の金メダルを獲得したそうだね。文武両道でけっこうだ」

フライング・ボールとは、重力を〇・一五Gに制御したドームの内部でおこなわれる球技である。壁面に沿って不規則に高速移動するバスケットにボールを放りこむだけの単純な競技だが、空中でボールを奪いあったり、ゆるやかに回転しつつボールを操る姿には、舞踊でも見るような趣があり、選手の個性によって優美にもダイナミックにも表現できるスポーツとして人気があるのだった。

「そうなのか、ユリアン」

無責任な保護者は驚いて少年を見やり、少年はかすかに頬を上気させてうなずいた。

「ご存じなかったのは提督ぐらいのものでしょうね。ユリアン坊やはこの都市《まち》ではちょっとした有名人ですのに」

フレデリカがかるい口調で皮肉り、ヤンを赤面させた。

料理の注文。三杯の七六〇年産赤ワインと一杯のジンジャーエールでの祝杯――ユリアン・ミンツの得点王獲得を祝って――そして料理がはこばれてきた。

いくつめかの皿がテーブル上にのったとき、グリーンヒル大将が、思いもかけない話題をもちだしてきた。

「ところで、ヤン、きみはまだ結婚する予定はないのかね」

ヤンとフレデリカのナイフが皿の上で同時にがしゃんと音をたて、伝統的陶器愛好家の老ウェイターは思わず眉をそびやかした。

「そうですね、平和になったら考えます」

フレデリカはなにも言わず、下をむいたきりナイフとフォークを使っている。その手つきが、いささか乱暴だった。ユリアンは興味深げに保護者を見ている。

「婚約者をのこして逝《い》ってしまった友人もおりますしね。それを考えると、とても、現在は……」

アスターテで戦死したラップ少佐のことである。グリーンヒル大将はうなずいてから、また話題を転換した。

「ジェシカ・エドワーズを知ってるな？ 彼女は先週の補欠選挙で代議員になったよ。テルヌーゼン惑星区選出のな」

多彩多様な奇襲攻撃が、シトレ元帥同様、どうやらグリーンヒル大将の得意とするところであるらしかった。

「ほう、さぞ反戦派の支持があったでしょうね」

「そう。主戦派からの攻撃も当然あったが……」

「たとえば、あの憂国騎士団とか？」

「憂国騎士団かね？ あれは、きみ、たんなるピエロだ。そもそも論評に値するものではない。そうだろう……ふむ、このゼリー・サラダは逸品だな」

「同感です」

とヤンが言ったのは、ゼリー・サラダにかんしてである。

あの不愉快な憂国騎士団がピエロであることは認めるが、誇張され戯画化されたその行動が、巧みに計算された演出の結果でないとは断言できないだろう。かのルドルフ・フォン・ゴールデンバウムを早くから熱狂的に支持した若い世代は、銀河連邦《USG》の有識者たちから苦笑と憫笑《びんしょう》をもって迎えられたのではなかったか。

客席からは見えない厚いカーテンの蔭《かげ》で、誰かが会心の微笑を浮かべているかもしれないのだ。

Ⅸ

帰途、コンピューターに管制された無人タクシーの座席で、ヤンはジェシカ・エドワーズのことを考えていた。

「わたしは権力をもった人たちに、つねに問いかけてゆきたいのです。あなたたちはどこにいるのか、兵士たちを死地に送りこんで、あなたたちはどこでなにをしているのか、と……」

それがジェシカの演説のクライマックスだったという。アスターテにおける敗北のあとに開かれた慰霊祭での光景を、ヤンは思いださずにいられない。能弁を自任する国防委員長トリューニヒトも、彼女の告発に対抗することはできなかったのだ。それだけに、彼女の一身には主戦派の憎悪と敵意が集中することになるだろう。彼女が選択した道は、イゼルローン回廊以上の難路になるにちがいない……。

無人タクシーが急停止した。本来、これはありうべからざることだった。慣性が人体に不要な影響をおよぼすような運動を、自動車はしないものだ——管制システムが作動しているかぎりは、である。なにか異変が生じたのだ。

手でドアを開けて、ヤンは路上におりたった。巨体を大儀そうに揺すりながら、青い制服の警官が駆けてくる。彼はヤンの顔を知っており、国民的英雄に対面できた感激をひとくさり述べてから、事態を説明した。

都市交通制御センターの管制コンピューターに異常が発生したのだ、という。

「異常というと?」

「くわしいことは知りませんがね、情報を入力《インプット》するときの単純な人為的ミスらしいです。ま、最近はどの職場でもベテランが不足してますからね、こんなことは珍しくありませんよ」

警官は笑ったが、ユリアン少年に非友好的な視線で直視され、無理やりしかつめらしい表情をつくった。

「ああ、えへん、笑っている場合ではありませんな。そんなわけで、この地区では今後四時間ほどあらゆる交通システムが停止します。走路も磁気反発路《リニア・ウェイ》も全面的にうごきません」

「全面的に?」

「さよう、全面的にです」

なにやら自慢げな態度ですらあった。ヤンはおかしくなったが、じつは笑いごとではない。この事故と警官の発言とから算出される事実には、心を寒くする示唆がある。社会を管理運営するシステムがいちじるしく衰弱しているのだ。戦争の悪影響が、悪魔の足音よりも忍びやかに、だが確実に社会を侵蝕しつつある。

傍でユリアンが彼を見上げた。

「提督、どうなさいますか」

「しかたない、歩こう」

あっさりヤンは断をくだした。

「たまにはいいさ、一時間も歩けば着くだろう。いい運動になる」

「そうですね」

この結論に警官は目をむいた。

「とんでもない！　イゼルローンの英雄を二本の脚で歩かせるなんて。こちらで地上車《ランド・カー》なり浮揚車《エア・カー》なり用意しますよ。お使いください」

「私だけそんなことをしてもらってはこまる」

「どうぞご遠慮なく」

「いや、遠慮しておこう」

表情と声に不快さをあらわさないよう、多少の努力が必要だった。

「行くぞ、ユリアン」

「アイアイサー」

元気よく応じた少年が、軽快にスキップを踏みかけて急に立ち停まった。ヤンが不審そうにふりむく。

「なんだ、ユリアン、歩くのがいやなのか」

尾を曳いている不快感のため、かすかに声がとがったかもしれない。

「いいえ、そんなこと」

「じゃ、なぜついてこない？」

「そっち、反対方向ですよ」

「………」

ヤンはきびすを返した。宇宙艦隊の指揮官は艦隊の進行方向さえ誤らねばよいのだ、などという負けおしみは言わないことにした。実際、ときどき自信がなくなるのである。副司令官フィッシャーの正確きわまる艦隊運用を、ヤンが高く評価するゆえんだ。

うごかなくなった磁力反発車《リニア・カー》の延々たる列が路上に長い壁をきずき、なすすべを失った人々がうろうろ歩きまわっている。その間隙を、ふたりは悠然と通過していった。

「提督、星がとても綺麗ですよ」

星空に視線を送りながらユリアンが言う。無数の星が光を錯綜《さくそう》させ、この惑星に空気の存在する証明として、間断なくまたたきつづけていた。

ヤンは完全に虚心ではいられなかった。

人は誰でも夜空に手を伸ばし、自分にあたえられた星をつかもうとする。だが、自分の星がどこに位置するかを正確に知る者はまれだ。自分は——ヤン・ウェンリー——自身はどうなのだろう、明確に自分の星を見さだめているか。状況に流され、見失ってしまっているのではないのか。あるいは誤認してはいないか。

「ねえ、提督」

ユリアンがはずんだ声をだした。

「なんだい」

「いま、提督と、ぼくと、おなじ星を見てましたよ。ほら、あの大きくて青い星……」

「うん、あの星は……」

「なんていう星です？」

「なんとか言ったな、たしか」

記憶の糸をたぐりだせば解答は発見できるはずだったが、あえてそうする気にはヤンはなれなかった。彼の傍にいるこの少年が、彼とおなじ星を見上げる必要はいささかもない、とヤンは思う。人は自分だけの星をつかむべきなのだ。たとえどのような兇星《きょうせい》であっても……。

第七章　幕間狂言

Ⅰ

フェザーン自治領《ラント》内において銀河帝国の利益を代表する者は、帝国高等弁務官である。レムシャイド伯ヨッフェンがその人物だった。

白っぽい頭髪と透明にちかい瞳をもつ、この貴族は、ルビンスキーが自治領主《ランデスヘル》に就任すると同時に帝国首都《オーディン》から派遣されてきたのだが、〝白狐〟と蔭では呼ばれている。ルビンスキーの〝黒狐〟に対応する呼称であることは言うまでもない。

その夜、彼がルビンスキーから非公式の招待をうけたさきは、自治領主のオフィスでも官邸でもなく、私邸ですらなかった。四半世紀前まで塩気の多い山間の小盆地だった場所が、今日では人造湖になっている。その畔《ほとり》に、法的にはルビンスキーと無関係な山荘が建っていた。その所有者はルビンスキーの数多い情人《ミストレス》のひとりだった。

「自治領主閣下には幾人、情人をお持ちか」

かつてそう問われたとき、ルビンスキーは即答せずまじめな表情で考えていたが、やがて図太いほど陽気な笑顔をつくって答えた。

「ダース単位でないとかぞえられんな」

　誇張はあるにしても、まるっきりのほらというわけではなかった。彼の心身の精力は、その外見からうける印象を、ごくわずかも裏切るものではなかったのである。

　ルビンスキーは人生を大いに楽しむ主義だった。芳醇《ほうじゅん》な酒、舌を溶かす料理、心の琴線を震わせる名曲、たおやかな美女、いずれも彼の愛好するところだ。

　もっともそれらは二次的な娯楽にすぎない。最高の遊びはべつにある。政略と戦略のゲームは、国家や人間の運命を無形のチップとしておこなわれるが、そのもたらす興奮は酒や女の比ではない。

　権謀術数も洗練されれば芸術たりえる、と、ルビンスキーは考える。武力をもって恫喝《どうかつ》するなど下の下と言うべきだ。その点、看板の文字はことなっていても、帝国と同盟とのあいだにそれほど差はない。ルドルフという怪物が生んだ、憎悪しあう双生児というところだ、とルビンスキーは意地悪く考えている。

「で、自治領主《ランデスヘル》閣下、今夜わざわざお招きいただいたのは、なにかお話があってのことでしょうな」

　酒杯を大理石の卓上において、レムシャイド伯が問うた。警戒の表情を楽しげに見かえしながら、ルビンスキーが応える。

「さよう。たぶん、興味ある話かと思いますな……自由惑星同盟が、帝国にたいする全面的な軍事攻勢をたくらんでいます」

　その返答の意味を帝国貴族がのみこむのに数秒間を必要とした。

「同盟が？」

　つぶやいてから、伯は気づいて言いなおした。

「叛徒どもが、わが帝国に不逞な行為をたくらんでいると閣下はおっしゃるのですか」

「帝国の誇るイゼルローン要塞を陥落させ、同盟は好戦的気分を沸騰《ふっとう》させたようですな」

伯はかるく目を細めた。

「イゼルローン占拠によって、叛徒どもは帝国領内に橋頭堡を有するにいたった。それは事実です。だが、それがすぐ全面的な侵攻にむすびつくとはかぎらんでしょう」

「ですが、同盟軍はあきらかに大規模な攻撃計画の準備をしていますぞ」

「大規模とは？」

「二〇〇〇万以上の兵力です。いや、三〇〇〇万をこえるかもしれませんな」

「三〇〇〇万」

帝国貴族の無色にちかい瞳が照明をあびて白く光った。

帝国軍といえども、一時にそれだけの大軍を動員させたことはない。ことはたんに物量だけの問題ではなく、組織・管理・運用の能力にかかわってくる。それだけの能力が同盟にあるのか。いずれにしても重要な情報にはちがいないが……。

「しかし、自治領主閣下、なぜそのような情報を教えてくださるのです。奈辺《なへん》に目的がおありですか」

「高等弁務官閣下のおっしゃりようは、いささか心外ですな。わがフェザーンが帝国の不利益になるようなことを一度でもしたことがありますか？」

「いや、記憶にありませんな。もちろん、わが帝国はフェザーンの忠誠と信義に完全な信頼をよせております」

双方とも、そらぞらしさを承知のうえでの会話だった。

やがてレムシャイド伯は帰っていった。彼の乗った地上車《ランド・カー》があわただしく走りさるのを、モニターTVの画面でながめながら、ルビンスキーは人の悪い笑みをもらした。

高等弁務官は自分のオフィスに駆けこみ、帝国本星《オーディン》に急報することであろう。無視できる情報ではない。イゼルローンを失った帝国軍は血相を変えて迎撃にのりだすだろう。どうせでてくるのはローエングラム伯ラインハルトであろうが、今度は勝ちすぎないていどに帝国軍に勝ってもらいたいものだ。でなくては、じつのところこまるのである。

イゼルローンをヤンが半個艦隊で攻撃するらしいとの情報をえたとき、ルビンスキーはそれを帝国に知らせなかった。まさか成功するまい、とも思ったし、ヤンの智略を見てみたい気分もあった。

結果は、ルビンスキーをすら驚かせるものだった。あんな策があろうとは、と感心した。

しかし、感心ばかりしてもいられない。同盟の側に傾斜した軍事力のバランスを、帝国の側にすこしもどさねばならない。

彼らにはもっともっと戦い傷つけあってもらわねばならないのだ。

Ⅱ

銀河帝国宰相代理で国務尚書をかねるリヒテンラーデ侯爵は、一夜、居館に財務尚書ゲルラッハ子爵の訪問をうけた。

カストロプ動乱の事後処理が一段落したことを報告するのが、財務尚書の訪問の目的だった。目下《めした》の者が在宅のままTV通信を送る、という習慣は帝国にはない。

「カストロプ公の領地財産の処理がいちおう終わりました。金銭に換算しますと、ざっと五〇〇〇億帝国マルクということになります」

「貯めこんでいたものだな」

「まったくです。もっとも、国庫におさめるため、せっせと貯えていたかと思えばいささか哀れですが」

だされた赤ワインの芳醇な香りを充分楽しんでから、財務尚書は口をつけた。国務尚書がグラスをおき、表情をあらためた。

「ところで卿《けい》とちと相談したいことがある」

「どんなことでしょう」

「先刻、フェザーンのレムシャイド伯から緊急連絡があった。叛乱軍が、わが帝国の領土内に大挙侵入してくるそうだ」

「叛乱軍が！」

国務尚書はうなずいてみせた。財務尚書が、テーブルにグラスをおくと、半分ほど残ったワインが大きく揺れた。

「一大事ですな、そいつは」

「そうだ。だが好機と言えんこともない」

国務尚書は腕をくんだ。

「吾々は戦って勝つ必要があるのだ。内務尚書からの報告によれば、平民どものなかでまたぞろ革命的気分とやらが醸成《じょうせい》されつつあるという。イゼルローンを失ったことを、奴らはうすうすと感づいておるらしい。それを吹きとばすには、叛徒どもを撃破して帝室の威信を回復させねばならん。それにともなって、多少はアメもしゃぶらせてやらねばなるまい。思想犯にたいする特赦《とくしゃ》とか、税を軽くするとか、酒の価格を引きさげるとかな」

「あまり甘やかすと、平民どもはつけあがりますぞ。急進派とやらの地下文書を見たことがありますが、人間は義務よりさきに権利を有している、などととんでもないことが書いてある。特赦などおこなうと、奴らを増長させるだけではありませんか」

「とはいっても、締めつけるだけで統治はできぬ」

たしなめるように国務尚書は言う。

「それはそうですが、必要以上に民衆に迎合するのは……いや、そのことはまたべつの機会にいたしましょう。叛乱軍がわが帝国を侵そうとするという情報の出処は、例のルビンスキーですか?」

国務尚書はうなずいた。

「フェザーンの黒狐！」

財務尚書は音高く舌打した。

「叛徒どもより、フェザーンの守銭奴どものほうが、わが帝国にとってはよほど危険なのではないか、とそういう気がこのごろ私にはしますな。なにをたくらんでいるのやら得体が知れない」

「同感だ。だが、さしあたり吾々は叛徒どもの脅威に対処せねばならん。誰をもって防衛の任にあてるか……」

「金髪の孺子《こぞう》がやりたがるでしょう。奴にやらせればいいではありませんか」

「感情的にならんほうがいいぞ。あの孺子にやらせたとしてだ、もし奴が成功すればいちだんと声望があがり、吾々としては奴に対抗する余地がなくなるかもしれぬ。いっぽう、もし失敗したとしたら、吾々はきわめて不利な戦況のもとで、叛乱軍と戦うことになる。おそらく帝国の中枢部で、勝利に意気あがる三〇〇〇万の大軍とな」

「閣下は悲観的にすぎます」

財務尚書は言い、身をのりだすようにして説明をはじめた。

ローエングラム伯の軍と戦ったからには、勝ったとしても叛乱軍も無傷ではすまないであろう。伯はたしかに無能ではなく、叛乱軍にすくなからぬ損害をあたえることは確実である。しかも叛乱軍は本拠地をはるか離れて遠征し、補給も意のままにはなるまい。くわえて、地の利もえてはいないのだ。

戦い疲れた敵を、吾々は余裕たっぷりで迎撃できる。いや、そういう状況であれば、あえて戦う必要すらなく、持久戦にもちこむだけで、敵は物資の不足と心理的不安に苦しみ、ついには撤退せざるをえないだろう。そこを狙って追い撃てば、勝利は困難ではない——それが財務尚書の論じるところだった。

「なるほど。孺子が敗れたときはそれでいい。だが勝ったらどうする？　現在でさえ奴は吾々の手におえない。皇帝陛下の恩顧《おんこ》と武勲を笠に着てな。いちだんと増長することは目に見えているぞ」

「増長させておくがいいでしょう、たかがなりあがり者ひとり、いつでも料理できます。四六時中、軍隊とともに行動しているわけでもなし」

「ふむ……」

「叛乱軍が死滅したとき、あの金髪の孺子も倒れる。吾々に必要なうちは、奴の才能を役だてようではありませんか」

　冷然と、財務尚書は言いはなった。

Ⅲ

　宇宙暦《S E》七九六年標準暦八月一二日。自由惑星同盟の首都ハイネセンにおいて、銀河帝国侵攻のための作戦会議が開かれた。

　統合作戦本部地下の会議室に集まったのは、本部長シトレ元帥以下三六名の将官で、そのなかには中将に昇進したばかりの第一三艦隊司令官ヤン・ウェンリーもいる。

　ヤンの顔色はさえなかった。かつてシェーンコップ大佐に言ったように、イゼルローンを陥落させれば戦争の危機は遠のくと彼は考えていたのだ。事実はまったく逆で、ヤンとしては自分の若さ、あるいは甘さを思い知らされたかたちだった。

　——にしても、ヤンが、この時期の出兵論、戦争拡大論にたいして論理的正当性を認める気になれなかったのは当然だった。

　イゼルローンの勝利はたんにヤンの個人プレイが成功したにすぎず、それにふさわしい実力を同盟軍がそなえていたわけではない。軍隊は疲れはて、それをささえる国力も下降線をたどっているのが実状だ。ところが、ヤン自身が承知しているその事実を、政・軍の首脳部はどうやらわきまえていないようなのである。

軍事的勝利は麻薬に似ている。イゼルローン占領という甘美な麻薬は、人々の心にひそむ好戦的幻覚をいっきょに花開かせてしまったようであった。冷静であるべき言論機関までが、異口同音に「帝国領土内への侵攻」を呼号している。政府の情報操作も巧みなのではあろうが……。

イゼルローン攻略の代償がすくなすぎたのだろうか、とヤンは思う。これが数万にのぼる流血の結果であれば、人々は、

「もうたくさんだ」

と言ったであろう。吾々は勝った、だが疲れはてた、ひと休みして過去をふりかえり、未来に想いをはせてみようではないか、戦いに値するなにものが存在するのか——と。

しかし、そうはならなかった。勝利とはかくも容易なのだ、勝利の果実とはかくのごとく美味なものだ、と人々は考えてしまった。皮肉なことに、彼らをそう思わせたのはヤンその人なのだ。若い提督にとっては不本意きわまる事態であり、このところ酒量がふえるいっぽうだった。

遠征軍の陣容は、公式発表こそまだなされていないが、すでに決定している。

総司令官には、同盟軍宇宙艦隊司令長官ラザール・ロボス元帥自身が就任する。彼はシトレ統合作戦本部長につぐ、制服軍人のナンバー2で、シトレとは四半世紀以上にわたる競争関係にある。

副司令官はおかれず、総参謀長の座をしめるのはドワイト・グリーンヒル大将、フレデリカの父親である。彼の下に、作戦主任参謀コーネフ中将、情報主任参謀ビロライネン少将、後方主任参謀にキャゼルヌ少将が配置される。事務処理の才腕を評価されたアレックス・キャゼルヌはひさびさの前線勤務だった。

作戦主任参謀の下に、作戦参謀五名がおかれる。そのなかのひとり、アンドリュー・フォーク准将は六

年前に士官学校を首席で卒業した秀才で、今回の遠征計画をそもそも立案したのがこの青年士官だった。

情報参謀と後方参謀はそれぞれ三名。

以上の一六名に高級副官や通信・警備その他の要員がくわわって総司令部を構成する。

実戦部隊としては、まず八個宇宙艦隊が動員されることになっていた。

第三艦隊、司令官ルフェーブル中将。

第五艦隊、司令官ビュコック中将。

第七艦隊、司令官ホーウッド中将。

第八艦隊、司令官アップルトン中将。

第九艦隊、司令官アル・サレム中将。

第一〇艦隊、司令官ウランフ中将。

第一二艦隊、司令官ボロディン中将。

第一三艦隊、司令官ヤン中将。

アスターテ会戦で打撃をうけた第四・第六にくわえ、今回あらたに第二艦隊の残存戦力もヤンの第一三艦隊に再編されたから、同盟軍宇宙艦隊を編成する一〇個艦隊のうち本国に残るのは第一、第一一の両艦隊のみである。

これに陸戦部隊と総称される装甲機動歩兵、大気圏内空中戦隊、水陸両用戦隊、水上部隊、レインジャー部隊、そのほか各種の独立部隊がくわわる。さらに国内治安部隊のなかから重武装要員が参加することになっていた。

非戦闘要員としては、技術、工兵、補給、通信、管制、整備、電子情報、医療、生活などの各分野で最大限の人的動員がなされる。

総動員数三〇二二万七四〇〇名。これは自由惑星同盟全軍の六割が一時に動員されることを意味した。そしてそれは同盟の総人口一三〇億の〇・二三パーセントでもある。

歴戦の提督たちも、前例のない巨大な作戦計画を前にして無心ではいられず、でてもいない額の汗をぬぐったり、用意された冷水をたてつづけにあおったり、隣席の同僚と私語したりする姿が目だつ。

午前九時四五分、統合作戦本部長シトレ元帥が首席副官マリネスク少将をともなって入室すると、すぐに会議は開始された。

「今回の帝国領への遠征計画はすでに最高評議会によって決定されたことだが……」

口を開いたシトレ元帥の表情にも声にも高揚感はない。彼が今回の出兵に反対であることを列席の諸将は知っていた。

「遠征軍の具体的な行動計画案はまだ樹立されていない。本日の会議はそれを決定するためのものだ。同盟軍が自由の国の、自由の軍隊であることは、いまさら言うまでもない。その精神にもとづいて活発な提案と討論をおこなってくれるよう希望する」

積極性を欠く発言に本部長の苦悩をみてとった者もいたかもしれず、教育者じみた語調にかるい反発を感じた者もいたかもしれない。本部長が口を閉じると、しばらく、声がなかった。それぞれの思いに浸っているようだ。

ヤンは前日、キャゼルヌから聞いたことを脳裏で反芻していた。

「なにしろ近々統一選挙がある。ここしばらく、対内的に不祥事がつづいたからな。勝つためには外界に市民の注意をそらす必要がある。それで今度の遠征というわけさ」

統治者が失政をごまかすための常套《じようとう》手段だ、とヤンは思う。国父ハイネセンが知ったら、さぞ嘆くことだろう。彼の希望は、高さ五〇メートルの白亜の像を建ててもらうことなどではなく、権力者の恣意《しい》によって市民の権利と自由が侵されるような危険のない社会体制がきずきあげられることにあったはずだ。

人間が老いを約束されているように、国家は堕落と頽廃を約束されているのかもしれない。だが、それにしても、選挙に勝って今後四年間の政権を維持するため、三〇〇〇万人の将兵を戦場へ送りこむという発想は、ヤンの理解をこえる。三〇〇〇万の人間、三〇〇〇万の人生、三〇〇〇万の運命、三〇〇〇万の可能性、三〇〇〇万の喜怒哀楽――それらを死地へ送りこみ、犠牲の列にくわえることによって、安全な場所にいる連中は利益を独占するのだ。

戦争をする者とさせる者との、この不合理きわまる相関関係は、文明発生以来、時代をへてもいささかも改善されていない。むしろ古代の覇王のほうが、陣頭に立ってみずからの身を危険にさらしただけま・し・かもしれず、戦争をさせる者の倫理性は下落するいっぽうとも言えるのである……。

「今回の遠征は、わが同盟開闢《かいびやく》以来の壮挙であると信じます。幕僚としてそれに参加させていただけるとは、武人の名誉、これにすぎたるはありません」

それが最初の発言だった。

抑揚《よくよう》に乏しい、原稿を棒読みするような声の主は、アンドリュー・フォーク准将である。二六歳という若さだが、年齢より老けてみえ、ヤンのほうが年少のように思えた。血色の悪い顔は肉づきが薄すぎたが、眉目《びもく》そのものは悪くない。ただ、対象をすくいあげるような上目《うわめ》づかいと、ゆがんだような口もとが、彼にたいする印象をやや暗いものにしていた。もっとも、優等生という表現に無縁だったヤンなどが秀才を見ると、偏見のレンズがかかっているかもしれないのだが。

フォークが延々と軍部の壮挙——つまるところ自分自身が立案した作戦——を美辞麗句で自賛したあと、つづいて発言したのは、第一〇艦隊司令官のウランフ中将だった。

ウランフは古代地球世界のなかばを征服したと言われる騎馬民族の末裔《まつえい》で、筋骨たくましい壮年の男である。色は浅黒く、両眼はするどく輝いている。同盟軍の諸提督のなかでも、勇将として市民の人気が高い。

「吾々は軍人である以上、赴《ゆ》けと命令があれば、どこへでも赴く。まして、暴虐なゴールデンバウム王朝の本拠地をつく、というのであれば、喜んで出征しよう。だが、いうまでもなく、雄図《ゆうと》と無謀はイコールではない。周到な準備が欠かせないが、まず、この遠征の戦略上の目的が奈辺にあるかをうかがいたいと思う」

帝国領内に侵入し、敵と一戦をまじえてそれで可《よし》とするのか。帝国領の一部を武力占拠するとしても一時的にか恒久的にか。もし恒久的であるなら占拠地を要塞化するのか否か。それとも帝国軍に壊滅的打撃をあたえ、皇帝に和平を誓わせるまでは帰還しないのか。そもそも作戦じたいが短期的なものか長期的なものか……。

「迂遠《うえん》ながらお訊きしたいものだ」

ウランフが着席すると、返答をうながすようにシトレとロボスの両元帥がひとしくフォーク准将に視線をむけた。

「大軍をもって帝国領土の奥深く進攻する。それだけで帝国人どもの心胆を寒からしめることができましょう」

それがフォーク准将の回答だった。

「では戦わずして退くわけか」

「それは高度の柔軟性を維持しつつ、臨機応変に対処することになろうかと思います」

ウランフは眉をしかめて不満の意を表した。

「もうすこし具体的に言ってもらえんかな。あまりに抽象的すぎる」

「要するに、行き当たりばったりということではないのかな」

皮肉のスパイスをきかせた声が、フォークの唇のゆがみを大きくした。第五艦隊司令官ビュコック中将が声の主だった。シトレ元帥、ロボス元帥、グリーンヒル大将らが数目をおく同盟軍の宿将である。士官学校の卒業生ではなく、兵士からの〝叩き上げ〟であるため、彼らより階級こそ下であっても、年齢と経験はうわまわる。用兵家として熟練の境地にあると評されていた。

さすがに遠慮もあり、正規の発言ではないこともあって、フォークは丁重に無視する態度をとることにしたようだ。

「ほかになにか……」

そうことさらに言った。

ためらったすえ、ヤンは発言をもとめた。

「帝国領内に侵攻する時機を、現時点にさだめた理由をお訊きしたい」

まさか選挙のためとは言うまい。どう答えるかと思っていると、

「戦いには機というものがあります」

ヤンにむかって、フォーク准将はとくとくと説明をはじめた。

「それをのがしては、けっきょく、運命そのものに逆らうことになります。あのとき決行しておれば、と後日になって悔いても、時すでに遅しということになりましょう」

「つまり、現在こそが帝国にたいして攻勢にでる機会だと貴官は言いたいのか」

確認するのもばかばかしい気がしたが、ヤンはそう訊ねた。

「大攻勢です」

フォークは訂正した。過剰な形容句が好きな男だな、とヤンは思った。

「イゼルローン失陥によって帝国軍は狼狽してなすところを知らないでしょう。まさにこの時機、同盟軍の空前の大艦隊が長蛇の列をなし、自由と正義の旗をかかげてすすむところ、勝利以外のなにものが前途にありましょうか」

三次元ディスプレイを指しながら語るフォークの声に、自己陶酔のいろどりがある。

「しかし、その作戦では敵中に深入りしすぎる。隊列はあまりに長くなり、補給にも連絡にも不便をきたすだろう。しかも、敵はわが軍の細長い側面をつくことで、容易にわが軍を分断できる」

反論するヤンの口調は熱をおびたが、これは彼の本心とはかならずしも一致しない。戦略構想そのものがまともでないのに、実施レベルにおいて細かい配慮をすることに、どれほどの意味があるだろうか……

とはいえ、言ってみずにはいられないのだ。

「なぜ、分断の危険をのみ強調するのです。わが艦隊の中央部へ割りこんだ敵は、前後から挟撃され、惨敗することうたがいありません。とるにたりぬ危険です」

フォークの楽観論はヤンを疲労させた。勝手にしろ、と言いたいのをこらえて、ヤンはさらに反論した。

「帝国軍の指揮官は、おそらくあのローエングラム伯だ。彼の軍事的才能は想像を絶するものがある。それを考慮にいれて、いますこし慎重な計画を立案すべきではないのか」

するとフォークよりさきに、グリーンヒル大将が答えた。

「中将、きみがローエングラム伯を高く評価していることはわかる。だが彼はまだ若いし、失敗や誤謬《ごびゅう》をおかすこともあるだろう」

グリーンヒル大将の言は、ヤンにとってそれほど意味のあるものとは思えなかった。

「それはそうです。しかし勝敗はけっきょく、相対的なもので……彼がおかした以上の失敗を吾々がおかせば、彼が勝って吾々が敗れる道理です」

大前提として、この構想じたいがまちがっている、とヤンは言いたかった。

「いずれにしろ、それは予測でしかありません」

フォークが決めつけた。

「敵を過大評価し、必要以上におそれるのは、武人としてもっとも恥ずべきところ。まして、それが味方の士気をそぎ、その決断と行動をにぶらせるとあっては、意図すると否とにかかわらず、結果として利敵行為に類するものとなりましょう。どうか注意されたい」

会議用テーブルの表面が激しい音をたてた。ビュコック中将が掌をたたきつけたのである。

「フォーク准将、貴官のいまの発言は礼を失しているのではないか」

「どこがです？」

老提督のするどい眼光を射こまれながら、フォークは胸をそらせた。

「貴官の意見に賛同せず慎重論をとなえたからといって、利敵行為呼ばわりするのが節度ある発言と言えるか」

「わたくしは一般論を申しあげたまでです。一個人にたいする誹謗《ひぼう》ととられては、はなはだ迷惑です」

フォークの薄い頬肉がぴくぴく動いている。それがヤンにははっきりと見えた。彼は立腹する気にもなれないでいたのだ。

「……そもそも、この遠征は専制政治の暴圧に苦しむ銀河帝国二五〇億の民衆を解放し救済する崇高な大義を実現するためのものです。これに反対する者は結果として帝国に味方するものと言わざるをえません。小官の言うところは誤っておりましょうか」

声が甲高くなるに比例して、座は鎮静していった。感動したのではなく、しらけきったのであろう。

「たとえ敵に地の利あり、大兵力あり、あるいは想像を絶する新兵器があろうとも、それを理由としてひるむわけにはいきません。吾々が解放軍、護民軍として大義にもとづいて行動すれば、帝国の民衆は歓呼して吾々を迎え、すすんで協力するでしょう……」

フォークの演説がつづいている。

想像を絶する新兵器、などというものはまず実在しない。たがいに敵対する両陣営のいっぽうで発明され実用化された兵器は、いまいっぽうの陣営においてもすくなくとも理論的に実現している場合がほとんどである。戦車、潜水艦、核分裂兵器、ビーム兵器などいずれもそうであり、後れをとった陣営の敗北感は〝まさか〟よりも〝やはり〟というかたちで表現されるのだ。人間の想像力は個体間では大きな格差があるが、集団としてトータルでみたとき、その差はいちじるしく縮小する。ことに新兵器の出現は技術力と経済力の集積のうえに成立するもので、石器時代に飛行機が登場することはない。

　歴史的にみても、新兵器によって勝敗が決したのは、スペイン人によるインカ侵略戦ていどのもので、それもインカ古来の伝説に便乗した詐術的な色彩が濃い。古代ギリシアの都市国家シラクサの住人アルキメデスは、さまざまな科学兵器を考案したものの、ローマ帝国の侵攻を防ぐことはできなかった。

　想像を絶する、という表現はむしろ用兵思想の転換に際してつかわれることが多い。そのなかで新兵器の発明または移入によってそれが触発される場合もたしかにある。火器の大量使用、航空戦力による海上支配、戦車と航空機のコンビネーションによる高速機動戦術など、いずれもそうだが、ハンニバルの包囲殲滅戦法、ナポレオンの各個撃破、毛沢東《マオ・ツァートン》のゲリラ戦略、ジンギスカンの騎兵集団戦法、孫子の心理情報戦略、エパミノンダスの重装歩兵斜線陣などは、新兵器とは無縁に案出・創造されたものだ。

　帝国軍の新兵器などというものをヤンはおそれない。おそれるのはローエングラム伯ラインハルトの軍事的天才と、同盟軍自身の錯誤――帝国の人民が現実の平和と生活安定より空想上の自由と平等をもとめている、という考え――であった。それは期待であって予測ではない。そのような要素を計算にいれて作戦計画を立案してよいわけがなかった。

　この遠征は、構想された動機からして信じがたいほど無責任なものだが、運営も無責任なものになるのではないか、とヤンはいささか陰気に予想した。

……遠征軍の配置が決定されていった。先鋒《せんぽう》はウランフ提督の第一〇艦隊、第二陣がヤンの第一三艦隊である。

遠征軍総司令部はイゼルローン要塞におかれ、作戦期間中、遠征軍総司令官がイゼルローン要塞司令官を兼任することになった。

Ⅳ

ヤンにとってはなんの成果もないまま会議が終了した。帰りかけたヤンは、統合作戦本部長シトレ元帥に呼びとめられて、あとに残った。空費されたエネルギーの残滓《ざんし》が音もなく宙を対流している。

「どうも、やはり辞めておくべきだったと言いたげだな」

シトレの声は徒労感にむしばまれていた。

「私も甘かったよ。イゼルローンを手にいれれば、以後、戦火は遠のくと考えていたのだからな。ところが現実はこうだ」

言うべき言葉を見失って、ヤンは沈黙していた。むろん、シトレ元帥は平和の到来によって自分の地位が安定し、発言力と影響力が強化されることをも計算したにちがいないが、主戦派の無責任な冒険主義や政略的発想に比較すれば、その心情はずっと理解しやすかった。

「けっきょく、私は自分自身の計算に足をすくわれたということかな。イゼルローンが陥落しなければ、主戦派もこれほど危険な賭《か》けにでることはなかったかもしれん。まあ私自身にとっては自業自得とも言えるが、きみなどにとってはいい迷惑だろうな」

「……お辞めになるのですか?」

「いまは辞められんよ。だが、この遠征が終わったら辞職せざるをえん。失敗しても成功してもな」

遠征が失敗すれば、制服軍人の首座にあるシトレ元帥は当然、引責辞任を迫られるだろう。いっぽう、遠征が成功すれば、遠征軍総司令官ロボス元帥の功績に酬いるあらたな地位は、統合作戦本部長しかない。遠征に反対したという点も不利にはたらき、シトレ元帥は勇退という形式で、その地位をおわれることになろう。どちらに転んでも、彼自身の未来はすでに特定されているのだ。シトレとしては、いさぎよく腹をすえる以外ないわけである。

「この際だから言ってしまうが、私は、今度の遠征が最小限の犠牲で失敗してくれるようのぞんでいる」

「……………」

「惨敗すれば、むろん多くの血が無用に流れる。かといって、勝てばどうなるだろう。主戦派はつけあがり、理性によるものにせよ政略によるものにせよ、政府や市民のコントロールをうけつけなくなるのはあきらかだ。そして暴走し、ついには谷底へ転落するだろう。勝ってはならないときに勝ったがため、究極的な敗北においこまれた国家は歴史上、無数にある。きみなら知っているはずだがな」

「ええ……」

「きみの辞表を却下した理由も、こうなればわかってもらえるだろう。今日の事態まで予想していたわけではないが、結果として軍部におけるきみの存在は、いっそう重要さをましたことになる」

「……………」

「きみは歴史にくわしいため、権力や武力を軽蔑《けいべつ》しているところがある。無理もないが、しかし、どんな国家組織でもその双方から無縁ではいられない。とすれば、それは無能で腐敗した者より、そうでない者の手にゆだねられ、理性と良心にしたがって運用されるべきなのだ。私は軍人だ。あえて政治のことは言うまい。だが軍部内にかぎって言うと、フォーク准将、あの男はいかん」

語勢の強さが、ヤンを驚かせた。

シトレは、しばらく自分自身の感情をコントロールしているようだった。

「彼はこの作戦計画を私的なルートをつうじて直接、最高評議会議長の秘書にもちこんだ。権力維持の手段として説得したこと、動機が自分の出世欲にあったことも私にはわかっている。彼は軍人として最高の地位を狙っているが、現在のところ強力すぎるライバルがいて、この人物をうわまわる功績をあげたいのだ。士官学校の首席卒業生として、凡才には負けられんという奇妙な意識もある」

「なるほど」

何気なくヤンがあいづちをうつと、初めての笑いをシトレ元帥は浮かべた。

「きみはときどき、鈍感になるな。ライバルとはほかの誰でもない、きみのことだ」

「私が、ですか？」

「そう、きみだ」

「しかし、本部長、私は……」

「この際、きみが自分自身をどう評価しているかは関係ない。フォークの思案と、彼が目的のためにどういう手段をとったか、ということが問題なのだ。悪い意味で政治的にすぎると言わざるをえん。たとえそのことがなくとも……」

　元帥は嘆息した。

「……今日の会議で彼の人柄があるていどはわかっただろう。自分の才能をしめすのに実績ではなく弁舌をもってし、しかも他者をおとしめて自分を偉くみせようとする。自分で思っているほどじつは才能などないのだが……。彼に彼以外の人間の運命をゆだねるのは危険すぎるのだ」

「さっき、私の存在が重要さをましたとおっしゃいましたが……」

　考えながらヤンは口を開いた。

「……それはフォーク准将に対抗しろ、ということですか」

「べつにフォークだけを対象にすることはない。きみが軍の最高地位につけば、おのずと彼のような存在を掣肘《せいちゅう》も淘汰もできる。私はそうなることをのぞんでいるのだ。きみが迷惑なのを承知でな」

　沈黙が、重く濡れた衣のようにふたりにまとわりついた。それをふりはらうのに、ヤンは実際に首をふらねばならなかった。

「本部長閣下はいつでも私に重すぎる課題をおあたえになります。イゼルローン攻略のときもでしたが……」

「だがきみは成功したではないかね」

「あのときは……しかし……」

　言いさしてヤンはふたたび沈黙しかけたが、

「私は権力や武力を軽蔑しているわけではないのです。いや、じつは怖いのです。権力や武力を手にいれたとき、ほとんどの人間が醜く変わるという例を、私はいくつも知っています。そして自分は変わらないという自信をもてないのです」

「きみはほとんどと言った。そのとおりだ。全部の人間が変わるわけではない」

「とにかく私はこれでも君子のつもりですから、危きにはちかよりたくないのです。自分のできる範囲でなにか仕事をやったら、あとはのんびり気楽に暮らしたい――そう思うのは怠け根性なんでしょうか」

「そうだ、怠け根性だ」

　絶句したヤンを見すえて、シトレ元帥はおかしそうに笑った。

「私もこれでいろいろと苦労もしてきたのだ。自分だけ苦労して他人がのんびり気楽に暮らすのをみるのは、愉快な気分じゃない。きみにも才能相応の苦労をしてもらわんと、だいいち、不公平と言うものだ」

「……不公平ですか」

　苦笑する以外、ヤンは感情の表現法を知らなかった。シトレの場合は自発的にかってでた苦労だろうが、自分はそうではない、と思うのである。とにかく、辞める時機を失したことだけはたしかな事実だった。

V

　ラインハルトの前には、彼の元帥府に所属する若い提督たちが居並んでいた。

　キルヒアイス、ミッターマイヤー、ロイエンタール、ビッテンフェルト、ルッツ、ワーレン、ケンプ、そしてオーベルシュタイン。帝国軍における人的資源の精粋だとラインハルトは信じている。だが、さらに質と量をそろえなければならない。この元帥府に登用されることは、有能な人材たる評価をうけることだ、と言われるようにならなくてはならない。現にそうなりつつはあるが、現状をさらにすすめたいラインハルトだった。

「帝国軍情報部からつぎのような報告があった」

ラインハルトは一同を見わたし、提督たちは心もち背筋を伸ばした。

「先日、自由惑星同盟を僭称する辺境の叛徒どもは、帝国の前哨《ぜんしょう》基地たるイゼルローンを強奪することに成功した。これは卿らも承知のことだが、その後、叛徒どもはイゼルローンに膨大な兵力を結集しつつある。推定によれば、艦艇二〇万隻、将兵三〇〇〇万、しかもこれは最少に見つもってのことだ」

ほう、という吐息が提督たちのあいだに流れた。大軍を指揮統率するのは武人の本懐であり、敵ながらその規模の雄大さに感心せざるをえない。

「これの意味するところは明々白々、疑問の余地は一点もない。つまり叛徒どもは、わが帝国の中枢部へむけて全面攻勢をかけてくるつもりだ」

ラインハルトの両眼が燃えるようだ。

「国務尚書よりの内命があって、この軍事的脅威にたいし、私が防御、迎撃の任にあたることになった。両日中に勅命がくだるだろう。武人として名誉のきわみである。卿らの善戦を希望する」

そこまでは固い口調だったが、ふいに笑顔になる。活力と鋭気にみちた魅力的な笑いだが、アンネローゼとキルヒアイスだけにしめす、邪心のない透明な笑顔ではない。

「要するに他の部隊がすべて皇宮の飾り人形、まるでたよりにならないからだ。昇進と勲章を手にいれるいい機会だぞ」

提督たちも笑った。地位と特権をむさぼるだけの門閥貴族にたいしては、共通した反感がある。ラインハルトが彼らを登用したのは才幹の面だけではない。

「ではつぎに卿らと協議したい。吾々はどの場所において敵を迎撃するか……」

ミッターマイヤーとビッテンフェルトが、共通の意見をだした。叛乱軍はイゼルローン回廊をとおって侵攻してくる。彼らが回廊を抜けて帝国領へはいりこんできたところをたたいてはどうであろう。敵があらわれる宙点《ポイント》を特定できるし、その先頭をたたくことも、半包囲態勢をとることも可能で、戦うに容易かつ有利である……。

「いや……」

ラインハルトはかぶりをふった。回廊から帝国中枢部へと抜ける宙点《ポイント》での攻撃は敵も予測しているだろう。先頭集団には精鋭を配置しているであろうし、それをたたいたところで、残りの兵力が回廊からでてこなければ、こちらもそれ以上、攻勢のかけようがない。

「敵をより奥深く誘いこむべきだ」

ラインハルトはみずからの意見を述べた。短時間の討議ののち、提督たちも賛同した。

敵を帝国領内深く誘いこみ、戦線と補給線が伸びきって限界点に達したところを全力をもって撃つ。迎撃する側にとって、必勝の戦法と言えよう。

「しかし時間がかかりますな」

ミッターマイヤーがそう感想を述べた。どちらかといえば小柄で、ひきしまった体つきがいかにも俊敏そうな青年士官である。おさまりの悪い蜂蜜《はちみつ》色の髪とグレーの瞳をしている。

同盟の叛徒たちも、空前の壮挙と称する以上、その陣容、装備、補給に万全を期するであろう。その物量がつき、戦意が衰えるまで、かなりの時間が必要となるはずだった。ミッターマイヤーの、多少の懸念をこめた感想は当然のものといえたが、ラインハルトは自信にみちた眼光で部下の提督たちを見わたした。

「いや、それほど長くはない。たぶん、五〇日間をでることはないはずだ。オーベルシュタイン、作戦の基本を説明してやれ」

指名された半白の頭髪の幕僚が進みでて、説明をはじめると、提督たちのあいだに驚愕の空気が音もなくひろがっていった。

宇宙暦七九六年八月二二日、自由惑星同盟の帝国領遠征軍は総司令部をイゼルローン要塞内に設置した。それと前後して、三〇〇〇万の将兵は艦列をつらね、連日、首都ハイネセンやその周辺星域から遠征の途にのぼっていった。

第八章　死線

Ⅰ

最初の一カ月、同盟軍の全宇宙艦隊はめくるめく興奮を友としていた。その友情がさめると、あとには興ざめした気分と、もっと悪いもの——不安とあせりが残された。士官たちは兵士のいない場所で、兵士たちは士官のいない場所で、たがいに疑問をぶつけあうようになった。

——なぜ、敵は姿をあらわさないのか？

同盟軍はウランフ提督の第一〇艦隊を先頭に、帝国領内に五〇〇光年ほども侵入していた。二〇〇をかぞえる恒星系が同盟軍の手中におち、そのうち三〇あまりが低開発とはいえ有人だった。そこには合計して五〇〇〇万人ほどの民間人がいた。彼らを支配すべき総督、辺境伯、徴税官、軍人らは逃亡してしまっており、抵抗らしい抵抗はまるでなかったのだ。

「吾々は解放軍だ」

とり残された農民や鉱夫たちの群に、同盟軍の宣撫《せんぶ》士官はそう語りかけた。

「吾々はきみたちに自由と平等を約束する。もう専制主義の圧政に苦しむことはないのだ。あらゆる政治上の権利がきみたちにはあたえられ、自由な市民としてのあらたな生活がはじまるだろう」

彼らが落胆したことに、彼らを迎えたのは熱烈な歓呼の叫びではなかった。おもしろくもなさそうに宣撫士官の情熱的な能弁を聞きながすと、農民の代表は言ったのだ。

「政治的な権利とやらよりもさきに、生きる権利をあたえてほしいもんだね。食糧がないんだ。赤ん坊のミルクもない。軍隊がみんなもっていってしまった。自由や平等よりさきに、パンやミルクを約束してくれんかね」

「もちろんだとも」

理想のかけらもない散文的な要求に、内心、失望しつつも、宣撫士官たちはそう答えた。なにしろ彼らは解放軍なのだ。帝政の重い桎梏《しっこく》にあえぐ哀れな民衆に、生活の保障をあたえるのは、戦闘と同等以上に重要な責務である。

彼らは各艦隊の補給部から食糧を供出するとともに、イゼルローンの総司令部につぎのようなものを要求した――五〇〇〇万人の一八〇日ぶんの食糧、二〇〇種にのぼる食用植物の種子、人造蛋白製造プラント四〇、水耕プラント六〇、およびそれらを輸送する船舶。

「解放地区の住民を飢餓状態から恒久的に救うには、最低限、これだけのものが必要である。解放地区の拡大にともない、この数値は順次、大きなものとなるであろう」

という註釈《ちゅうしゃく》をつけた要求書を見て、遠征軍の後方主任参謀であるキャゼルヌ少将は思わずうなった。五〇〇〇万人の一八〇日ぶんの食糧といえば、穀物だけでも一〇〇〇万トンに達するであろう。二〇万トン級の輸送船が五〇隻必要である。だいいち、それはイゼルローンの食糧生産・貯蔵能力を大きく凌駕していた。

「イゼルローンの倉庫全部を空にしても、穀物は七〇〇万トンしかありません。人造蛋白と水耕のプラントをフル回転しても……」

「たりないことはわかっている」

部下の報告を、キャゼルヌはさえぎった。三〇〇〇万人の同盟軍将兵を対象とする補給計画は、キャゼルヌの手によってたてられており、その運営にかんしては彼は自信をもっていた。

しかし全軍の二倍ちかくにもなる非戦闘員をかかえるとなると話はべつである。計画のスケールを三倍に修正せねばならず、しかも、ことは急を要している。各艦隊の補給部が過大な負担にたえかねて悲鳴をあげる情景が、キャゼルヌには容易に想像できた。

「それにしても、宣撫士官という奴らは低能ぞろいか」

彼がそう思ったのは、要求書の末尾の部分を見て、である。

「解放地区の拡大にともない、この数値は順次、大きなものとなるであろう」――ということは、補給の負担が増大するいっぽう、ということではないか。勢力範囲の拡大を無邪気に喜んでいる場合ではあるまい。しかも、ここにはおそろしい暗示がある……。

キャゼルヌは総司令官ロボス元帥に面会をもとめた。総司令官のオフィスには作戦参謀のフォーク准将もいた。これは予想していたことだった。参謀長のグリーンヒル大将よりも総司令官の信任厚い彼は、上司の傍でつねに目を光らせており、

「総司令官は作戦参謀のマイクにすぎない。実際にしゃべっているのはフォーク准将だ」

などと蔭口をたたかれるちかごろだった。

「宣撫班からの要求について話があるそうだが……」

ロボス元帥は肉づきのよすぎるあごをなでた。

「どういうことかね、それでなくとも忙しいのだから手短にたのむよ」

無能な男が元帥になれるはずはない。ロボスは前線で武勲もたて、後方では着実な事務処理の能力をしめし、大部隊を統率し参謀チームを管理することのできる男だった。すくなくとも、四〇代まではそうだった。だが今日では、衰えが目だっている。万事に無気力で、とくに判断、洞察、決断にかんするエネルギーの欠乏がみられた。だからこそフォーク准将の独走と専断を許してもいるのだろう。

先日までの英才がなぜそうなったか、その原因については諸説さまざまで、青少年時代の頭脳と肉体の酷使が脳軟化的症状をひきおこしたのだ、とか、慢性の心臓疾患によるものだ、とか、統合作戦本部長の座をシトレ元帥とあらそって敗北した後遺症だ、とか、将兵は想像の翼をひろげて語りあっていた。

その翼がひろがりすぎると、美女となるとみさかいのないロボスが一夜をともにした女からたちの悪い病気を感染されたのだ、などという説もでてくるのだった。その説にはおまけがあって、元帥を不名誉な病気にしたてた女は帝国の工作員だった、というのである。それを聞いた者は、ひとしきり不謹慎な笑みを浮かべたあとで、なんとなくうそ寒いものを感じて首をすくめたりするのだった。

「では手短に申しあげます。閣下、わが軍は危機に直面しております。それも重大な危機に」

キャゼルヌはあえて大上段からきりこみ、相手の反応をうかがった。ロボス元帥はあごをなでる手を停め、不審そうな視線を後方主任参謀の顔に送りこんだ。フォーク准将は色の悪い唇を心もちゆがめたが、これはたんに性癖であるにすぎない。

「急にまた、なんだね」

元帥の声に驚愕のひびきはなかったが、おちついているというより感性がにぶっているというべきではないか、とキャゼルヌは思う。

「宣撫班からの要求はご存じでいらっしゃいますね」

キャゼルヌは言ったが、これは考えようによっては無礼な質問かもしれなかった。フォークはあきらかにそう考えたらしく、唇のゆがめかたを大きくしたが、口にだしてはなにも言わなかった。後日、問題にするつもりかもしれない。

「知っている。どうも過大な要求という気もするが、占領政策上、やむをえんのではないかな」

「総司令部《イゼルローン》にそれだけの物資はありません」

「本国に要求を伝えればよかろう。経済官僚どもがヒステリーをおこすかもしれんが、奴らも送ってこないわけにはいくまい」

「ええ、たしかに送ってはくるでしょう。しかし、それらの物資がイゼルローンにまではとどいたとして、そのさきどうなりますか」

元帥はまたあごをなではじめた。いくらこすっても余分な肉がおちるわけでもあるまいに、とキャゼルヌは意地悪く考えた。

「どういう意味かね、少将」

「敵の作戦が、わが軍に補給上の過大な負担をかけることにある、ということです！」

強い口調であった。本来なら、このていどのこともわからないのか、とどなりつけてやりたいところだ。

「つまり敵は輸送船団を攻撃し、わが軍の補給線を絶とうと試みるだろう――それが後方主任参謀のご意見なのですな」

フォーク准将が言った。口をさしはさまれたのは不愉快だが、キャゼルヌはうなずいた。

「しかし最前線までの宙域は、わが軍の占領下にあります。そうご心配にはおよばないでしょう。ああ、いや、もちろん念のために護衛はつけます」

「なるほど、念のためにね」

思いきり皮肉にキャゼルヌは言った。フォークがどう思おうと、かまうものか。

ヤン、頼むから生きて還れよ――心のなかでキャゼルヌは友人にそう呼びかけた。死ぬにはばかばかしすぎる戦いだ、と、思わずにはいられなかった。

Ⅱ

同盟首都ハイネセンでは、遠征軍からの大規模な要求にたいして、賛否両派が激論を闘わせていた。
賛成派は主張する――もともと遠征の目的は帝政の重圧にあえぐ帝国の民衆を解放するにある。五〇〇〇万もの民衆を飢餓から救うのは人道上からも当然である。また、わが軍が彼らを救済したと知れば、帝政への反発とあいまって、民心が同盟に傾くのは必然である。軍事的理由からも政治的意義からも、遠征軍の要求に応じ、占領地住民に食糧その他を供与すべきである……。
反論がある――もともと、この遠征は無謀なものだった。当初の予定だけでも、必要経費は二〇〇〇億ディナール、これは今年度国家予算の五・四パーセント、軍事予算の一割以上に相当する。これだけでも財政決算が予算を大幅にうわまわることは確実であるのに、このうえ、占領地を確保し住民に食糧を供与するとなれば、財政の破綻《はたん》は目に見えている。もはや遠征を中止し、占領地を放棄して、イゼルローンに帰還すべきだ。イゼルローンさえ確保しておけば、帝国からの侵攻は防ぐことができるのだから……。

主義主張に打算や感情がからまって、激論ははてしなくつづくかと思われたが、

「わが軍将兵に戦死の機会をあたえよ。手をこまねいて日を送れば、不名誉なる餓死の危機に直面するのみ」

というイゼルローンからの報告――というよりは悲鳴――が事態を収拾した。要求どおりの物資が集められ、輸送が開始されたが、ほどなく前回とほぼ同量の追加要求がとどけられてきた。占領地は拡大し、占領地住民の数は一億をこえた。当然、必要な物資の量は増加せざるをえない……。

賛成派もさすがに鼻白んだ．反対派は言った――それみたことか、際限がないではないか。五〇〇〇万が一億になった。そのうち一億が二億にもなるだろう。帝国はわが同盟の財政を破壊するつもりなのだ。うかうかとそれにのった政府と軍部の責任はまぬがれないだろう。もはやほかに方法はない。撤兵せよ！

……。

「帝国は無辜《むこ》の民衆そのものを武器として、わが軍の侵攻に対抗しているのだ。憎むべき方法だが、わが軍が解放と救済を大義名分としている以上、有効な方法であることは認めざるをえない。もはや撤兵すべきだ。さもなければわが軍は餓えた民衆をかかえてよろばい歩き、力つきたところを総反攻によって袋叩きされるだろう」

財政委員長ジョアン・レベロは最高評議会でそう発言した。

出兵に賛同した人々は声もなかった。憮然と、あるいは悄然《しょうぜん》として、ただ席にすわっている。情報交通委員長ウィンザー夫人は端整な顔をこわばらせたまま、なにも映していないコンピューター端末機の灰色の画面を見つめていた。

いまや撤兵のほかに方法がないことはウィンザー夫人にもよくわかっている。現在までの支出はしかたないとして、これ以上の出費には財政がたえられない。

しかし、このままなんの戦果もあげずむなしく撤兵したのでは、出兵を支持した彼女の立場がない。最初からの出兵反対派はもとより、現在彼女を支持している主戦派の人々も、彼女の政治責任を追及することはうたがいない。政治家をこころざして以来の念願であった評議会議長の座も遠ざかってしまうだろう。

遠征軍総司令部《イゼルローン》の無能者どもはなにをしているのだろう。歯ぎしりするほどの怒りにウィンザー夫人はかられ、美しくマニキュアした爪が掌に喰いこむほど手を固くにぎった。

撤兵はしかたない、しかしそれまでに一度だけでいい、帝国軍にたいして軍事的勝利をあげてみせたらどうなのだ。そうすれば彼女の面子《メンツ》もたつし、後世、この遠征が愚行と浪費の象徴として非難されることもなくなるであろうに……。

彼女は老齢の評議会議長を見やった。鈍重に、無感動に、最高権力の座をしめる老人。

〝誰からもえらばれなかった〟と嘲弄される国家元首。政界の力学がもたらす低級なゲームのすえ、漁夫の利をえた政治屋。彼がつぎの選挙のことなど言ったばかりに、わたしはのせられてしまった――彼女は心から、自分をこの窮状におとしいれた議長を憎んだ。

いっぽう、国防委員長トリューニヒトは、自分の先見の明に満足していた。

こうなることは知れていたのだ。現在の国力、戦力で帝国への侵攻などが成功するわけはない。ちかい将来、遠征軍は無惨に敗北し、現政権は市民の支持を失うだろう。しかし、彼トリューニヒトは無謀な出兵に反対した、真の勇気と識見に富む人物として、傷をうけるどころか、かえって声価を高めるだろう。あとはレベロやホワンが競争相手として残るが、彼らには軍部や軍需産業の支持がない。けっきょく、最終的にはトリューニヒトが評議会議長の座に着くことになる。

それでよい。心のなかで彼は会心の笑みを浮かべた。〝帝国を打倒した、同盟史上最高の元首〟という称号は彼にこそあたえられるべきなのだ。彼以外の誰にも、その名誉はふさわしくない……。

けっきょく、撤兵論は否決された。

「前線でなんらかの結果がでるまで、軍の行動に枠をはめるようなことはすべきではない」

これが主戦派の、いささか後ろめたそうな口調での主張だった。〝結果〟とやらは、トリューニヒトにとっても大いにけっこうなことだった。もっとも主戦派と彼とでは、期待する〝結果〟の内容がまるでことなっているが……。

Ⅲ

本国より物資がとどくまで、必要とする物資は各艦隊が現地において調達すべし……。

この方針が伝えられたとき、同盟軍各艦隊の首脳部は顔色を変えた。

「現地調達だと⁉　吾々に略奪をやれとでも言うのか」

「遠征軍総司令部《イゼルローン》はなにを考えているのだ。海賊のボスにでもなったつもりか」

「補給計画の失敗は戦略的敗退の第一歩だ。これは軍事上の常識だぞ。その責任を前線におしつける気でいやがる」

「補給体制は万全と総司令部は言ったはずだ。大言壮語をどこにおき忘れた」

「だいいち、ないものをどうやって調達しろというのだ」

それらのごうごうたる声にヤンは唱和しなかったが、思いはおなじである。総司令部の無責任さもきわまれりだが、もともと無責任な動機で決定された出兵である以上、実施運営が無責任になるのも当然かもしれなかった。キャゼルヌの苦労が思いやられた。

それにしても、もう限界だな、と思う。占領地住民に供出をつづけた結果、第一三艦隊の食糧はほとんど底をついていた。補給担当のウノ大佐が不安と不満を爆発させた。

「民衆がもとめているのは理想でも正義でもない。ただ食糧だけです。帝国軍が食糧をはこんでくれば、彼らは地面にはいつくばって、皇帝陛下万歳を叫ぶでしょう。ただ本能を満足させるためにだけ生きているような、そんな連中を食わせるために、なんだって吾々が餓えなくてはならないのですか⁉」

「吾々がルドルフにならないためにさ」

それだけ答えると、ヤンはフレデリカ・グリーンヒル中尉を呼び、第一〇艦隊のウランフ提督とのあいだに、超光速通信《FTL》の直通回路を開かせた。

「おう、ヤン・ウェンリーか、珍しいな、なにごとだ」

通信スクリーンのなかから、古代騎馬民族の末裔は言った。

「ウランフ中将、お元気そうでなによりです」

嘘である。精悍なウランフが、全身に憔悴《しょうすい》の色をたたえている。勇気や用兵術とは次元のことなる問題だけに、勇将の誉《ほまれ》高い彼もこまりはてているようだ。

食糧の備蓄状況はどうか、と問われてウランフはいちだんとにがりきった。

「あと一週間ぶんをあますのみだ。それまでに補給がなかったら占領地から強制的に徴発——いや、言葉を飾ってもしかたないな、略奪するしかない。解放軍が聞いて呆れる。もっとも略奪するものがあれば、の話だがな」

「それについて私に意見があるのですが……」

ヤンはそう前置きし、占領地を放棄して撤退してはどうか、と提案した。

「撤退だと⁉」

ウランフはかるく眉をうごかした。

「一度も砲火をまじえないうちにか？　それはすこし消極的にすぎぎんか」

「余力のあるうちにです。敵はわが軍の補給を絶って、吾々が餓えるのを待っています。それはなんのためでしょう」

「……機を見て攻勢に転じてくると言うのか？」

「おそらく全面的な攻勢です。敵は地の利をえており、補給線も短くてすむ」

「ふむ……」

豪胆をもって鳴るウランフだが、さすがにぞくりとしたようだ。

「だが、へたに後退すればかえって敵の攻勢を誘うことになりはせんか。とすればやぶへびもいいところだぞ」

「反撃の準備は充分にととのえる、それは大前提です。いまならそれが可能ですが、兵が餓えてからでは遅い。その前に整然と後退するしかありません」

熱心にヤンは説いた。ウランフは、黙然と聞きいった。

「それに、敵もわが軍が餓える時機を測っているはずです。わが軍が後退するのを見て全面的潰走《かいそう》と解釈し、追ってくれば、反撃の方伝はいくらでもあります。また、時機が早すぎる、これは罠だと考えてくれればそれもよし、無傷で退くことができるかもしれません。可能性は高くありませんが、日がたてばそれも低くなるいっぽうでしょう」

ウランフは考えこんだが、決断をくだすのに長い時間はかからなかった。

「わかった。貴官の意見が正しかろう。撤退の準備をさせることにする。だが、ほかの艦隊にはどう連絡をつける？」

「ビュコック提督には、これから私が連絡します。あの方からイゼルローンへ連絡していただけば、私が言うより効果的だと思うのですが……」

「よし、ではたがいに、なるべく急いでことをはこぶとしよう」

ウランフとの相談が終わった直後、急報がもたらされた。

「第七艦隊の占領地で民衆の暴動が発生しました。きわめて大規模なものです。軍が食糧の供与を停止したためです」

報告するフレデリカの顔に、やりきれない表情が浮かんでいる。

「第七艦隊はどう対処した？」

「無力化ガスを使って、一時は鎮圧したそうですけど、すぐに再発したそうです。軍の対抗手段がエスカレートするのも時間の問題でしょう」

無残なことになった――ヤンはそう思わざるをえなかった。

解放軍、護民軍と自称していた同盟軍が民衆を敵にまわしたのだ。たがいの不信感を解く方法は、この段階ではもはやないだろう。帝国は、同盟軍と民衆の仲を裂くのに、みごと成功したわけだ。

「まったくみごとだ、ローエングラム伯」

自分にはここまで徹底的にはやれない。やれば勝てるとわかっていてもやれないだろう。それがローエングラム伯と自分との差であり、自分が彼をおそれる理由でもあるのだ。

――この差が、いつか重大な結果を招くことになるかもしれない……。


同盟軍第五艦隊司令官ビュコック中将が、イゼルローンの総司令部に超光速通信《FTL》を送ったとき、通信スクリーンの画面に登場したのは作戦参謀フォーク准将の血色の悪い顔だった。

「私は総司令官閣下に面談をもとめたのだ。貴官に会いたいと言ったおぼえはないぞ。作戦参謀ごときが、呼ばれもせんのにでしゃばるな！」

老提督の声は痛烈だった。迫力でも貫禄《かんろく》でも、とうていフォークのおよぶところではない。

若い参謀は一瞬だけ鼻白んだが、権高《けんだか》に言いかえした。

「総司令官閣下への面談、上申のたぐいは、すべてわたくしをとおしていただきます。どんな理由で面談をおもとめですか」

「貴官に話す必要はない」

ビュコックも、つい自分の年齢を忘れて、けんかごしになってしまう。

「ではお取次するわけにはいきません」

「なに……？」

「どれほど地位の高い方であれ、規則は順守していただきます。通信を切ってもよろしいのですか」

きさまが勝手にさだめた規則ではないか、と思ったが、この場ではビュコックは譲歩せざるをえなかった。

「前線の各艦隊司令官は撤退をのぞんでいる。その件について総司令官のご諒解をいただきたいのだ」

「撤退ですと？」

フォーク准将の唇が、老提督の予想したとおりのかたちにゆがんだ。

「ヤン提督はともかく、勇敢をもって鳴るビュコック提督までが、戦わずして撤退を主張なさるとは意外ですな」

「下劣な言いかたはよせ」

容赦なく、ビュコックは決めつけた。

「そもそも、貴官らがこのように無謀な出兵案をたてなければすんだことだ。いますこし責任を自覚したらどうか」

「小官なら撤退などしません。帝国軍を一撃に屠《ほふ》りさる好機というのに、なにをおそれていらっしゃるのです」

不遜であり不用意でもあるこの言が、老提督の両眼に超新星《スーパー・ノバ》の閃光をはしらせた。

「そうか、ではかわってやる。私はイゼルローンに帰還する。貴官がかわって前線に来るがいい」

フォークの唇はこれ以上、ゆがみようがなくなっていた。

「できもしないことを、おっしゃらないでください」

「不可能事を言いたてるのは貴官のほうだ。それも安全な場所からうごかずにな」

「――小官を侮辱なさるのですか？」

「大言壮語を聞くのに飽きただけだ。貴官は自己の才能をしめすのに、弁舌ではなく実績をもってすべきだろう。他人に命令するようなことが自分にはできるかどうか、やってみたらどうだ」

フォークのやせた顔から血がひいてゆく音を、老提督は聴いたように思った。つぎに生じた光景は、ビュコックの想像ではなかった。若い参謀将校の両眼が焦点を失い、狼狽と恐怖が顔面いっぱいにひろがった。鼻孔がふくらみ、口がゆがんだ四辺形に開く。両手があがってその顔を、ビュコックの視界から隠し、一秒ほどおいてうめきとも悲鳴ともつかない声がひびいた。

唖然として見まもるビュコックの視線のさきで、フォークの姿は通信スクリーンの画面の下に沈没した。かわって右往左往する人影が映しだされたが、この間、事情の説明はない。

「どうしたのだ、彼は？」

「さあ……」

ビュコックの傍にひかえていた副官クレメンテ大尉も、上官の疑問に答えることができなかった。二分間ほど、老提督はスクリーンの前に待たされることになった。

　やがて軍医の白い制服を身に着けた壮年の男が画面にあらわれ、敬礼した。

「ヤマムラ軍医少佐です。現在、フォーク准将閣下は医務室で加療中ですが、その事情について私が説明させていただきます」

　どうももったいぶっているな、とビュコックは思う。

「どんな病気なのかね」

「転換性ヒステリー症による神経性盲目です」

「ヒステリーだと⁉」

「はあ、挫折感が異常な昂奮《こうふん》をひきおこし、視神経が一時的にマヒするのです。一五分もすればまた見えるようになりますが、このさき、何度でも発作がおきる可能性はあります。原因が精神的なものですから、それをとりさらないかぎりは……」

「それにはどうするのだ？」

「逆らってはいけません。挫折感や敗北感をあたえてはいけません。誰もが彼の言うことにしたがい、あらゆることが彼の思うようにはこばなくてはなりません」

「……本気で言ってるのかね、軍医？」

「これはわがままいっぱいに育って自我が異常拡大した幼児にときとしてみられる症状です。善悪が問題ではありません。自我と欲望が充足されることだけが重要なのです。したがって、提督方が非礼を謝罪なさり、粉骨砕身して彼の作戦を実行し、勝利をえて彼が賞賛の的となる……そうなってはじめて、病気の原因がとりさられることになります」

「ありがたい話だな」

ビュコックは怒る気にもなれなかった。

「彼のヒステリーを治めるために、三〇〇〇万もの兵士が死地にたたねばならんというのか？　上等な話じゃないかね。感涙の海で溺死《できし》してしまいそうだな」

軍医は力なく笑った。

「フォーク准将閣下の病気を治す、という一点だけにしぼれば、話はそうならざるをえません。視野を全軍のレベルにまでひろげれば、おのずとべつの解決法がありましょう」

「そのとおり、彼が辞めればいいのだ」

老提督の口調はきびしい。

「こうなって、むしろさいわいかもしれんな。チョコレートをほしがって泣きわめく幼児とおなじていどのメンタリティーしかもたん奴が、三〇〇〇万将兵の軍師だなどと知ったら、帝国軍の連中が踊りだすだろうて」

「……とにかく、医学以外の件にかんしましては、わたくしの権限ではありません。総参謀長閣下にかかわりますので……」

選挙の勝利を目的とした政治屋と、小児性ヒステリーの秀才型軍人とが野合して、三〇〇〇万の将兵が動員されることになったのだ。これを知って、なお真剣に戦おうとこころざす者は、マゾヒスティックな自己陶酔家か、よほどの戦争好きくらいのものだろう、と、ビュコックはにがにがしく考えた。

「提督……」

軍医にかわって通信用スクリーンに登場したのは、遠征軍総参謀長グリーンヒル大将だった。端整な紳士的容貌に、憂いの色が濃い。

「これは総参謀長、ご多忙なところ恐縮ですな」

皮肉を露骨に言っても憎まれないところが、この老提督の人徳であろう。

グリーンヒルも軍医とおなじ種類の笑いを浮かべた。

「こちらこそお見苦しいところをお見せして恐縮です。フォーク准将はただちに休養ということになりましょう、総司令官のご裁可がありしだいですが……」

「で、第一三艦隊から具申のあった撤退の件はいかがですかな。わしは全面的に賛同しますぞ。前線の兵士は戦える状態にないのです。心理的にも肉体的にも……」

「しばらく、お待ちください。これも総司令官のご裁可が必要です。即答できかねることをご承知いただきたい」

ビュコック中将は、官僚的答弁にうんざりしたという表情をつくってみせた。

「非礼を承知で申しあげるが、総参謀長、総司令官に直接お会いできるよう、とりはからっていただけませんかな」

「総司令官は昼寝中です」

老提督は白い眉をしかめ、あわただしくまばたきした。それからゆっくりと反問した。

「なんとおっしゃった、総参謀長？」

　グリーンヒル大将の返答は、いっそ荘重なほどだった。

「総司令官は昼寝中です。敵襲以外はおこすな、とのことですので、提督の要望は起床後にお伝えします。どうか、それまでお待ちを」

　それにたいしてビュコックは返答しようとしなかった。視線にとらえるのが困難なほどかすかに両眉が上下動する。

「……よろしい、よくわかりました」

　感情を抑制した声が老提督の口から発せられたのは、ゆうに一分間を経過してからだった。

「このうえは、前線指揮官として、部下の生命にたいする義務を遂行するまでです。お手数をおかけした。総司令官がお目ざめの節は、よい夢をごらんになれたか、ビュコックが気にしていた、とお伝え願いましょう」

「提督……」

　通信はビュコックの側から切られた。

　灰白色の平板と化した通信スクリーンの画面を、グリーンヒルは重苦しい表情で見つめていた。

Ⅳ

　偵察部隊からの報告を読みおえたラインハルトは、ひとつうなずくと、赤毛のジークフリード・キルヒアイス中将を呼んで重大な任務をあたえた。

「イゼルローンから前線へ輸送艦隊が派遣される。敵の生命線だ。お前にあたえた兵力のすべてをあげてこれをたたけ。細部の運用はお前の裁量にまかせる」

「かしこまりました」

「情報、組織、物資、いずれも必要なだけ使っていいぞ」

一礼してきびすを返したキルヒアイスを、ラインハルトは急に呼びとめた。不審そうにふりむいた親友に、若い元帥は言った。

「勝つためだ、キルヒアイス」

彼は知っていたのだ。被占領地の民衆を餓えさせることで敵の手足を縛るという辛辣な戦法に、キルヒアイスが批判的であることを。彼は口どころか表情にさえださなかったが、ラインハルトにはよくわかっていた。ジークフリード・キルヒアイスはそういう人間であるということが。

キルヒアイスがもう一度礼をして去ると、ラインハルトは残る諸将に告げた。

「キルヒアイス提督が叛乱軍の輸送部隊を撃滅すると同時に、わが軍は全面攻撃に転じる。そのさい、偽の情報を流す。輸送部隊は攻撃をうけたが無事だ、と。それは叛乱軍が最後の希望を断たれ、窮鼠《きゅうそ》が猫を嚙《か》む挙にでることを防ぐためだ。と同時に、彼らにわが軍の攻勢を気づかせないためでもある。むろん、いつかは気づくだろうが、遅いほどよい」

彼は自分の横にすわっている男をちらりと見た。以前、彼の傍にいるのは、背の高い赤毛の若者に決まっていた。現在では半白の頭髪の男――オーベルシュタインである。自分で決めたことだが、なおかるい違和感があった。

「なお、わが補給部隊は被占領地の奪還と同時に、住民に食糧を供与する。叛乱軍の侵攻に対抗するためとはいえ、陛下の臣民に飢餓状態をしいたのは、わが軍の本意ではなかった。またこれは、辺境の住民に、帝国こそが統治の能力と責任をもつことを、事実によって知らしめるうえでも必要な処置である」

ラインハルトの本心は、〝帝国〟ではなく彼個人が人心をえることにあった。しかし、わざわざこの場でそれを告げる必要はないのだ。

グレドウィン・スコット提督のひきいる同盟軍の輸送艦隊は、一〇万トン級輸送艦一〇〇隻、護衛艦二六隻からなっていた。護衛艦の数について、後方主任参謀キャゼルヌ少将は「不足である、せめて一〇〇隻」と主張したが、却下されたのだった。

輸送艦隊を狙うのに帝国軍がそれほど大軍を動員するとも思えないし、あまり多数の艦を派遣しては総司令部《イゼルローン》の警備が手薄になる、というのが却下の理由だった。前線からはるか遠く、しかも難攻不落の要塞にいながら、なんという言種《いいぐさ》か。キャゼルヌは腹がたってしかたない。

スコット提督はキャゼルヌよりずっと楽観的だった。敵に用心しろ、との、出発前のキャゼルヌの注意を聞きながし、艦橋にもおらず、個室で部下を相手に三次元チェスを楽しんでいたのだ。

血相を変えた艦隊参謀のニコルスキー中佐が彼を呼びにきたとき、彼はまさに王手《チェック》をかけようとしており、不機嫌に問いかけた。

「前線でなにかあったのか？　騒々しいぞ」

「前線ですと？」

ニコルスキー中佐は、啞然としたように司令官を見かえした。

「ここが前線です。あれがお見えになりませんか、閣下」

彼の指先で、艦橋のメイン・スクリーンにつながる小さなパネルは、急激に拡大する白い光の雲を映しだしていた。

スコット提督は瞬間、声を失った。いかに彼でも、それが味方だとは思わなかった。驚くべき敵の大部隊に包囲されている！

「こんなことが……信じられん」

スコットはようやく声をしぼりだした。

「たかが輸送艦隊ひとつにこんな大軍を……なぜだ？」

艦橋へつづく廊下を、ニコルスキーの運転する水素動力車で走りぬけながら、提督は愚かしく問いつづけた。あなたは自分の任務の意義も理解していないのか、とニコルスキーが言いかけたとき、廊下のスピーカーからオペレーターの叫びがはしった。

「敵ミサイル多数、本艦に接近！」

その声は一瞬後、悲鳴そのものに変わった。

「対応不能！　数が多すぎる！」


帝国軍総旗艦ブリュンヒルト――。

通信士官が座席からたちあがり、興奮に上気した顔をラインハルトにむけた。

「キルヒアイス提督より連絡！　吉報です。敵輸送船団は全滅、くわえて護衛艦二六隻を完全破壊、わがほうの損害は戦艦中破一隻、ワルキューレ一四機のみ……」

　歓声が艦橋全体を圧した。イゼルローン陥落以来、戦略上の必要からとはいえ、戦わずして後退をかさねてきた帝国軍にとって、ひさびさの勝利の快感だったのだ。

「ミッターマイヤー、ロイエンタール、ビッテンフェルト、ケンプ、メックリンガー、ワーレン、ルッツ、かねてからの計画にしたがい、総力をもって叛乱軍を撃て」

　ラインハルトは待機する諸将に令を発した。

　はっ、と勢いよく応じて前線におもむこうとする提督たちを、ラインハルトは呼びとめ、従卒に命じてワインを配らせた。戦勝の前祝いであった。

「勝利はすでに確定している。このうえはそれを完全なものにせねばならぬ。叛乱軍の身のほど知らずどもを生かして還すな。その条件は充分にととのっているのだ。卿らのうえに大神オーディンの恩寵《おんちょう》あらんことを。乾杯《プロージット》！」

「プロージット！」

　提督たちは唱和し、ワインを飲み干すと、慣習にしたがってグラスを床に投げつけた。無数の光のかけらが床の上を華やかに乱舞した。

　諸将がでていくと、ラインハルトはスクリーンをじっと見つめた。床に散らばった光よりもはるかに冷たくはるかに無機質な光の群を、彼はそこに見いだした。だが、その光が彼は好きだった。あの光を手中におさめるためにこそ、現在、自分はここにいるのだ……。

V

標準暦一〇月一〇日一六時。

重力傾度法によって、艦隊を惑星リューゲンの衛星軌道上に配置していたウランフ提督は敵襲を察知した。周囲に配置していた二万個の偵察衛星のうち、二時方向の一〇〇個ほどが、無数の光点を映しだしたあと、映像送信を絶ったのである。

「来るぞ」

ウランフはつぶやいた。末端神経にまで緊張の電流がはしるのを自覚する。

「オペレーター、敵と接触するまで、時間はどのくらいか」

「六分ないし七分です」

「よし、全艦隊、総力戦用意。通信士官、総司令部および第一三艦隊に連絡せよ。われ敵と遭遇せり、とな」

警報が鳴りひびき、旗艦の艦橋内を命令や応答が飛びかった。

ウランフは部下に言った。

「やがて第一三艦隊も救援に駆けつけてくる。〝奇蹟のヤン〟が、だ。そうすれば敵を挟撃できる。勝利はうたがいないぞ」

ときとして、指揮官は、自分自身では信じてないことでも部下に信じさせねばならないのだった。ヤンも時機をおなじくして多数の敵に攻撃されており、第一〇艦隊を救援する余裕はないだろう、とウランフは思う。

　帝国軍の大攻勢がはじまったのだ。

　フレデリカ・グリーンヒル中尉が白い顔に緊張の色をたたえて司令官を見上げた。

「閣下！　ウランフ提督より超光速通信《FTL》がはいりました」

「敵襲か？」

「はい、一六時七分、敵と戦闘状態にはいったそうです」

「いよいよはじまったな……」

　その語尾に警報の叫びがかさなった。五分後、第一三艦隊はケンプ提督のひきいる帝国軍とのあいだに戦火をまじえていた。

「一一時方向より敵ミサイル群接近！」

　オペレーターの叫びに、旗艦ヒューベリオンの艦長マリノ大佐がするどく反応する。

「九時方向に囮を射出せよ！」

　ヤンは沈黙したまま、艦隊の作戦指揮という自分の職務に没頭している。艦単位の防御と応戦は艦長の職務であり、そこまで司令官が口をだしていたのでは、だいいち、神経がもたない。

　レーザー水爆ミサイルが猛々しい猟犬のように襲いかかる。核分裂によらず、レーザーの超高熱によって核融合をひきおこす兵器である。

　それに対抗して囮のロケットが発射される。熱と電波をおびただしく放出して、ミサイルの探知システムをだまそうとする。ミサイル群が急角度に回頭してその囮を追う。

エネルギーとエネルギー、物質と物質が衝突しあい、暗黒の虚空を不吉な輝きでみたしつづけた。

「スパルタニアン、出撃準備！」

命令が伝達され、スパルタニアン搭乗要員数千人の心身にこころよい緊張感をはしらせた。自己の技《ぎ》倆《りょう》と反射神経に強烈な自信を有する軍神《マルス》の申し子たちであり、死への恐怖感など、彼らには侮辱の対象でしかない。

「さあて、いっちょう行くか」

旗艦ヒューベリオンの艦上で陽気に叫んだのは、撃墜王《エース》の称号を有するウォーレン・ヒューズ大尉だった。

ヒューベリオンは四名の撃墜王《エース》をかかえている。ヒューズのほかに、サレ・アジズ・シェイクリ大尉、オリビエ・ポプラン大尉、イワン・コーネフ大尉だが、彼らは撃墜王《エース》の称号を誇示するべく、それぞれの愛機にスペード、ダイヤ、ハート、クラブのA《エース》の印を特殊な塗料で描きこんでいた。戦争もスポーツの一種と考えるほどの神経の太さが、たぶん、彼らを生存させてきた要素のひとつだったろう。

「五機は撃墜してくるからな。シャンペンを冷やしておけよ」

愛機にとびのったポプランが、整備兵《メカニカル・マン》に声をかけたが、返答は冷たかった。

「あるわけないでしょう、せめて水を用意しておきますよ」

「不粋な奴だ」

ぼやきながら、ポプランはほかの三人とともに宇宙空間へ躍りだした。スパルタニアンの翼が爆発光を反射して虹色に輝く。敵意をこめてミサイルが殺到し、ビームが襲いかかってくる。

「あたるものかよ！」

しかし、異口同音に四名は豪語する。幾度も死線をこえて生き残ってきた戦士の自負がそう言わせるのだ。

入神《にゅうしん》の技倆を誇示するように、急旋回してミサイルをかわす。それを追尾しようとしたミサイルの細い胴が重力《G》の急変にたえかねて中央から折れる。嘲るように翼をふってみせる彼らの前に、帝国軍のワルキューレが躍りでて格闘戦《ドッグ・ファイト》を挑んできた。

ヒューズ、シェイクリ、コーネフの各機が喜んでそれに応じ、一機また一機と敵機を火球に変えてゆく。ただひとり、ポプランだけが不審と怒りに頬を赤くしていた。一秒間に一四〇発の割合で敵に撃ちこむウラン238弾——金属貫通能力に富み、命中すれば超高熱を発して爆発する——の弾列がむなしく宙に吸いこまれてゆくのだ。彼をのぞく三名はすでに合計七機を血祭りにあげたというのに、である。

「なんたるざまだ！」

激しく舌打したのは、帝国軍の指揮官ケンプ中将だった。

ケンプも撃墜王である。銀翼のワルキューレを駆って、数十機の敵を死神の懐にたたきつけてきた歴戦の勇者なのだ。ずばぬけた長身だが、それと感じさせないほどに体の横幅も広い。茶色の髪は短く刈っている。

「あのていどの敵に、なにをてまどっているか。後方から半包囲の態勢をとって艦砲の射程内に追いこめ！」

その指示は的確だった。三機のワルキューレがヒューズ大尉のスパルタニアンを後方から半包囲し、戦艦の主砲の射程内に巧みに追いこんだ。危険を悟ったヒューズは、急旋回しつつ一機の操縦席《コクピット》にウラン238弾をたたきこみ、それが脱落した間隙を縫ってのがれようとする。しかし敵艦の副砲までは計算にいれてなかった。ビームがきらめき、ヒューズと彼の愛機を一撃でこの世からかき消した。

おなじ戦法でシェイクリも斃《たお》された。残る二名はかろうじて追撃をふりきり、艦砲の死角に逃げこんだ。四機の敵を葬りさったコーネフはともかく、逃げまわるばかりで一機も撃墜できなかったポプランの自尊心は、救いがたいまでに傷ついていた。

一弾も命中しなかった理由が判明したとき、傷心は怒りとなって炸裂した。母艦に帰投したポプランは、操縦席《コクピット》からとびおりると、駆けよった整備兵の襟もとをつかんだ。

「味方殺しの整備主任《チーフ・メカニック》を出せ！　殺してやる」

主任のトダ技術大尉が駆けつけると、ポプランの罵声《ばせい》がとんだ。

「機銃の照準が九度から一二度もくるっていたぞ！　ちゃんと整備しているのか、この給料盗人が！」

トダ技術大尉は眉をはねあげた。

「やっているとも。人間はただでつくれるが、戦闘艇には費用がかかっているからな、整備には気をつかっているさ」

「きさま、それで気のきいた冗談を言ったつもりか」

戦闘用ヘルメットが床にたたきつけられ、高々と跳ねあがった。ポプランの緑色の目に怒気の炎が燃えあがっている。それにたいしてトダの両眼も細くするどくなった。

「やる気か、とんぼ野郎」

「ああ、やってやる。おれはな、いままでの戦闘で、きさまより上等な帝国人を何人殺したか知れないんだ。きさまなんか片手で充分、ハンディつきでやってやらあ！」

「ぬかせ！　自分の未熟を他人の責任にしやがって」

　制止の叫びがおこったが、そのときすでに殴りあいははじまっていた。二、三度、パンチがかわされたが、やがて防戦いっぽうにおいこまれたトダが足をふらつかせはじめる。ポプランの腕がさらにふりかざされたとき、何者かがその腕をとらえた。

「バカが、いいかげんにしろ」

　シェーンコップ准将がにがにがしげに言った。

　その場はおさまった。イゼルローン攻略の勇者に一目おかない者はいない。もっとも、当のシェーンコップにとっては、こんな出番しかないのは、はなはだ不本意であったが……。


　ウランフの第一〇艦隊を攻撃した帝国軍の指揮官はビッテンフェルト中将だった。オレンジ色の長めの髪と薄い茶色の目をしており、細面の顔とたくましい体つきが、ややアンバランスといえなくもない。眉が迫り、眼光が烈しく、戦闘的な性格がうかがえる。

　また彼は麾下の全艦艇を黒く塗装し、〝黒色槍騎兵《シュワルツ・ランツェンレイター》〟と称している。剽悍《ひょうかん》そのものの部隊だ。その部隊にウランフはしたたかに損害をあたえた。しかし同程度の損害をうけた――比率でなく絶対数においてである。

ビッテンフェルト軍はウランフ軍より数が多く、しかも兵は餓えていなかった。指揮官も部下も清新な活力に富んでおり、かなりの犠牲をはらいながらも、ついに彼らは同盟軍を完全な包囲下におくことに成功したのである。

前進も後退も不可能になった第一〇艦隊は、ビッテンフェルト軍の集中砲火をさけることができなかった。

「撃てばあたるぞ！」

帝国軍の砲術士官たちは、密集した同盟軍の艦艇にエネルギー・ビームとミサイルの豪雨をあびせかけた。

エネルギー中和磁場が破れ、艦艇の外殻に、たえがたい衝撃がくわえられる。それが艦内に達すると、爆発が生じ、殺人的な熱風が将兵をなぎ倒した。

破壊され、推力を失った艦艇は、惑星の重力にひかれて落下していった。惑星の住民のなかばは、夜空に無数の流星を見いだし、子供たちは一時的に空腹を忘れてその不吉な美しさに見とれた。

Ⅵ

第一〇艦隊の戦力はつきかけていた。艦艇の四割を失い、残った艦の半数も戦闘不能という惨状である。

艦隊参謀長のチェン少将が蒼白な顔を司令官にむけた。

「閣下、もはや戦闘を続行するのは不可能です。降伏か逃亡かをえらぶしかありません」

「不名誉な二者択一だな、ええ？」

ウランフ中将は自嘲してみせた。

「降伏は性にあわん。逃げるとしよう、全艦隊に命令を伝えろ」

逃亡するにしても、血路を開かなくてはならなかった。ウランフは残存の戦力を紡錘陣形に再編すると、包囲網の一角にそれをいっきょにたたきつけた。戦力を集中して使用するすべをウランフは知っていた。彼はこの巧妙果敢な戦法で、部下の半数を死地から脱出させることに成功した。しかし彼自身は戦死した。

彼の旗艦は最後まで包囲下にあって敵と戦っていたが、離脱しようとした瞬間、ミサイル発射孔に敵ビームの直撃をうけ、爆発したのである。


戦線のいたるところで、同盟軍は敗北の苦汁《くじゅう》をなめつつあった。

第一二艦隊司令官のボロディン中将は、ルッツ艦隊に急襲されて、旗艦の身辺わずか八隻の砲艦のみ、という状況まで戦い、戦闘も脱出も不可能となったとき、みずからブラスターで頭部を撃ちぬいた。指揮権をうけついだコナリー少将は、動力を停止して降伏した。

第五艦隊はロイエンタールに、第九艦隊はミッターマイヤーに、第七艦隊はすでに輸送艦隊を全滅させたキルヒアイスに、第三艦隊はワーレンに、第八艦隊はメックリンガーに、それぞれ猛攻をうけ、後退に後退をかさねている。

唯一の例外が、ヤンの第一三艦隊だった。ケンプ艦隊とたいした彼は、巧みな半月陣形を使って敵の攻勢をかわし、その左右両翼を交互にたたいて出血をしいたのである。

意外な損害に驚いたケンプは、出血多量のぶざまな衰弱死にいたるよりも、思いきって抜本的な手術を断行すべきだ、と結論し、後退して部隊を再編しようとはかった。

敵が退《ひ》くのを見たヤンは、それにつけこんで攻勢にでようとはしなかった。この戦いは勝つことよりも生きのびることに意義がある、とヤンは考えている。たとえここでケンプに勝っても、どうせ全体的に優勢な敵に最後は袋叩きにされてしまう。敵が退いた隙に、できるだけ遠くまで逃げてしまうことだ。

「よし、全艦隊、逃げろ！」

おごそかにヤンは命じた。

第一三艦隊は逃げだした。ただし整然と。

優勢な敵が自分たちを追ってくるどころか、逆に急速後退を開始したので、ケンプとしては驚かずにいられなかった。追撃をうけ、かなりの損害をうけることを覚悟していたのに、肩すかしを喰わされたのだ。

「なぜ奴らは勝に乗じて攻めてこんのだ？」

ケンプは自問し、幕僚たちにも意見をもとめた。

部下の反応は二通りに分かれた——同盟軍の他の部隊が窮地《きゅうち》におちたので救援に駆けつけたのだろう、という説と、吾々に隙をみせ、かるがるしく攻勢にでるよう誘っておいて、徹底的な打撃をくわえることを狙っているのだ、という説とである。

テオドール・フォン・リュッケ少尉という、士官学校を卒業したばかりの若い将校が、おそるおそる口を開いた。

「ぼく――いえ、小官には、敵が戦意もなく、ただ逃げているように思われます」

この発言は完璧に無視され、リュッケ少尉はひとり赤面してひき退がってしまった。彼は事実から最短の距離にいたのだが、当人もふくめて誰ひとりそれに気づかなかったのである。

戦術家としての常識に富んだケンプは、熟考のすえ、敵の退却は罠だとの結論に達し、再反撃を断念して、艦隊の再編作業にとりかかった。

その間にヤン・ウェンリーとその軍隊は遁走《とんそう》をつづけ、帝国軍が〝C《ツェー》戦区〟と名づけた宙域《スペース》に達したが、そこで帝国軍に捕捉《ほそく》され、あらたな戦闘を展開することになった。

いっぽう、アル・サレム提督の指揮する同盟軍第九艦隊は、帝国軍ミッターマイヤー艦隊の猛攻をうけ、敗走をかさねていた。サレム提督は指揮体系の崩壊を防ぐのに必死だった。

このときミッターマイヤーの追撃が迅速をきわめたので、追う帝国軍の先頭集団と追われる同盟軍の後尾集団が混じりあい、両軍の艦艇が舷側《げんそく》をならべて並走するという事態が生じた。肉視窓から敵艦のマークを間近に見て、仰天する兵士が続出した。

また、狭い宙域に高密度の物質反応が生じたため、各艦の衝突回避システムが全能力をあげて作動することになったが、あらゆる方向を敵や味方に遮断され、ぐるぐる回転する艦もあった。

戦闘はまじえられなかった。このような高密度のなかで膨大なエネルギーを開放したら、制御不能のエネルギー・サイクロンが生じて共倒れになることが明白だったからである。

ただ、接触や衝突はおこった。安全な進行方向を見いだしえず、二律背反の窮状においこまれた衝突回避システムの〝発狂〟を防ぐため、操縦を手動にきりかえた艦があったからだ。

航宙士たちは汗を流した。これは戦闘服の温度調節機能には関係ないことだった。操縦盤にしがみついた彼らは、衝突を回避しようという共通の目的のために努力する敵の姿を、眼前に見ることになった。

この混乱は、ミッターマイヤーが部下に命じてスピードをおとさせ、たがいの距離をおくようにしたため、ようやく収拾された。もっとも同盟軍にとって、これは敵の追撃の再組織化を意味したにすぎず、安全な距離をおいてあびせかけられる帝国軍の砲火に、つぎつぎと艦艇や人命を失っていった。

旗艦パラミデュースも艦体の七カ所を破損し、司令官アル・サレム中将も肋骨《ろっこつ》を折る重傷をおった。副司令官モートン少将が指揮権をひきつぎ、残兵をかろうじて統率しつつ長い敗北の道をたどった。

敗残行の困苦は、もちろん彼らばかりではなかった。

同盟軍の各艦隊が、いずれもおなじ悲哀をかこわなくてはならなかった。ヤン・ウェンリーの第一三艦隊すらも例外ではなくなっていた。

このとき、最初の戦場から六光時（約六五億キロ）後退したヤンの第一三艦隊は、四倍の敵と対抗することを余儀なくされる状況にあった。しかも、この方面、C戦区《ツェー》の帝国軍指揮官キルヒアイスは、すでに第七艦隊を敗走させていたが、兵力と物資を連続して最前線に投入し、間断ない戦闘によって同盟軍を消耗させようとしている。

この戦法は奇略の産物ではなく、正統的なものであり、運用において堅実をきわめていたので、

「つけこむ隙も逃げだす隙もない」

とヤンにため息をつかせた。

「ローエングラム伯は優秀な部下をもっているようだ。けれん味のない、いい用兵をする……」

感心ばかりはしていられなかった。正攻法で戦っていたのでは、数的に劣勢な同盟軍が敗北においこまれることはあきらかだったからだ。

考えたすえに、ヤンはとるべき戦法を決定した。確保した宙域《スペース》を捨てて敵の手にゆだねる。しかし整然と後退して敵をU字陣形のなかへ誘いこみ、この隊形と補給が伸びきった時機に、総力をあげて三方から反撃する。

「これしかない。もっとも、敵がこれにのってくれれば、だが……」

ヤンの戦法は、兵力を蓄積する時間と、完全な指揮権の独立とがあれば、あるていどの成功をおさめ、帝国軍の前進を阻止することができたかもしれない。

しかし、彼は、そのどちらも手にいれることができなかった。圧倒的な量感をもって迫る帝国軍の猛攻にたえながら、苦心して艦隊をU字型に再編しつつあるヤンのもとに、イゼルローンからの命令がとどけられたのである。

「本月一四日を期してアムリッツァ恒星系A宙点《ポイント》に集結すべく、即時、戦闘を中止して転進せよ」

それを聞いたとき、ヤンの顔ににがい失望の影がさすのを、フレデリカは見た。一瞬でそれは消えさったが、かわってため息が洩れた。

「簡単に言ってくれるものだな」

それだけしか言わなかったが、この状態で敵前から退くことの困難がフレデリカには理解できる。まして無能な敵ではない。ケンプの場合と同様、退いてもよいものなら、最初から退いていた。そうはいかない相手だから戦っていたのだ。

　ヤンは命令にしたがった。しかし彼の艦隊は、この困難な退却戦において、それまでに数倍する犠牲者をだしたのだった。


　帝国軍の総旗艦ブリュンヒルトの艦橋で、ラインハルトはオーベルシュタインの報告をうけていた。

「敵は敗走しつつも、それなりの秩序をたもって、どうやらアムリッツァ星系をめざしているようです」

「イゼルローン回廊への入口にちかいな。しかしただ逃げこむだけとも思えん。卿《けい》はどう思うか？」

「集結して再攻勢にでるつもりでしょう。遅まきながら兵力分散の愚に気づいたとみえます」

「たしかに遅いな」

　額から眉へおちかかる金髪をかたちのいい指でかきあげながら、ラインハルトは冷たく微笑した。

「どう対応なさいますか、閣下？」

「当然、わが軍もアムリッツァに集結する。敵がアムリッツァを墓所としたいのであれば、その希望をかなえてやろうではないか」

第九章　アムリッツァ

Ⅰ

恒星アムリッツァは無音の咆哮《ほうこう》をあげつづけていた。核融合の超高熱のなかで、無数の原子がたがいに衝突し、分裂し、再生し、飽くことのないそのくりかえしが、膨大なエネルギーを虚空に発散させている。さまざまな元素がさまざまな色彩の炎を一万キロメートル単位で躍動させ、赤く、黄色く、あるいは紫色にと、見る者の視界を染め変えるのだった。

「どうも好かんな」

通信パネルのなかで、ビュコック中将が白っぽい眉の根をよせている。ヤンは同意のしるしにうなずいた。

「不吉な色ですね、たしかに」

「色もだがな、この惑星の名もだ。気にいらんのだよ、わしは」

「アムリッツァ、がですか？」

「頭文字がAだ。アスターテとおなじだ。わが軍にとって鬼門としか思えん」

「そこまでは気づきませんでした」

老提督の気の病みようを嗤《わら》う気にはなれなかった。半世紀を宇宙の深淵のなかで送った宇宙船乗り《スペース・マン》には特殊な感性と経験則があるのだ。アムリッツァを決戦場に指定した総司令部の判断よりは、迷信じみた老提督の言のほうに理を感じたくなるヤンだった。

ヤンの気分は、撥剌《はつらつ》とは言いがたかった。善戦したとはいえ、麾下の艦隊の一割を失い、反撃策も封じられての後退である。徒労感だけがあった。イゼルローンから物資の補給をうけ、負傷者を後送し、部隊を再編するあいだに、タンク・ベッド睡眠もとったのだが、精神はいっこうにリフレッシュされなかった。

これではいけないのだろう、とは思う。指揮官と兵力の過半を失った第一〇艦隊も、現在ではヤンの指揮下におかれている。敗残処理の才能だけは総司令部もどうやら認めてくれたようだが、責任の加重はありがたいことではなかった。責任感にも才能にも限度というものがあり、どれだけ期待されても、あるいは強制されても、不可能なことは不可能なのである。〝ぼやきのユースフ〟ではないが、なんだってこんな苦労をせねばならぬのか。

「いずれにせよ、総司令部の奴らめ、前線へでてきてみればいいのだ。将兵の苦労がすこしはわかるだろう」

通信を切るに際してのビュコックの言がそれだった。部隊の配置を調整するための会話が、後半、総司令部にたいする弾劾《だんがい》になってしまっていた。

それを脱線と呼ぶ気にはヤンはなれない。腹立たしい思いは彼もおなじなのである。

「お食事をなさってください、閣下」

映像の消えた通信パネルからふりむくと、盆《トレイ》をかかえてフレデリカ・グリーンヒル中尉がたたずんでいた。盆の上には、ソーセージと野菜をなかに詰めてまいた小麦蛋白《グルテン》のロースト、ウイングド・ビーンのスープ、カルシウム強化ライ麦のパン、ヨーグルトをかけたフルーツ・サラダ、ロイヤル・ゼリーで味つけしたアルカリ性飲料……。

「ありがとう、だけど食欲がない。それよりもブランデーを一杯ほしいな」

彼の副官はその要求を目で拒絶した。ヤンは不服そうに彼女を見た。

「どうしてだめなんだ」

「お酒がすぎると、ユリアン坊やに言われませんでした？」

「なんだ、きみたちは連帯してたのか」

「お体を心配しているんです」

「しかし、そこまで心配してもらう理由はないぞ。酒量がふえたと言ったって、これでやっと人並みだ。身体をそこねるまでには、たっぷり一〇〇〇光年はあるさ」

フレデリカがそれに応えようとしたとき、耳ざわりな警報がひびきわたった。

「敵接近！　敵接近！　敵接近」

ヤンは副官にかるく手をふってみせた。

「中尉、聞いてのとおりだ。生き残れたら、余生は栄養を心がけることにするよ」

同盟軍の兵力はすでに半減している。ことに、勇猛で名戦術家でもあったウランフ提督の死は大きな打撃といえた。士気も高くない。満を持し、勝に乗じて正攻法で攻撃してくる帝国軍に、どのていど、対抗できるだろうか。

ロイエンタール、ミッターマイヤー、ケンプ、ビッテンフェルトら帝国軍の勇将たちは、戦艦の艦首をならべ、密集隊形で突進してきた。それは細かい戦法を無視した力ずくの攻撃にみえたが、じつはキルヒアイスが別動隊をひきいて同盟軍の後背にまわりこもうとしており、挟撃の意図を隠すためにも、同盟軍に余裕をもたさないだけの猛攻をくわえねばならないところだった。

「よし、全艦、最大戦速」

ヤンは命令した。

第一三艦隊はうごきはじめた。

両軍の激突が開始されていた。無数のビームとミサイルが飛びかい、爆発光が闇を灼いた。引き裂かれた艦体がエネルギー風にのって奇怪な舞踊をしつつ飛翔する。それらの渦中を、第一三艦隊は傍若無人に横断して前方の敵に襲いかかった。

それはヤンの指令でフィッシャーが細心に算出した減速と加速のスケジュールにしたがって実行された。第一三艦隊は恒星アムリッツァの巨大な炎の影から猛然と躍りだしたが、それは遠心力によって太陽からちぎり飛ばされたコロナのようでもあった。

この意外な方角からの速攻をひきうけることになった帝国軍の指揮官はミッターマイヤーだった。勇敢な彼だが、意表をつかれたことは否定できず、先手をとられるかたちになった。

第一三艦隊の最初の攻撃は、ミッターマイヤー艦隊にとって、文字どおりの痛撃となった。

それは過密なまでの火力の集中であった。一隻の戦艦、それも艦体の一カ所に半ダースのレーザー水爆ミサイルが命中したとき、どのような防御手段があるというのか？

ミッターマイヤーの旗艦は、周囲を火球の群に包囲され、みずからも左舷に損傷をうけ、やむをえず後退した。後退しながらも陣形を柔軟に変化させ、被害を最小限度にとどめつつ、反撃の機会を狙っているのが、非凡な戦術家であることをうかがわせる。

ヤンとしては、一定の損害をあたえたことで満足して、深追いはさけねばならなかった。それにしても、と彼は思う。ローエングラム伯の配下にはなんと人材が多いことか。味方にも、ウランフやボロディンがいれば、せめて互角の戦いが挑めたであろうけども……。

そのとき、ビッテンフェルトの艦隊が高速で突出してきて、第一三艦隊と第八艦隊とのあいだの宙域――D4宙域という便宜上の名称を有していた――に割りこんだ。大胆とも無謀とも言いようがない。

「閣下、あらたな敵が二時方向に出現しました」

それにたいするヤンの返答は、あまりまっとうとは言えなかった。

「へえ、そいつは一大事」

だが、ヤンはラインハルトと共通する長所をもっていた。彼はすぐ理性を回復し、命令をくだした。

装甲の厚い巨艦が縦にならび、敵の火力にたいして壁をつくった。その間隙から、装甲は貧弱だが機動力と火力に富んだ砲艦とミサイル艦が容赦ない攻撃をあびせる。

ビッテンフェルト艦隊の各処につぎつぎと穴があいた。しかしそのスピードはおちなかった。反撃も激しく、巨艦の艦隊の壁も一部が崩れ、ヤンをひやりとさせた。

それでも第一三艦隊に重大な損害はなかったが、第八艦隊がうけた傷は深く大きかった。ビッテンフェルトの速さと勢いに対応できず、側面から艦列を削りとられ、物理的にもエネルギー的にも抵抗のすべを失いつつあった。

戦艦ユリシーズは帝国軍の砲撃によって被害をうけた。この被害は〝軽微だが深刻なもの〟であった。こわされたのは、微生物を利用した排水処理システムで、そのため同艦の乗員たちは、逆流する汚水に足を浸されながら戦闘をつづけるはめになった。これは、生還すれば笑い話になるにちがいないが、このまま死におもむくとすれば悲惨で不名誉なかぎりだった。

ヤンは自分の目の前で友軍が宇宙の深淵のなかに溶けさろうとするのを見た。まさに第八艦隊は羊の群、ビッテンフェルト艦隊は狼の群であった。同盟軍の艦艇はうろうろ逃げまわったあげく、するどく猛々しい攻撃で破壊された。

第八艦隊を救うべきか――。

ヤンでもためらうことはある。救いにでれば、敵の勢いからみて乱戦になり、系統だった指揮などできなくなることはあきらかだった。それは自殺行為にひとしかった。けっきょく、彼は砲撃を密にするよう命じるしかなかったのである。

「進め！　進め！　勝利の女神はお前らに下着をちらつかせているんだぞ！」

ビッテンフェルトの号令は、上品なものとは言えなかったが、部下の士気を高めたのはたしかで、側面からの砲火を意に介さない〝黒色槍騎兵《シュワルツ・ランツェンレイター》〟の群はＤ４宙域を完全に制圧してしまった。同盟軍は分断されたかにみえた。

「どうやら勝ったな」

ラインハルトはオーベルシュタインをかえりみて、ごくかすかに声をはずませた。

「どうも負けたらしいな」

ほぼ同時に、そう思ったのはヤンだが、それを口にだすことはできなかった。

古来、指揮官の発言は観念を具象化する魔力をもっているようで、指揮官が「負けた」と言うときは必ず負けるものなのだ――その逆はごくまれにしかないが。

どうやら勝った、と思ったのはビッテンフェルトも同様だった。すでに同盟軍第八艦隊は瓦解し、挟撃されるおそれはない。

「よし、いま一歩だ。とどめを刺してやる」

意気ごんだビッテンフェルトは、格闘戦《ドッグ・ファイト》によって、かなりの戦力を維持している同盟軍第一三艦隊に致命傷をあたえてやろう、と考えた。

「母艦機能を有するすべての艦は、ワルキューレを発艦させよ。他の艦は長距離砲から短距離砲へきりかえろ。接近して戦うんだ」

積極的なその意図は、しかし、ヤンによって察知された。

帝国軍の火力が一時的に衰えた理由が、攻撃法の転換によるものであることを一瞬でヤンは悟ったのだが、ほかの指揮官であっても、時間はかかったにしろビッテンフェルトの意図を察知するのは可能だったであろう。彼は早すぎたのだ。その失敗にヤンは最大限につけこむことにした。

「敵をひきつけろ。全砲門、連射準備！」

数分後、D4宙域の帝国軍は、一転して敗北に直面することになったのだ。

これを見たラインハルトは、思わず声をあげた。

「ビッテンフェルトは失敗した。ワルキューレをだすのが早すぎたのだ。敵の砲撃の好餌になってしまったではないか」

オーベルシュタインの冷静さにも刃こぼれが生じたようだった。もともと青白い顔が、彗星の尾に照らされたような色になって、

「彼の手で勝利を決定的にしたかったのでしょうが……」

そう応じた声はうめきにちかかった。

ビッテンフェルト軍を零距離射撃の範囲にひきずりこんだ同盟軍は、破壊と殺戮をほしいままにしていた。磁力砲《レール・キャノン》の撃ちだす超硬度鋼の砲弾は戦艦の装甲をつらぬき、核融合榴散弾《りゅうさんだん》や光子弾の炸裂は、乗員もろともワルキューレを微粒子の雲に変えてしまった。

有彩色と無彩色の閃光《せんこう》がかさなりあい、一瞬ごとに冥土《めいど》への関門を開いて兵士たちをとおした。

ビッテンフェルトが誇る〝黒色槍騎兵《シュワルツ・ランツェンレイター》〟の黒色は、屍衣《しい》の色と化しつつあるようだった。

通信士官がラインハルトをふりむいて叫んだ。

「閣下！　ビッテンフェルト提督より通信、至急、援軍を請うとのことです」

「援軍？」

金髪の若い元帥はするどく反応し、通信士官はたじろいだ。

「はい、閣下、援軍です。このまま戦況が推移すれば負けると提督は申しております」

ラインハルトの足もとで、軍靴の踵《かかと》が激しく鳴った。可動式の椅子があれば蹴倒していたであろう。

「私が魔法の壺《つぼ》をもっていて、そこから艦隊が湧きでてくるとでも奴は思っているのか⁉」

どなったラインハルトは、しかし一瞬で怒りを抑制した。最高司令官はつねに冷静でなければならないのだ。

「ビッテンフェルトに伝えろ。総司令部に余剰兵力はない。他の戦線から兵力をまわせば、全戦線のバランスが崩れる。現有兵力をもって部署を死守し、武人としての職責をまっとうせよ、と」

いったん口を閉ざしてから改めて命令した。

「以後、ビッテンフェルトからの通信を切れ。敵に傍受《ぼうじゅ》されたらわが軍の窮状が知れる」

ふたたびスクリーンに蒼氷色《アイス・ブルー》の瞳をむけたラインハルトを、オーベルシュタインの視線がおった。冷厳だが正しい処置だ、と半白の髪の参謀長は考えた。ただ、と彼は思う。万人にたいしてひとしくこのような処置がとれるか。覇者に聖域があってはならないのだが……。

「よくやってるじゃないか、どちらも」

スクリーンを見ながらラインハルトはつぶやいていた。

総司令部が遠い後方にあり、全体の指揮が円滑を欠くにもかかわらず、同盟軍は善戦している。とくに第一三艦隊の働きはみごとだ。司令官はあのヤン・ウェンリーだという。名将のもとに弱兵がないとはよく言ったものだ。自分がこれから征《ゆ》こうとする途上に、あの男は立ちはだかってくるのだろうか。

ラインハルトは、不意にオーベルシュタインをかえりみた。

「キルヒアイスはまだ来ないか？」

「まだです」

簡明に答えた参謀長は、意識してか否か、皮肉っぽい質問を発した。

「ご心配ですか、閣下？」

「心配などしていない。確認しただけだ」

たたきつけるように応じると、ラインハルトは口を閉ざしてスクリーンをにらんだ。

そのころ、全軍の三割という大兵力を指揮下においたキルヒアイスは、アムリッツァの太陽を大きく迂回して同盟軍の後背にまわりこみつつあった。

「予定よりすこしおくれている。急ぐぞ」

同盟軍の監視からのがれるため、キルヒアイスは太陽の表面ちかくを航行したのだが、予測以上に強い磁力や重力のため航法システムが影響をうけ、航法士《ナビゲーター》たちは原始的な筆算で航路を算定せざるをえなかったのだ。それが理由で、彼の軍はスピードをおとしたのだが、ようやく目的宙域に到達した。

同盟軍の後背――そこには広大で分厚い機雷原があった。

たとえ帝国軍が後背にまわったとしても、四〇〇〇万個の核融合機雷がその進行をはばむはずだった。同盟軍首脳部はそう信じていた。ヤンも完全に安心してはいなかったが、敵が機雷原を突破する有効な手段をもっていても、短時間では無理であり、彼らが戦場に到達するまでに応戦態勢をととのえることができるのではないか、と思っていた。

しかし、帝国軍の戦法は、ヤンの予測すらもこえていたのだ。

「指向性ゼッフル粒子を放出せよ」

キルヒアイスの命令が伝達された。

帝国軍は同盟軍にさきんじて、指向性を有するゼッフル粒子の開発に成功したのだった。これを実戦で使用するのは今回が最初である。

円筒状の放出装置が三台、工作艦にひかれて機雷原にちかづいた。

「早くしないと、やっつける敵がいなくなってしまうかもしれませんな」

幕僚のジンツァー大佐が大声で言い、キルヒアイスはかるく苦笑した。

濃密な粒子の群が、星間物質の雲の柱のように機雷原をつらぬいてゆく。機雷にそなわった熱量や質量の感知システムも反応しない。

「ゼッフル粒子、機雷原のむこう側まで達しました」

先頭艦から報告がとどいた。

「よし、点火！」

キルヒアイスが叫ぶと、先頭艦の三門のビーム砲が慎重にそれぞれことなった方向をさだめ、ビームを射出した。

つぎの瞬間、三本の巨大な炎の柱が機雷原を割った。白熱した光が消えさったあと、機雷原は三カ所にわたってえぐり抜かれ、その位置にあった機雷は消滅していた。

機雷原のただなかに、直径二〇〇キロ、長さ三〇万キロのトンネル状の安全通路が三本、短時間のうちにつくられたのである。

「全艦隊突撃！　最大戦速だ」

赤毛の若い提督の命令が帝国軍をかりたてた。三万隻をかぞえる彼の艦隊は、三本のトンネルを流星群のように駆けぬけ、同盟軍の無防備の背中に襲いかかっていく。

「後背に敵の大軍！」

数を特定できないほどの発光体の群を感知してオペレーターたちが絶叫したとき、キルヒアイス軍の先頭部隊は砲撃によって同盟軍の艦列につぎつぎと穴をあけはじめていた。

同盟軍の指揮官たちは驚き、うろたえた。それは何倍にも増幅されて兵士たちに伝わり——その瞬間、同盟軍の戦線は崩壊した。

艦列が崩れ、無秩序に散らばりかけた同盟軍に帝国軍は砲火をあびせ、容赦なくたたきのめし、撃ちくだいた。

勝敗は決した。


味方が総崩れとなる情景を、ヤンは黙って見つめている。あらゆる状況を想定することは人間には不可能なのだと、いまさらに思い知らされていた。

「どうします、司令官」

生つばを飲みくだす大きな音をたてながら、パトリチェフが訊ねた。

「そうだな、逃げるにはまだ早いだろう」

どことなく他人事《ひとごと》のような返答だった。

いっぽう、帝国軍旗艦ブリュンヒルトの艦橋は、勝利に湧いている。

「一〇万隻の追撃戦ははじめて見るな」

ラインハルトの声が若者らしくはずんだ。半白の髪の参謀長は散文的に反応した。

「旗艦を前進させますか、閣下?」

「いや、やめておく。この段階で私がしゃしゃりでたら、部下の武勲を横どりするのかと言われるだろう」

むろんそれは冗談だったが、ラインハルトの心理的余裕をしめすものだった。

会戦じたいは終幕へとなだれこんでいたが、殺戮と破壊の激しさは衰えをみせなかった。狂熱的な攻撃と絶望的な反撃が何度もくりかえされ、局地的には帝国軍が劣勢にたった宙域さえあった。

この期におよんで戦術的な勝利になにほどの意味があろうとも思われなかったが、勝利を目前とした者はそれをより徹底させようとのぞみ、敗北に瀕《ひん》した者は不名誉をつぐなうために一兵でも多く道連れにしようと願っているかのようであった。

しかしそのように狂的な闘争以上に、勝者たる帝国軍に流血をしいたのは、ヤン・ウェンリーの組織した秩序ある抵抗で、彼は味方を安全圏に逃がすため、なお戦場に残っていたのである。

局地的に火力を集中して、帝国軍の兵力を分断し、指揮系統を混乱させては各個に打撃をくわえるというのが、その手法だった。

自滅や玉砕を悲壮美として、それに陶酔するような気分はヤンとは無縁だった。敗走する味方を援護しながら、彼は自軍の退路をも確保し、撤退のチャンスをうかがっている。

メイン・スクリーンと戦術コンピューターのパネルとを交互ににらんでいたオーベルシュタイン参謀が、ラインハルトに警告を発した。

「キルヒアイス提督でも誰でもよろしいが、ビッテンフェルト提督を援護させるべきです。敵の指揮官は包囲のもっとも弱い部分を狙って、いっきょに突破をはかりますぞ。現在ではわが軍の兵力に余裕があるのですから、先刻とはちがってそうなさるべきです」

ラインハルトは黄金色の頭髪をかきあげ、視線を素早く移動させた。スクリーンへ、いくつかのパネルへ、そして参謀長の顔へ。

「そうしよう。それにしてもビッテンフェルトめ、あいつひとりの失敗で、いつまでも祟《たた》られる！」

ラインハルトの命令が超光速通信にのって虚空を飛んだ。それを受信したキルヒアイスは配下の戦列を伸ばして、ビッテンフェルト艦隊の後方にもう一重の防御ラインを敷こうとした。

撤退のチャンスを測りつづけていたヤンは、帝国軍のこのうごきに気づいて、瞬間、血行がとまる思いをあじわった。退路を絶たれた！　遅すぎたか？　もっと早い時機に脱出すべきだったか……。

しかし、ここで幸運がヤンに味方した。

キルヒアイス艦隊の急行動を見て、その進行方向にいあわせた同盟軍の戦艦がパニックに襲われ、大質量のちかくであるにもかかわらず、跳躍《ワープ》したのである。

かならずしも珍しいことではなかった。逃走不可能を知った宇宙船が、確実な死より未知の恐怖をえらんで、進路の算定も不可能なまま亜空間《サブ・スペース》へ逃げこんでしまうのだ。逃走ができぬとあれば、降伏という方法もあり、その意思をしめす信号もさだめられているのだが、逆上した者は、それに気づかない。亜空間に逃げこんだ人々がどのような運命に迎えられたか、それは死後の世界について定説がないのと同様、誰も知らなかった。

それでも彼らは自己の運命を自己の手でえらんだのだが、そうでない者にとってはとんだ災厄であった。

前方の敵艦が消失し、それにともなって烈しい時空震の発生を知覚した帝国軍各艦のオペレーターたちは、肺活量のかぎりをつくして危険を知らせた。その声に回避命令の怒号がかさなる。艦隊の前半がその無秩序な波動にまきこまれ、混乱のなかで数隻が衝突、破損してしまった。

このためキルヒアイスは艦隊を再編するのにてまどり、それはヤンに貴重な時間をあたえることになった。

ビッテンフェルトは名誉回復に熱中し、少数の部下をひきいて勇戦していた。だが、そのうごきは眼前にあらわれる敵に、そのつど対応してのもので、戦局全体をみてのものではなかった。

彼がキルヒアイスのうごきに注意していれば、ラインハルトとの通信が途絶していても、ヤンの意図を察して、その退路を効果的に絶つことができたかもしれない。

しかし味方との有機的なつながりを欠く以上、それはたんに少数部隊というだけのことにすぎなかった。そのビッテンフェルト艦隊に、ヤンは残存兵力のすべてをいっきょにたたきつけたのである。

ビッテンフェルトには先刻の失敗をつぐなう戦意があり、能力もあったが、それらを生かすための兵力が、このときは決定的に不足していた。そしてそれは状況に対処する時間的余裕の欠乏をも意味したのだ。

たちまちのうちに、ビッテンフェルト艦隊は旗艦以下数隻にまで撃ち減らされていた。なおも反撃を叫ぶ指揮官を、オイゲン大佐らの幕僚が必死に制止しなかったら、彼らは文字どおり全滅しただろう。

こうして確保した退路から、ヤンのひきいる同盟軍第一三艦隊はつぎつぎと戦場を離脱していった。秩序をたもって流れさる光点の群を、ビッテンフェルトはちかくから呆然と、ラインハルトは遠くから怒りと失望に身を慄《ふる》わせつつ、ともに見送ることになったのである。

両者の中間には、ミッターマイヤー、ロイエンタール、そして退路遮断を断念せざるをえなかったキルヒアイスがいた。三人の若い有能な提督は、通信回線を開いて会話をかわしている。

「どうして、たいした奴がいるな、叛乱軍にも」

率直な口調でミッターマイヤーが賞賛すると、ロイエンタールが同意した。

「ああ、今度会うときが楽しみだ」

ロイエンタールは黒にちかいダーク・ブラウンの髪をしたなかなかの美男子だが、はじめて彼を見る者が驚くのは、左右の瞳の色がちがっているからだ。

右目が黒、左目が青で、〝金銀妖瞳《ヘテロクロミア》〟と呼ばれる一種の異相である。

追撃しよう、とは誰も言わない。

そのチャンスを失ったことを彼らは知っており、深追いをさける分別をはたらかせていた。闘争本能だけでは、自分自身が生存することも部下を生存させることもできないのだ。

「叛乱軍は帝国領内から追いだされ、イゼルローンに逃げこむだろう。これだけ勝てば、さしあたっては充分だ。まず当分は、再侵攻する気にはならんだろうし、またその力もなくなったはずだしな」

ロイエンタールの声に、今度はミッターマイヤーがうなずく。

キルヒアイスは消えさる光点を目でおっていた。ラインハルトさまがどうお考えになるか、と思う。アスターテ会戦につづいて、最後の段階でまたも完勝の自負をつき崩されたのだ。前回ほど寛大な気分にはなれないのではないか。

「総司令部より入電！　残敵を掃討しつつ帰投せよとのことです」

通信士官が告げた。

II

「卿らはよくやった」

旗艦ブリュンヒルトの艦橋で、帰投してきた提督たちをラインハルトはねぎらった。ロイエンタール、ミッターマイヤー、ケンプ、メックリンガー、ワーレン、ルッツらの手をつぎつぎとにぎり、その武勲をたたえ、昇進を約束する。キルヒアイスにたいしては、左の肩をかるくたたいただけでなにも言わなかったが、ふたりにはこれで充分なのだった。

若い帝国元帥の秀麗な顔ににがにがしい翳《かげ》りがさしたのは、ビッテンフェルトの来艦をオーベルシュタインが告げたときである。

フリッツ・ヨーゼフ・ビッテンフェルトの艦隊は——なお艦隊と呼びえるなら、だが——悄然と帰投してきたところだった。この会戦で帝国軍において彼ほど部下と艦艇を失った者はいなかった。同僚のロイエンタールやミッターマイヤーも一貫して激闘のなかにあったのだから、彼としては損害の大きさを他人のせいにすることはできないのである。

戦勝の歓喜が、気まずい沈黙に席を譲った。青白い顔のビッテンフェルトは覚悟を決めたように上官の前に歩みより、深々と頭をたれた。

「戦いは勝ったことだし、卿も敢闘したと言いたいところだが、そうもゆかぬ」

ラインハルトの声は鞭のひびきを思わせた。敵の大艦隊に直面して、眉ひとつうごかさない勇将たちが、思わず首をすくめる。

「わかっていよう――卿は功をあせって、すすんではならない時機に猪突した。一歩誤れば全戦線のバランスが崩れ、別動隊が来る前にわが軍は敗北していたかもしれぬ。しかも無益に皇帝陛下の軍隊をそこねた。私の言うことに異議があるか？」

「ございません」

返答する声は低く、元気がない。ラインハルトはひとつ息をつくとつづけた。

「信賞必罰《しんしょうひつばつ》は武門のよって立つところだ。帝国首都《オーディン》に帰還ししだい、卿の責任を問うことにする。卿の艦隊はキルヒアイス提督の指揮下におく。卿自身は自室において謹慎せよ」

これはきびしい、と誰もが感じたであろう。声のないざわめきがガス雲のようにたち昇るのを、「解散！」

のひと声でラインハルトは断ちきり、自室へと大股《おおまた》に歩みだした。

不運なビッテンフェルトの周囲に同僚たちが集まって慰めの声をかけはじめる。それをちらりと見て、キルヒアイスがラインハルトのあとを追った。その姿をじっと見つめているのはオーベルシュタインであった。

「有能な男だが……」

心のなかで、参謀長は独語した。

「ローエングラム伯との仲を、あまり特権的に考えられてはこまるな。覇者は、私情と無縁であるべきなのだ」

総司令官の私室だけにつうじる無人の廊下で、キルヒアイスはラインハルトにおいつき、声をかけた。

「閣下、お考えなおしください」

ラインハルトは激しい勢いでふりむいた。蒼氷色《アイス・ブルー》の瞳のなかで炎が燃えている。他人のいる前では抑えていた怒りを、彼は爆発させた。

「なぜ、とめるのだ？　ビッテンフェルトは自己の任務をまっとうしなかったのだぞ。弁解のしようがあるまい。罰されて当然ではないか！」

「閣下、怒っておられるのですか？」

「怒って悪いか！」

「私がお訊きしているのは、なににたいして怒っておられるのか、ということなのです」

意味を測りかねて、ラインハルトは赤毛の親友の顔を見やった。キルヒアイスは沈着にその視線をうけとめた。

「閣下……」

「閣下はよせ、なにが言いたいのだ。キルヒアイス、はっきり言え」

「では、ラインハルトさま、あなたが怒っておられるのは、ビッテンフェルトの失敗にたいしてですか？」

「知れたことを」

「私にはそうは思えません、ラインハルトさま、あなたのお怒りは、ほんとうはあなた自身にむけられています。ヤン提督に名をなさしめたご自身に。ビッテンフェルトは、そのとばっちりをうけているにすぎません」

ラインハルトはなにか言いかけて声をのんだ。にぎりしめた両手に神経質な戦慄がはしる。キルヒアイスはかるくため息をつくと、不意にいたわりをこめて金髪の若者を見つめた。

「ヤン提督に名をなさしめたことが、それほどくやしいのですか」

「くやしいさ、決まっている！」

ラインハルトは叫んで、両手を激しく打ちあわせた。

「アスターテのときは我慢できた。だが、二度もつづけば充分だ！　奴はなぜ、いつもおれが完全に勝とうというときにあらわれて、おれの邪魔をするのだ」

「彼には彼の不満がありましょう。なぜ、自分はことの最初からローエングラム伯と対局できないのかと」

「…………」

「ラインハルトさま、道は平坦《へいたん》でないことをおわきまえください。至高の座にお登りになるには、困難があって当然ではございませんか。覇道の障害となるのはヤン提督だけではありません。それをおひとりで排除できると、そうお考えですか」

「…………」

「ひとつの失敗をもって多くの功績を無視なさるようでは、人心をえることはできません。ラインハルトさまはすでに、前面にヤン提督、後背に門閥《もんばつ》貴族と、ふたつの強敵をかかえておいでです。このうえ、部下のなかにまで敵をおつくりになりますな」

ラインハルトはしばらく、微動だにしなかったが、大きな吐息とともに全身から力をぬいた。

「わかった。おれがまちがっていた。ビッテンフェルトの罪は問わぬ」

キルヒアイスは頭をさげた。ビッテンフェルト個人のことばかりで安堵したのではなかった。ラインハルトに直言を容《い》れる度量があることを確認できて嬉しく思ったのである。

「そのことをお前が伝えてくれないか」

「いえ、それはいけません」

キルヒアイスが言下に拒むと、ラインハルトはその意を諒解してうなずいた。

「そうだな、おれ自身で言わねば意味がないな」

キルヒアイスが、寛恕《かんじょ》の意を伝えた場合、ラインハルトに叱責されたビッテンフェルトは、ラインハルトを怨《うら》むいっぽうでキルヒアイスに感謝するようになるだろう。人の心理とはそういうものだ。それではけっきょく、ラインハルトに寛恕を請うた意味がない、としてキルヒアイスは拒んだのである。

ラインハルトはきびすを返しかけたが、うごきを止めてふたたび腹心の友にたいした。

「キルヒアイス」

「はい、ラインハルトさま」

「……おれは宇宙を手にいれることができると思うか？」

ジークフリード・キルヒアイスは、まっすぐ親友の蒼氷色《アイス・ブルー》の瞳を見かえした。

「ラインハルトさま以外の何者に、それがかないましょう」

自由惑星同盟軍《フリー・プラネッツ》は、悄然たる敗残の列をつくって、イゼルローン要塞への帰途に着いている。戦死および行方不明者、概算二〇〇〇万。コンピューターが算出した数字は、生存者の心を寒くした。死闘の渦中にありながら、第一三艦隊だけが、過半数の生存者をたもっている。魔術師ヤンはここでも奇蹟をおこした——黒髪の若い提督を見る部下の目には、もはや信仰にちかい光があった。

その絶対的信頼の対象は、旗艦ヒューベリオンの艦橋にいた。指揮卓の上に行儀悪く両脚を投げだし、腹のうえで両手の指をくみ、眼を閉じている。若々しい皮膚の下に疲労の翳《かげ》が濃くよどんでいた。

「閣下……」

薄目をあけると、副官のフレデリカ・グリーンヒル中尉がためらいがちにたたずんでいた。

ヤンは黒い軍用ベレーに片手をかけた。

「レディーの前だけど失礼する」

「どうぞ——コーヒーでもお持ちしようかと思ったのです。いかがですか」

「紅茶がいいな」

「はい」

「できればブランデーをたっぷりいれて」

「はい」

フレデリカが歩きだそうとすると、不意にヤンが彼女を呼び停めた。

「中尉……私はすこし歴史を学んだ。それで知ったのだが、人間の社会には思想の潮流が二つあるんだ。

生命以上の価値が存在する、という説と、生命に優るものはない、という説とだ。人は戦いをはじめるとき前者を口実にし、戦いをやめるとき後者を理由にする。それを何百年、何千年もつづけてきた……」

「…………」

「このさき、何千年もそうなんだろうか」

「……閣下」

「いや、人類全体なんてどうでもいい。私はぜんたい、流した血の量に値するだけのなにかをやれるんだろうか」

フレデリカは返答できず、ただ立ちつくしていた。ふと、ヤンはそれに気づいたようで、自分のほうがかるい困惑の表情になった。

「悪かったな、変なことを言って、気にしないでくれ」

「……いえ、よろしいんです。紅茶を淹れてきます、ブランデーをすこしでしたね」

「たっぷり」

「はい、たっぷり」

ブランデーを許してくれたのはごほうびなのかな、と思ったが、フレデリカの後ろ姿を、ヤンは最後まで見ていなかった。彼はふたたび眼を閉じ、閉じながらつぶやいた。

「……ローエングラム伯は、もしかして第二のルドルフになりたいのだろうか……」

もちろん誰も答えない。

フレデリカが紅茶を盆《トレイ》に載せてはこんできたとき、ヤン・ウェンリーはそのままの姿勢で、ベレーを顔の上にのせて眠っていた。

第十章　新たなる序章

I

……最終的な決戦場となった星域の名から、〝アムリッツァ会戦〟と呼称されることになった一連の戦闘は、自由惑星同盟《フリー・プラネッツ》軍の全面的な敗退によって結着をみた。同盟軍は銀河帝国軍の戦略的後退によって一時的に占拠した二〇〇余の辺境恒星系をことごとく放棄し、かろうじてイゼルローン要塞のみを確保することとなった。

　同盟軍が動員した兵力は三〇〇〇万人をこえたが、イゼルローンをへて故国に生還しえた者は一〇〇〇万人にみたず、未帰還率は七割に達しようという惨状であった。

　この敗北は、当然ながら同盟の政治・経済・社会・軍事の各方面に巨大な影を投げかけた。財政当局は、すでに失われた経費とこれから失われる経費――遺族への一時金や年金など――を試算して青くなった。アスターテにおける損害の比ではなかったのである。

　かくも無謀な遠征を強行した政府と軍部にたいしては、遺族や反戦派から激烈な非難と弾劾があびせられた。低次元の選挙戦略や、ヒステリーの参謀の出世欲によって夫や息子を失った市民の怒りは、政府と軍部をたたきのめした。

「人命や金銭を多く費消したと言うが、それ以上に尊重すべきものがあるのだ。感情的な厭戦《えんせん》主義におちいるべきではない」

主戦派のうち、なお、そう抗弁する者もいたが、

「金銭はともかく、人命以上に尊重すべきものとはなにを指して言うのか。権力者の保身や軍人の野心か。二〇〇〇万もの将兵の血を無益に流し、それに数倍する遺族の涙を流させながら、それが尊重に値せぬものとでも⁉」

そう詰めよられると沈黙せざるをえなかった。ごく一部の、良心が欠落した者をのぞいては、誰でも、自分は無事に生きているという事実に、忸怩《じくじ》たるものをおぼえていたからである。

同盟の最高評議会メンバーは全員、辞表を提出した。

主戦派の声望がさがると、相対的に反戦派が脚光をあびることになる。遠征に反対票を投じた三人の評議員は、その識見をたたえられ、翌年の選挙まで国防委員長トリューニヒトが暫定《ざんてい》政権首班の座に着くことになった。

自宅の書斎で、トリューニヒトは自分の先見を誇って祝杯をあげた。彼の肩書から〝暫定〟の文字が消えるまで長く待つ必要はないであろう。

軍部では、統合作戦本部長シトレ元帥と宇宙艦隊司令長官ロボス元帥が、ともに辞任した。ロボスはみずからの失敗によって競争者シトレの足をもひっぱったのだと噂された。

勇戦して戦死した二人の艦隊司令官、ウランフ中将とボロディン中将は、二階級特進して元帥の称号をうけた。同盟軍には上級大将という階級がなく、大将の上がすぐ元帥なのである。

グリーンヒル大将は左遷されて国防委員会事務総局の査閲《さえつ》部長となり、対帝国軍事行動の第一線からはずされた。

キャゼルヌ少将も左遷され、国内の第一四補給基地司令官となって首都ハイネセンを離れた。アムリッツァ会戦における補給の失敗に、誰かが責任をとらねばならなかったのだ。彼は家族を首都に残して、五〇〇〇光年をへだてた辺境の地に赴任していった。彼の妻はふたりの幼い娘をつれて実家に身をよせた。

フォーク准将は療養ののち、予備役編入を命ぜられ、野心を絶たれたかにみえる。

こうして同盟軍の首脳部は、人的資源のいちじるしい欠乏状態をしめすことになった。なんぴとがその空席を埋めるのか。

統合作戦本部長の座に着き、それにともなって中将から大将に昇進したのは、それまで第一艦隊司令官であったクブルスリーである。

彼はアスターテ、アムリッツァ、いずれの会戦にも参加しておらず、したがって敗戦の責をおうこともなかった。彼は首都警備と国内治安の任にあたり、伝統ある宇宙海賊組織の討伐と航路の安全確保に堅実な成果をあげていた。士官学校を優秀な成績で卒業し、いずれ軍人として最高峰にのぼることは確実視されていたが、本人も予想しなかったスピードで、それが実現したわけである。

クブルスリーの後任として第一艦隊司令官となったのは、アスターテ会戦で負傷し療養生活を送っていたパエッタ中将だった。

宇宙艦隊司令長官に就任したのはビュコックで、当然、それにともなって大将に昇進した。宿将《しゆくしよう》が宿将たるにふさわしい地位に就いたわけで、この人事は軍の内外に好評を博した。いかに声望の高いビュコックでも、兵士あがりである以上、このような事態でなければ、宇宙艦隊司令長官の職には就けなかっただろう。その意味では、きわめて皮肉で、しかもよい結果が、惨敗という不幸から生みだされたことになる。

ヤン・ウェンリーの処遇はすぐには決定しなかった。

彼は指揮下にある第一三艦隊将兵の七割以上を生還させ、その生還率は比類ない高さをしめした。彼が、安全な場所に隠れていた、とはなんぴとも非難できなかった。第一三艦隊はつねに激戦のただなかにあり、しかも最後まで戦場に残って味方の脱出に力をつくしたのだ。

クブルスリーは、ヤンが統合作戦本部の幕僚総監に就任することをのぞんだ。ビュコックは、ヤンに宇宙艦隊総参謀長の席を用意すると言明した。

いっぽう、もはや第一三艦隊の兵士たちにとって、ヤン以外の指揮官を頭上にいただくのは考えられないことだった。いみじくもシェーンコップが評したように、兵士たちは能力と運の双方を兼備する指揮官を欲するものだ。それが彼らにとって生存を可能にする最善の方法であるから。

処遇がさだまらないあいだ、ヤンは長期休暇をとって惑星ミトラにおもむいた。ハイネセンの官舎にいると、不敗の英雄に会いたいとおしかける市民やジャーナリストで外出もままならない状態であり、ＴＶ電話《ヴィジホン》も鳴りっぱなしで、休めるものではなかったのだ。

文章電送機は秒単位で手紙を吐きだした。そのなかにあった憂国騎士団本部からの「愛国の名将をたたえる」という一文はヤンを失笑させたが、第一三艦隊の戦死した兵士の母親から送りつけられた一文——「あなたもしょせんは殺人者の仲間だ」——は彼の気をくじかせた。実際、五十歩百歩なのだ。名誉も栄光も、無名の兵士たちの累々《るいるい》たる死屍《しし》のうえにのみ、きずかれてゆく……。

ユリアンが休暇旅行を提案したのは、〝落ちこんだ〟うえに酒量がいちだんとふえたヤンを、見かねたからであろう。酔って騒いだりからんだりするヤンではないが、楽しんで飲む酒ではないから身体によかろうはずはない。

ユリアンの提案に、ヤンは多少は自覚があったのか、素直に応じた。三週間を緑したたる自然のなかですごし、アルコールの気をぬいて首都に帰ると、辞令が彼を待っていた。

イゼルローン要塞司令官・兼・イゼルローン駐留艦隊司令官・兼・同盟軍最高幕僚会議議員。

それがヤン・ウェンリーにあたえられたあらたな身分だった。階級も大将に昇進した。二〇代の大将はいくつかの前例があったが、将官の年間三階級昇進は初めてのことである。

イゼルローン駐留艦隊は、旧第一〇・第一三の両艦隊を合したもので、〝ヤン艦隊〟という通称を公式に認められることになった。

若い国家的英雄にたいして、同盟軍は最上級の好意をしめしたと言ってよい。ただ、それはどこまでもヤンの本意とはことなっていた。彼は出世より引退を、武人としての名誉より民間人としての平和をのぞんでいたのだから。

とにかく、ヤンはイゼルローンに赴任し、国防の第一線における総指揮をとることとなった。

当然、ハイネセンでの生活は終わるが、ユリアン少年をどうするか、が、ヤンの思案の種になった。キャゼルヌ夫人の実家にあずかってもらうことも考えたが、ユリアンには、ヤンの傍を離れる意思はまったくなかった。

最初からついていくつもりで準備をすすめるユリアンを見て、ためらいながらもヤンはけっきょく、つれていくことにした。いずれ身辺の世話をするために従卒がつけられるのだから、それならユリアンにまかせたほうがなにかと気楽というものだ。自分とおなじ道を歩ませたくないと思いながらも、ヤンはユリアンを手放したくなかったのである。ユリアンは兵長待遇軍属という身分を軍からあたえられ、給料も支払われることになった。

むろん、ユリアンだけがヤンにしたがったわけではない。

副官はフレデリカ・グリーンヒル。駐留艦隊副司令官はフィッシャー。そして要塞防御指揮官としてシェーンコップ。参謀にムライとパトリチェフ、そしてアスターテ会戦でヤンを補佐したラオ。要塞第一空戦隊長にポプラン。そのほか、旧第一〇艦隊から参加した幕僚もおり、〝ヤン艦隊〟は陣容をととのえつつあった。

これでキャゼルヌが事務面を担当してくれたら、と、ヤンは思い、可能なかぎり早く彼を呼ぶことにしようと考えるのだった。

それにしても、気にかかるのは帝国軍の動向である。ローエングラム伯ラインハルトはともかく、彼の武勲に刺激された大貴族出身の提督たちが、同盟軍の抵抗力が弱まったこの時機を狙って、侵攻をたくらむのではないだろうか。

……しかし、その不安はさいわいにして現実のものとはならなかった。銀河帝国の国内に容易ならざる事態が生じ、外征をおこなう余裕などなくなってしまったのである。

それは皇帝フリードリヒ四世の急死であった。

II

アムリッツァで大捷《たいしょう》をえて帰還したラインハルトを迎えたものは、帝国首都オーディンの地表を埋めつくすかに見える弔旗《ちょうき》の群であった。

皇帝崩御《ほうぎょ》！

死因は急性の心臓疾患とされた。遊蕩《ゆうとう》と不摂生によって皇帝個人の肉体が衰弱していただけでなく、ゴールデンバウム皇家の血統それじたいが濁りはて、生命体として劣弱なものになっていることをしめすかのような、突然すぎる死であった。

「皇帝が死んだ？」

さすがに呆然とした表情を浮かべて配下の諸将をながめながら、ラインハルトは心の奥でつぶやいた。

「心臓疾患だと……自然死か。あの男にはもったいない」

あと五年、否、二年長く生きていれば、おかした罪悪にふさわしい死にざまをさせてやったのに、と思う。

視線をキルヒアイスにむけると、共通の心情をこめた彼の瞳にであった——それはラインハルトほど激しくはないが、あるいはより深かったかもしれない。一〇年前、彼らふたりから美しく優しいアンネローゼを強奪した男が死んだのだ。すぎ去った歳月が回想の光を透過して、めくるめく輝きを放ちつつ彼らの周囲を乱舞するようだった……。

「閣下」

冷静すぎる声が、ラインハルトをいっきょに現実の岸にひきあげた。確認するまでもない、オーベルシュタインだ。

「皇帝は後継者をさだめぬまま死にました」

公然と敬語をはぶいたその言いかたに、ラインハルトとキルヒアイスをのぞく他の諸将が一瞬、愕然と息をのんだ。

「なにを驚く？」

半白の頭髪の参謀は、義眼を無機的に光らせて一同を見わたした。

「私が忠誠を誓うのは、ローエングラム帝国元帥閣下にたいしてのみだ。たとえ皇帝であろうと敬語などもちいるに値せぬ」

言いはなって、ラインハルトにむきなおる。

「閣下、皇帝は後継者をさだめぬまま死にました。ということは、皇帝の三人の孫をめぐって、帝位継承の抗争が生じることはあきらかです。どのようにさだまろうと、それは一時のこと。遅かれ早かれ、血を見ずにはすみますまい」

「……卿《けい》の言は正しい」

するどく苛烈な野心家の表情で、若い帝国元帥はうなずいてみせる。

「三者のうち、誰につくかで、私の運命も決まるというわけだな。で、私に握手の手をさしのべてくるのは三人の孫の後背にひかえた、どの男だと思う？」

「おそらくリヒテンラーデ侯でありましょう。他の二者には固有の武力がありますが、リヒテンラーデ侯にはそれがありません。閣下の武力を欲するや切《せつ》であるはず」

「なるほど」

キルヒアイスにしめすものとはことなる種類の笑いを、ラインハルトはその美貌にひらめかせた。

「では、せいぜい高く売りつけてやるか」


……皇帝の急死によって、ローエングラム伯ラインハルトの地位はすくなからず動揺するものと一般には思われた。

ところが結果は逆になった。国務尚書リヒテンラーデ侯の手により、五歳の皇孫エルウィン・ヨーゼフが、次代の皇帝となったからである。

この幼児は先帝フリードリヒ四世の直系であったから、即位することじたいに不思議はなかった。ただ、あまりに幼少であり、なによりも有力な門閥貴族の背景がないのが、不利だと思われていた。

こういう場合、ブラウンシュヴァイク公夫妻の娘、一六歳のエリザベートか、リッテンハイム侯夫妻の娘、一四歳のサビーネが、父親の家門と権勢を背景に女帝となっても、おかしくはないところである。いくつかの先例もある。そうなれば、若すぎる女帝を父親が摂政《せっしょう》として補佐するということになるであろう。

ブラウンシュヴァイク公にせよ、リッテンハイム侯にせよ、自信も野望もあったから、その事態を予想し、その予想を実現させるため、非公式の、しかし活発な宮廷工作にのりだした。

とくに、若い独身の子弟を有する大貴族がその標的となった。もしわが娘が帝位に即くことを応援していただけるなら、卿のご子息を新女帝の夫に迎えることを考えよう――。

口約束が厳守されるものなら、皇帝の孫娘ふたりは、何十人もの夫をもたなくてはならないところだった。もし少女たちに恋人がいたにせよ、彼女らの意思が無視されることも明白であった。だが、国璽《こくじ》と詔勅《しょうちょく》をつかさどる国務尚書リヒテンラーデ侯は、強大な勢力を有する外戚《がいせき》に帝国を私物化させる気はまったくなかった。

彼は帝国の前途を憂慮しており、またそれ以上に自己の地位と権力を愛していた。彼は故フリードリヒ四世の嫡孫エルウィン・ヨーゼフを擁立することを決意したが、反対する人々の強大な勢力を考えると、自己の陣営を強化する必要に迫られた。番犬は強く、しかも御しやすくなければならない。熟慮のすえ、リヒテンラーデ侯はひとりの人物をえらんだ。御しやすいとは言いがたい。むしろ危険な人物である。しかし強さにおいては異論のでる余地がない……。

こうしてローエングラム伯ラインハルトは、公爵となったリヒテンラーデによって位階を侯爵にすすめ、帝国宇宙艦隊司令長官の座に着いたのである。

エルウィン・ヨーゼフの即位が公表されると、ブラウンシュヴァイク公をはじめとする門閥貴族たちはまず驚愕し、ついで失望し、さらに怒りくるった。

しかし、リヒテンラーデ公とローエングラム侯の、たがいに利己的な動機からかわされた握手によって誕生した枢軸《すうじく》は、意外に強固なものであった。一方は他方の武力と平民階級の人気とを必要とし、一方は他方の国政における権限と宮廷内の影響力とを欲し、そしてふたりとも新皇帝の権威を最大限に利用することで、自己の地位と権力を確立しなければならなかったからである。

エルウィン・ヨーゼフ二世の即位式典が挙行されたとき、乳母の膝に抱かれた幼い皇帝に重臣代表二名がうやうやしく忠誠を誓った。文官代表は摂政職に就任したリヒテンラーデ公、武官代表はラインハルトである。集った貴族、官僚、軍人たちは、両者が新体制の支柱であることを、いやいやながらも認めざるをえなかった。

この新体制から疎外された門閥貴族たちは、文字どおり歯ぎしりした。ブラウンシュヴァイク公とリッテンハイム侯は、新体制にたいする憎悪をきずなとしてむすばれることになった。

リヒテンラーデ公は先帝フリードリヒ四世の死とともに役割を終え、国政から退くべき老廃の人物である。いっぽう、ローエングラム侯とは何者か。かがやかしい武勲の主とはいえ、貴族とは名ばかりの貧家に生まれ、姉にたいする皇帝の寵愛を利用して栄達した下克上《げこくじょう》の孺子《こぞう》にすぎないではないか。このようなやからに国政を壟断《ろうだん》させておいてよいのか……門閥貴族たちは私憤を公憤に転化させ、新体制の顚覆《てんぷく》をのぞんだ。

このように共通した、しかも強大な敵がいるかぎり、リヒテンラーデ＝ローエングラム枢軸は金城鉄壁の強固さを発揮するであろうし、そうならざるをえない。

ローエングラム侯となったラインハルトは、ジークフリード・キルヒアイスをいっきょに上級大将に昇進させ、宇宙艦隊副司令長官に任命した。

この人事にはリヒテンラーデ公も積極的に賛成した。キルヒアイスに恩を売る、という考えを、彼はいまだに捨てていなかったのだ。

危惧をいだいたのはオーベルシュタインである。彼は中将に昇進し、宇宙艦隊総参謀長とローエングラム元帥府事務長を兼任することになったが、一日、ラインハルトに面会して苦言を呈した。

「幼友達というのはけっこう、有能な副将もよろしいでしょう。しかし、その両者が同一人というのは危険です。そもそも副司令長官をおく必要はないので、キルヒアイス提督を他者と同列におくべきではありませんか」

「ですぎるな、オーベルシュタイン。もう決めたことだ」

若い帝国宇宙艦隊司令長官は、不機嫌そうな一言で、義眼の参謀の口を封じた。彼はオーベルシュタインの機謀《きぼう》をかってはいても、心を分かちあえる友とは思っていない。彼の分身にたいして讒訴《ざんそ》めいたことを言われると、愉快な気分にはなれなかった。

皇帝の死後、グリューネワルト伯爵夫人アンネローゼは宮廷から退がって、ラインハルトが姉と彼自身のために用意したシュワルツェンの館にうつり住んだ。姉を迎えたラインハルトは、少年のように気おって言った。

「もう姉上に苦労はさせません。これからはどうか幸福になってください」

ラインハルトにしては平凡な台詞だったが、真情がこもっていた。

しかし彼には、非情な野心家という、姉には見せたくないべつの一面がある。

彼は、ブラウンシュヴァイク公とリッテンハイム侯が秘密の同盟をむすんだことを察知しており、内心それを歓迎していた。

暴発するがよい。新帝にたいする反逆者として彼らを処断し、門閥貴族の勢力を一掃してやる。フリードリヒ四世の女婿《じょせい》である大貴族両名を斃せば、余人はラインハルトの覇権に屈せざるをえない。列侯が土にひざまずいて服従を誓うだろう。そのときには、おのずとリヒテンラーデ公との盟約は破れることになる。古狸《ふるだぬき》め、せいぜいいまのうちに位人臣《くらい》をきわめたわが身を祝っていることだ。

いっぽう、リヒテンラーデ公も、ラインハルトとの枢軸関係を永続させようなどとは考えていない。ブラウンシュヴァイク公やリッテンハイム侯が暴発するのを期待する点では、彼はラインハルトと同様であった。ラインハルトの武力をもって彼らを鎮圧する。そうなれば、もはやラインハルトのような危険人物に用はないのだ。

ジークフリード・キルヒアイスは、ラインハルトの意をうけ、ブラウンシュヴァイク公とリッテンハイム侯を首魁《しゅかい》とする門閥貴族連合の武力叛乱を想定し、それにたいする戦争準備を着々とすすめていた。

彼は、自分の背中に注がれる、オーベルシュタインの冷たく乾いた視線を知っていたが、ラインハルトやアンネローゼとの仲にひびをいれられるとも思われず、後ろ暗い点もないので、必要以上の用心はしないことにした。

任務に励むいっぽう、以前とは比較にならぬほどアンネローゼと会う機会がふえたキルヒアイスは、充実した幸福な日々を送ることになった。このような日々がいつまでもつづけばよい……。

Ⅲ

帝国と同盟、両方の陣営が、ようやくあらたな体制をととのえ、あえぎながらも未来への階段をのぼりかけたころ、フェザーン自治領《ラント》では、自治領主《ランデスヘル》ルビンスキーが、私邸の奥まった一室にすわっていた。

窓のないその部屋は厚い鉛の壁にかこまれて密閉されており、空間そのものが極性化されている。

操作卓《コンソール》のピンクのスイッチをいれると、通信装置が作動した。それを肉眼で識別するのは困難だ。なぜなら、部屋そのものが通信装置であり、数千光年の宇宙空間をこえ、ルビンスキーの思考波を超光速通信《FTL》の特殊な波調に変化させて送りだすようになっているからである。

「私です。お応えください」

極秘の定期通信を明確な言語のかたちで思考する。

「私とはどの私だ？」

宇宙の彼方から送られてきた返答は、このうえなく尊大だった。

「フェザーンの自治領主《ランデスヘル》、ルビンスキーです。総大主教猊下《グランド・ビショップげいか》にはご機嫌うるわしくあられましょうか」

ルビンスキーとは思えないほどの腰の低さである。

「機嫌のよい理由はあるまい……わが地球はいまだ正当な地位を回復してはおらぬ。地球がすぐる昔のように、すべての人類に崇拝される日まで、わが心は晴れぬ」

胸郭全体を使った大きな吐息が、思考のなかに感じられた。

地球。

三〇〇〇光年の距離をおいて虚空に浮かぶ惑星の姿が、ルビンスキーの脳裏に鮮烈な映像となって浮かびあがった。

人類によって収奪と破壊の徹底した対象となったすえに、見捨てられた辺境の惑星。老衰と荒廃、疲弊と貧困。砂漠と岩山と疎林《そりん》のなかに点在する遺跡。汚染され永遠に肥沃《ひよく》さを失った土にしがみついて、細々と生きつづける少数の人々。栄光の残滓と、沈澱《ちんでん》した怨念《おんねん》。ルドルフさえ無視した無力な惑星。未来を所有せず、過去のみを所有する太陽系の第三惑星……。

　しかし、その忘れられた惑星こそが、フェザーンの秘密の支配者なのだ。レオポルド・ラープの資金は、貧困なはずの地球からでていたのである。

「地球は八〇〇年の長期間にわたり、不当におとしめられてきた。だが、屈辱の晴れる日はちかい。地球こそが人類の揺籠《ゆりかご》であり、全宇宙を支配する中心なのだ、と、母星を捨てさった忘恩の徒どもが思い知る時節が両三年中には来よう」

「そのように早くでございますか」

「うたがうか、フェザーンの自治領主よ」

　思考波が低く陰気な笑いの旋律を奏《かな》でた。総大主教と称される宗政一致の地球統治者の笑いは、ルビンスキーをぞっと総毛だたせる。

「歴史の流れとは加速するもの。ことに銀河帝国と自由惑星同盟の両陣営において、権力と武力の収斂《しゅうれん》化がすすんでおる。それに間もなく、あらたな民衆のうねりがくわわろう。両陣営にひそんでいた地球回帰の精神運動が地上にあらわれる。その組織化と資金調達は汝らフェザーンの者どもにまかせておったはずだが、手ぬかりはあるまいな」

「もちろんでございます」

「われらの偉大なる先達《せんだつ》は、そのためにこそフェザーンなる惑星をえらび、地球に忠実なる者を送りこんで富を蓄積せしめた。兵力によって帝国や同盟に抗することはできぬ。フェザーンがその特殊な位置を生かした経済力によって世俗面を支配し、わが地球が信仰によって精神面を支配し……戦火をまじえずして宇宙は地球の手に奪回される。実現に数世紀を要する遠大な計画であった。わが代にいたってようやく先達の叡智《えいち》が実をむすぶか……」

　そこで思考の調子が一変し、するどく呼ぶ。

「ルビンスキー」

「は……?」

「裏切るなよ」

　フェザーン自治領主を知る者がひとりでもその場にいれば、この男でも冷たい汗を肌ににじませることがあるのか、と目をみはったであろう。

「こ、これは思いもかけぬことをおっしゃいます」

「汝には才幹も覇気もある……ゆえに悪い誘惑にかられぬよう、忠告したまでのこと。かのマンフレート二世、それに汝の先代の自治領主がなぜに死なねばならなかったか、充分に承知しておろう」

　マンフレート二世は帝国と同盟とを平和共存させる理想をもち、それを実行にうつそうとした。ルビンスキーの前任者ワレンコフは、地球からコントロールされることを嫌って、自主的な行動にでようとした。どちらも地球にとって不利な所業をしようとしたのである。

「私が自治領主となれましたのは、猊下のご支持があってのこと。私は忘恩の徒ではございません」

「ならよい。その殊勝《しゅしょう》さが、汝自身をまもるであろう」

　……定期通信を終え、部屋をでたルビンスキーは、大理石のテラスにたたずんで星空を見上げた。地球が見えないのはさいわいだった。異次元から現世にたちもどったような安堵感が、徐々に、平常の彼の不敵な自信を回復させつつあった。

フェザーンがただフェザーンだけのものであるなら、彼こそが銀河系宇宙を実質的に支配する存在でありえるだろう。残念ながら現実はちがう。

歴史を八〇〇年逆転させ、ふたたび地球を群星の首都たらしめようとする偏執狂どもにとって、彼は一介の下僕でしかないのだ。

しかし、未来永劫《えいごう》にわたってそうであろうか。そうであらねばならぬ正当な理由は、この宇宙のどこにもないはずである。

「さて、誰が勝ち残るかな。帝国か、同盟か、地球か……」

独語するルビンスキーの口の端が、異称どおり狐のように吊りあがった。

「それともおれか……」

Ⅳ

「門閥貴族どもと雌雄《しゆう》を決するのはさけることができぬ。帝国を二分させての戦いになるだろう」

ラインハルトの言葉にキルヒアイスがうなずく。

「ミッターマイヤー、ロイエンタールらと協議して、作戦立案は順調に進行しております。ただ、ひとつだけ心配なことがございますが……」

「叛乱軍がどうでるか、だろう」

「御意《ぎょい》」

帝国の国内勢力がリヒテンラーデ＝ローエングラム枢軸とブラウンシュヴァイク＝リッテンハイム陣営

に二分されて内乱状態になったとき、その間隙をついて同盟軍がふたたび侵攻してきたらどうなるか。作戦の立案と実行に自信を有するキルヒアイスも、その点に不安を感じている。

　金髪の若者は、赤毛の友にかるく笑ってみせた。

「案ずるな、キルヒアイス。おれに考えがある。ヤン・ウェンリーがどれほど用兵の妙を誇ろうとも、イゼルローンからでてこられなくする策がな」

「それは……？」

「つまり、こうだ」

　蒼氷色《アイス・ブルー》の瞳を熱っぽく輝かせながら、ラインハルトは説明をはじめた……。

Ⅴ

「誘惑を感じるな」

　はこばれた紅茶に手もつけずなにやら考えこんでいたヤンがつぶやいた。カップを下げにきたユリアンが大きく瞳をみはってそれを見つめながら、訊ねるのをはばかられる雰囲気を感じとって沈黙している。

　リヒテンラーデ＝ローエングラム枢軸の迅速な成立によって小康をえたかにみえる帝国の政情だが、このまま安定期に移行することはありえない。ブラウンシュヴァイク＝リッテンハイム陣営は武力をもって起《た》つ、いや、起つべくおいこまれるだろう。帝国を二分する内乱が発生する。

　そのとき巧妙に情勢を読んで介入する——たとえば、ブラウンシュヴァイクらとくんでローエングラム侯ラインハルトを挟撃して斃し、返す一撃でブラウンシュヴァイクらを屠る。銀河帝国は滅亡するだろう。

あるいは、ブラウンシュヴァイクに策をさずけてラインハルトと五分に戦わせ、両軍が疲弊の極に達したところを撃つ……自分にならたぶんできる。ヤン自身はむしろ嫌悪感さえいだく、彼の用兵家としての頭脳がそう自負するのだ。誘惑を感じる、とヤンがつぶやいたのはそのことである。

もし自分が独裁者だったらそうする。だが彼は民主国家の一軍人にすぎないはずだ。行動はおのずと制約される。その制約をこえれば、彼はルドルフの後継者になってしまう……。

ユリアンが冷めた紅茶のカップをいったんさげ、熱いのを淹れなおしてデスクの上においたとき、ヤンはようやく気づいて、

「ああ、ありがとう」

と言った。

「なにを考えておいででしたか?」

思いきって訊ねると、同盟軍最年少の大将は、少年めいた恥ずかしそうな表情になった。

「他人に言えるようなことじゃないよ。まったく、人間は勝つことだけ考えていると、際限なく卑しくなるものだな」

「………」

「ところで、シェーンコップに射撃を教わっているそうだが、どんな具合だ」

「准将がおっしゃるには、ぼく、すじがいいそうです」

「ほう、そりゃよかった」

「司令官は射撃の練習をちっともなさらないけど、いいんですか」

ヤンは笑った。

「私には才能がないらしい。努力する気もないんで、いまでは同盟軍でいちばんへたなんじゃないかな」

「じゃ、どうやってご自分の身をお守りになるんです」

「司令官がみずから銃をとって自分を守らなければならないようでは戦いは負けさ。そんなはめにならないことだけを私は考えている」

「そうですね、ええ、ぼくが守ってさしあげます」

「たよりにしてるよ」

ヤンは笑いながら紅茶のカップを手にした。

若い司令官を見ながら、ユリアンはふと思う――この人は自分より一五歳年上だけど、一五年後、自分はこの人のレベルに達することができるのだろうか。

それは遠すぎる距離であるように、少年には思えた。


……無数の想いをのせて宇宙が回転する。

宇宙暦《SE》七九六年、帝国暦四八七年。ローエングラム侯ラインハルトも、ヤン・ウェンリーも、みずからの未来をすべて予知してはいない。

銀河英雄伝説Ⅰ　黎明篇／完

本作品は一九八二年にトクマ・ノベルズより刊行されたものを初出とする。その後四六判愛蔵版、徳間文庫、徳間デュアル文庫を経て、本書は創元SF文庫版を底本としつつ、らいとすたっふ文庫（電子書籍）での加筆修正を反映したものである。

巻末特別企画

田中芳樹インタビューI

『銀河英雄伝説』の新装版の刊行にあたり、作者の田中芳樹氏にインタビューを行いました。初版刊行から三〇年以上経っている作品ということもあり、同様の記事はさまざまな媒体で読むことができます。今回は、この新装版で初めて『銀河英雄伝説』を読んだ方を対象に、執筆にいたる経緯から改めて語っていただきました。

■まずは田中さんのプロフィールから。

――田中さんは、どんな子ども時代を過ごされたのでしょう。

とにかく本が好きな子どもでしたね。人並みに友だちはいましたけれど、やはり本が第一でした。

――失礼ながら成績はいかがだったんでしょうか。

自分でも信じられないのですが、小学校時代は優等生でした。先日、実家に帰省したとき小学校三年の頃の通知表が出てきたのですが、体育が3なだけで、あとは5でした。ただ、先生のコメントで「成績は非の打ち所がないが、授業態度が悪いのが残念」とありました。

――それはそれは（笑）。勉強以外に習いごとなどは？

小学校四年生から数年間、剣道に通いました。剣道じたいは嫌いじゃなかったのですが、体育会系の雰囲気にはなじめませんでしたね。あと、幼稚園時代に絵の教室に通ったらしいですが、あまり記憶に残ってません。

――その当時、読んでいた本はどのようなものでしたか？

僕のなかで、三大児童文学というのがあって。ひとつは『たのしい川べ』、今は別のタイトルでも出ているけど。それから『パール街の少年たち』。さいごが『点子ちゃんとアントン』。この三つがとても印象に残ってますね。

――それを読まれたのは、いつ頃でしょう。

小学校の三年生くらいかな。この「点子ちゃん」という訳が素晴らしいです。ドイツ語のプンクフェン、直訳すると「点のような子」、おちびさんみたいなニュアンスだと思うのですが。

――センスが良いですね。

語彙の豊富さに加えて、その言葉を選択するセンス、ことに漢字を使ったものなどには、現代の我々より数段違う感じがします。このセンスを磨くのに文語の音読が良い、と聞いたこと

『たのしい川べ』　ケネス・グリアム著の児童文学作品。「ヒキガエルの冒険」「川べにそよ風」などの題名でも出版されている。

『パール街の少年たち』　モルナール・フェレンツ著の児童文学作品。一九世紀末のブダペストのパール街で「ちっぽけな原っぱ」を守るために立ち上がった少年たちの活躍を描く。

『点子ちゃんとアントン』　エーリッヒ・ケウトナー著の児童文学作品。裕福だが両親が忙しく寂しい点子と、貧しいけれどしっかり者の男の子アントンの交流と彼らの周囲で巻き起こった事件を描く。

がありますが、それには賛成ですね。

■いよいよ小説家へ

——中学生の頃、初めての小説作品を書いたそうですね。

はい。当時読んでいた『宇宙船ビーグル号の冒険』や「レンズマン」シリーズの影響が大きかったのか、スペースオペラ風の物語でしたね。宇宙船に乗って旅をする、宇宙版『西遊記』みたいな話。クラスメートのあいだで回し読みされて、けっこう好評でした。早く続きを書け、とか言われて。考えてみたら、あれが最初の連載小説ですね（笑）。

——その頃から作家になろうと思っていたのですか？

いやいや、さすがにそこまで世の中は甘くないと思っていました。ただせめて本に関わる仕事がしたいとは思っていました。図書館の司書とか、国語の教師とかになれたらいいな、くらいでした。

——当時の友だちも本が好きだったんでしょうか？

いや、そんなに本が好きだとは思わなかったなあ。ただ、おそらく家にあったんでしょうけど、その友だちから『Yの悲

『宇宙船ビーグル号の冒険』　A・E・ヴァン・ヴォークト著の長篇SF小説。八〇〇名もの科学者を乗せた球形の巨大宇宙船ビーグル号が、宇宙を旅していくさまを描いた。

「レンズマン」シリーズ　E・E・スミス著の『銀河パトロール隊』にはじまる一連のSF小説シリーズを指す。主人公キムボール・キニスンの成長と活躍を主軸に、宇宙海賊ボスコーンとの戦いを描いている。

劇』と『グリーン家殺人事件』を貸してもらったんです。子どもにはちょっと不親切な本だったけど、とても面白かった。それが初めての海外ミステリとの出会いですね。その後、あかね書房から「少年少女世界推理文学全集」が出て、これは学校図書館で読みふけりました。

――このあたりで田中少年の将来が決まったと。

今にして思えば、このあたりで決まったのでしょうね。

――その後、東京の大学に進学されます。

そうです。入って驚いたのですが、男子学生よりも女子学生のほうが圧倒的に多かったんです。高校が男子校だったものですから、衝撃でした（笑）。なにせ多勢に無勢ですから、多数決だと勝ち目はないし。

――でも、それなりに楽しい学生生活だったんですよね。

それはそれなりに。大学図書館でアルバイトして、自分ではふつうに働いてるつもりなのに、そんなに根を詰めなくてもいいよ、と言われたりして。学生運動みたいな騒動もなかったし。

――当時の生活はどうだったんですか。

上京一年目はキャベツ畑のあいだを五〇メートルも歩けば埼

『Yの悲劇』　エラリー・クイーン著の長篇推理小説。前作『Xの悲劇』の続篇。海外ミステリー小説の傑作として知られる。

『グリーン家殺人事件』　S・S・ヴァンダイン著の長篇推理小説。ニューヨークに建つグリーン邸での事件を描く。

一九七二年、学習院大学文学部国文科に入学。

ウィスキー評論家で作家の土屋守氏は、学習院大学国文学科の同級生。

玉県に入るようなところにあるアパートで、ここでは自炊をしてました。二年目になって自炊が面倒くさくなって、賄い付きの下宿屋に移ったのですが、ここの女主人が絵に描いたような因業ばあさんで（笑）。みんなすぐ出て行ってしまうんですが、僕は引っ越したばかりでお金もなかったし、一年は我慢しました。ただ、出て行くときにその因業ばあさんが餞別をくれたんで驚いたんですよね。次に入った間借りの下宿が長かったんです。学部の三年生から大学院までいました。

■学業のかたわら小説を書いていた学生時代

――学生時代、学内雑誌の懸賞小説に応募されたと聞きました。

学部三年のとき「補仁会雑誌」に「寒泉亭の殺人」という作品で応募して入選しました。賞金は値切られましたけど（笑）。

――そこから作家としての執筆活動に入るのでしょうか。

いや、そのあとは論文を書かなければならなかったし。大学院にもぐりこめて、少し時間ができたとき、まだ作家になれるとは思っていなかったのですが、自分の文章力はどれくらいなのかと思って、ちょうど「週刊小説」が新人賞を募集していた

餞別にいただいたのは一〇〇〇円とのこと。当時の大卒初任給平均が八万円弱だったことを思うと、けっこうな金額である。

雑誌「幻影城」新人賞受賞を知らせる電話を受けたのもこの下宿だった。タイミングの悪いことに、下宿のおばさんが急死し、そのお葬式をやっている時に電話がかかってきたという。

「賞金一万円」とのことだったが、手にしたのは八〇〇〇円だったとのこと。

ので、応募してみたら最終予選まで残ったんです。

——それはどのような作品だったのでしょう。

中国ものでしたね。最終予選までいったので、次は取ってやろうと思って、今度はぜんぜん違うサスペンスものを書いて応募したら、これも最終予選までいったんです。先日、清水義範さんのエッセイを読んでいたら、「週刊小説」の新人賞に応募して落ちたというようなことが書いてありましたが、どうも僕と同じ時期のような気がします（笑）。

——その後は。

二回、最終予選で落ちてしまったので、ちょっと意地になって三回目を書いていたのですが「週刊小説」が新人賞をやめてしまったのです。そこで、ほかの新人賞を探していたら「幻影城」という雑誌が目にとまったわけです。

——そこで「幻影城」だったのですね。

運というか縁というか。それまで「幻影城」という雑誌があることすら知らなかったんですよ。本屋さんで小説の載っている雑誌をいろいろと見ていたら、「新人賞募集」と大きく書かれていて。ほかの雑誌よりも紙も良かったし。

雑誌「幻影城」一九七五年から七九年まで刊行されていた探偵小説専門の小説雑誌。書誌研究家の島崎博氏が編集長を務めた。

――たしかに紙は良かったですね（笑）。

そうでしょ。だから、いい出版社なのかなと、思って。

――そこで第三回「幻影城」新人賞に選ばれたんですね。

そうです。「緑の草原に…」で入選しました。同時入選が連城三紀彦さん。第二回では評論部門で栗本薫さんと友成純一さんが佳作を取られてますし、本誌では中井英夫さんの推薦で竹本健治さんがデビュー作を連載されてました。

――ついに商業誌デビューとなったわけですが、当時の筆名は。

李家豊ですね。島崎編集長は、あまりに凝った筆名は変えさせていたらしいのですが、李家はＯＫだったようです。

――島崎氏のもとで短篇修行がはじまったわけですね。

先日、東京創元社から「田中芳樹初期短篇集成」という立派な本を二分冊で出していただいたのですが、こんなに書いていたかなと思いました。実際に中を開いてみて「あー、書いてた書いてた」と思ったわけですが（笑）。

――あらためてご覧になって如何ですか。

いやあ、お恥ずかしいですね。なんというか、プロ野球の新人選手がデビュー戦で三振四つ、エラーふたつしたのを、あと

連城三紀彦氏は「変調二人羽織」で入選。ほかに亞城白人氏が「蒼月宮殺人事件」で入選している。

雑誌「幻影城」には二年間にわたり、「いつの日か、ふたたび」「流星航路」「懸賞金稼ぎ」など数々の短篇を発表。

からビデオで見せられているような感じ。でも、もしあのまま「週刊小説」でデビューさせてもらっていたら、連城さんにも栗本さんにも会えなかったでしょうし。

――社会派小説家として活躍されていたかも。

あまり考えたくないなあ。反社会的とは言わないけれど、非社会的なことばかり書いてますからねえ。

――当時は原稿料が出なかったと聞きました。

ええ。新人賞の賞金ももらえなかったし。新人賞の祝賀会で、島崎編集長から「うちは賞金を払うとつぶれてしまう」と言われて、連城さんと「大変なところに来ちゃったね」と小声で話してました。短篇の原稿料も「うちは新人とベテラン作家、どちらも待遇は一緒だから」と言われたのですが、要はどちらもゼロということでした。まあ、私は学生が本業だったので良かったのですが、専業作家の皆さんは困ったと聞いています。

――まあ、その状況から考えると不思議でもないのですが、「幻影城」が廃刊となります。

初の書き下ろし長篇小説になるはずだった「銀河のチェスゲーム」の予告も掲載されていたのですけどね。

募集要項には、入選賞金一〇万円と書かれていた。第三回新人賞は田中氏と連城氏のダブル受賞だったので、五万円ずつになるのか、それぞれに一〇万円になるのか、と思っていたそうだが、まさかのゼロ円だった。

「銀河のチェスゲーム」『銀河英雄伝説』の原型となった幻の長篇小説。超能力者が活躍するスペースオペラという構想だった。

■いよいよ『銀河英雄伝説』へ

――またしても小説を書く場がなくなってしまったわけですね。

当時は大学院の博士コースに入ったところで、奨学金も受けられることになったので、ちょっと時間の余裕もできたんです。それで、もういちど小説を書いてみようかな、でも「幻影城」はなくなってしまったし、またイチから新人賞に応募しなければいけないのかな、と思っていたら、そこに徳間書店の編集さんから電話があったんです。

――『銀河英雄伝説』初代担当編集の方ですね。

徳間書店の資料室で、廃棄するため紐でくくられていた「幻影城」を読んで、そこで私の作品に興味を持ってくださったと。ただ「幻影城」は廃刊になっているし、連絡をとるのにずいぶん骨を折ってくださったそうで。当時、徳間書店は「ＳＦアドベンチャー」という雑誌を出してすぐの頃だったので、新しい書き手を探しているタイミングでもあったようです。そこで短篇をいくつか書かせてもらいました。「白い顔」とか、「長い夜の見張り」とか。

一九七九年、大学院修士課程を修了し博士課程へ進む。博士論文は幸田露伴の「運命」。

「ＳＦアドベンチャー」一九七九年春に徳間書店から創刊されたＳＦ雑誌。最初は「問題小説」別冊として刊行されていた。一九九三年春号で休刊。

——そうして、満を持して刊行されたのが『白夜の弔鐘』ですね。

そうです。これがとっても売れなかった（笑）。

——でも、実際に見本刷りを見たときは嬉しかったでしょう？

嬉しかったというよりも、キョトンとした感じ。こんなことになっちゃった、という不思議な感覚でしたね。両親は喜んでくれましたけど。父には「漢字が多すぎる」と言われましたが。たしかにその後、編集さんから「次はもう少し漢字を減らしてね」と言われました（笑）。

——そうして、いよいよ『銀河英雄伝説』に取りかかるわけですが、ここで筆名を変えられますね。

はい。さきにも書きましたとおり、もともと強い思い入れがあって名乗っていた筆名でもないですし、ＳＦアドベンチャーの編集長から「ふりがなをふる必要がある筆名は避けたほうがいい」というアドバイスもいただいたので、そんなものかな、と。

——黎明篇ですが「アスターテ会戦」「イゼルローン攻略戦」「帝国領進攻作戦」と、あまりに盛りだくさんな内容です。

言われてみるとそうですね。書きたいものはみんな詰め込ん

『白夜の弔鐘』　李家豊名義で書かれた田中氏初の長篇小説。ソ連解体以前の世界を舞台にした冒険小説だが、主人公古郷聖司の性格付けなどには、すでに田中氏独自のスタイルが現れている。

でしまえ、という感じでした。次を書かせてもらえるか判らない状況でしたし。今あれを書くのであれば、二冊になると思います（笑）。

――それは『銀河英雄伝説』が売れなかった場合のことですね。

　原稿を書き上げたとき、担当編集さんは「次に何を書くか考えておいて」と言ったくらいでしたし。当時の徳間書店は、新人には三冊まで書かせていい、というルールがあったみたいで。そう言われても何も思いつかないし、ほかのジャンルで売れたらそのほうがよほどありがたいという考えなわけで。執着があるわけではなくて、編集さんもとくにSFにうがよほどありがたいという考えなわけで。またイチから考えなければと思っていました。

――『銀河英雄伝説』黎明篇は、どれくらいの時間をかけて執筆されたんでしょう。

　学校の勉強をしながらですから、だいたい十カ月くらいかな。内容はともかく、原稿の字は読みやすいと評判が良かった。

――田中さんの執筆方法は、書けるところを先に書いて、数行あけて、また書いてという方法ですが、当時もそういう書き方だったんでしょうか。

現在も田中氏は手書きでの執筆を続けている。ワープロが出てきた当時、執筆の効率があがると導入を奨めた編集者に対し「効率をあげてまで仕事をしたくない」と言い切った逸話がある。

いや、その当時はそこまで極端ではなかったと思います。一応、一章あたり五〇枚ていど、それを一〇章で五〇〇枚ていど、という計算をして。今でも五〇枚一章ということが多いですね。『アルスラーン戦記』であれば七〇枚五章とか。

――いちばん最初に書いた部分はどこだったのでしょう。

「銀河系史概略」を最初に書きました。「幻影城」で書かずに終わってしまった「銀河のチェスゲーム」のプロットがありましたので、まずあちらを片付けないと落ち着かない感じで。

――「銀河のチェスゲーム」のプロットが「銀河系史概略」だったと？

だいたいそのようなお話です。ただ、時代はもっとあとのことになります。フランスのように憲法がかわるたびに第一共和政とか第一帝政とか呼ぶ国がありますよね。それと似たイメージで、ルドルフが君臨した第一帝政とか、第二共和政とかいうふうに延々と歴史が続くなかで、この時代にはこのような出来事があったというぐあいに物語を続けていくことになるのかな、と思っていました。ただ、徳間書店の担当編集者さんは、この時代ひとつに限って描こうという意見でしたので。

フランス第一共和政　フランス史上初の共和政。ブルボン王政を打倒し王政廃止が宣言された一七九二年九月二一日からナポレオン一世が帝政を宣言した一八〇四年五月一八日までをいう。

フランス第一帝政　一八〇四年から一八一五年まで存続した、皇帝ナポレオン一世による軍事独裁政権をいう。

――『銀河英雄伝説』の特徴のひとつであろう「後世の歴史家」視点が出てきたのも、このあたりに秘密がありそうですね。

そうですね。後世から振り返ってみるとどうだったのか、という考え方は「銀河のチェスゲーム」のプロットを使うと決めたときに、双子で生まれてきました。

――『銀河英雄伝説』の構成はSF仕立てでなくとも成立すると思うのですが、スペースオペラになったのはどのような理由があったのでしょう。

宇宙を舞台にした小説を書きたかったのはたしかですね。事実、中学生の頃に書いた小説はスペースオペラでしたし。それに編集さんからのリクエストもありました。先ほども言いましたが、次を書かせてもらえるか判らなかったので、書きたいものはぜんぶ詰め込んでしまおうと思ったわけです。

――その『銀河英雄伝説』というタイトルですが、ぎりぎりで決まったと聞きました。

原稿を書き上げたあと、タイトルの話になりまして、担当編集者さんから「『銀河三国志』はどうか」と言われました。さすがにそれは……と渋ったら、じゃあ一時間後に電話するから、それまでに考えておいてと言われて。大急ぎで考えたのが『銀河英雄伝説』です。執筆しているあいだは、なにか仮題を付けていたんです。もう忘れてしまいましたが、もうちょっと地味なタイトルだったと思います。

——その大急ぎで考えたタイトルが、三〇年以上、書店に並んでいます。

当時はそんなこと考えもしませんでした。とにかく編集者のリクエストに応えて書くのが精一杯でしたね。

——「黎明篇」という巻タイトルはどう決めたのでしょう。

最初は「黎明篇」とも「1」とも書かずに出版されたので、続きを書いて良いと言われてから「黎明篇」という巻タイトルを考えました。ですから「野望篇」という巻タイトルと一緒に生まれたようなものですね。

——「銀河系史概略」を読むと、人類は恒星間宇宙へと輝かしい発展を遂げたあと、すぐに中世的退廃という停滞の時代が来ます。若い頃から、そのような思考があったのでしょうか。

うーん（笑）。そこまではっきりと意識はしていませんでしたが、子どもの頃、歴史物語を読んでいると、中国史でもロー

第一〇巻は「落日篇」となっているが、当初は「完結篇」とする予定だったそう。ただ、あまりに芸がないと思い、黎明に対応する語として落日を選んだとのこと。本当に良い判断だったと思う。

マ帝国史でも、果てしなく栄えていくことはなくて、ある時期になると、よく言えば安定、悪く言えば停滞する時期が来る。それから、また新しい勢力が出てきてという繰り返しになっていました。ですので、人間というのはそういうものなのだろうな、と漠然と考えてました。

――『銀河英雄伝説』の秀逸な舞台設定として「イゼルローン回廊」と「フェザーン回廊」がありますが、あのアイディアはどこから思いつかれたのでしょう。

あれはどこから思いついたのかなあ。どうもはっきりしない。宇宙空間ぜんぶが戦場になったら、戦術やら戦略やらの使い方が難しいなあ、と思ったのはたしかなんですが。今にして思うと、もう少し巧い手があったかも知れませんが、結果としては成功ですね。

――それにしてもキャラクターの数が多い作品です。それぞれのキャラクターはどのように考えられるのでしょう。

これは以前にもお話ししたことがあるのですが、組織や役割からキャラクターを考えることが多いです。たとえば、軍隊であれば司令官ひとりで戦争はできない。それぞれの艦隊を指揮

本伝一〇巻、外伝五巻に出てくる登場人物のうち、名前の付いている者だけでも六三〇名を超える。その九割が男性というのも寂しい話だが。

する士官が、まあ一〇人くらいいるよなあ、と。そのポストが決まってから、それぞれのキャラクターを作っていく感じです。キャラクターの性格付けも、野球に喩えてみると、足が速くて守備範囲が広い、そうなるとショートだな、と。ずんぐりしていて足は遅いけど肩は強い、こいつはキャッチャーだな、と。一般的にはそういうチーム作りをするんでしょうけど、ここでちょっと変えてみて、足の速いキャッチャーを出してみるとか、身体の大きなパワーヒッターにショートを任せてみるとか、そのあたりでキャラクターの幅というか膨らみが出てくるのではないかと思います。

――その流れでいくと、ラインハルトとキルヒアイスはどういう順序で生まれたのでしょう。

　彼らふたりは野球でいえばバッテリーのような感じで生まれました。ものすごい剛速球を投げるんだけど、たまにとんでもない方向に球がいってしまう（笑）。ですから同時に生まれたと言って良いでしょうね。

第Ⅱ巻　野望篇へつづく

野球ファンの田中氏は、喩え話に野球を用いることが多い。ちなみに、贔屓の球団は今はなき阪急ブレーブス。宝塚歌劇団で『銀河英雄伝説』が舞台化され、初日公演を観に行った際、宝塚歌劇団のはからいで「世界の盗塁王」福本豊氏と対面。その際にいただいたサイン色紙は「一生の宝物」と言っている。

銀河英雄伝説Ⅰ 黎明篇

発行日　2018年5月6日 初版発行

著　者　田中芳樹

発行人　保坂嘉弘

発行所　株式会社マッグガーデン

〒102-8019 東京都千代田区五番町6-2
ホーマットホライゾンビル5F

編集 TEL 03-3515-3872　FAX 03-3262-5557

営業 TEL 03-3515-3871　FAX 03-3262-3436

印刷所　株式会社廣済堂

装　幀　鈴木佳成(BEE-PEE)

カバー　作画 菊地洋子・仕上 竹田由香

口　絵　作画 菊地洋子・仕上 竹田由香・美術 Bamboo

ISBN978-4-8000-0755-1 C0093